रिनाला खुर्द

रिनाला खुर्द

ईशमधु तलवार

राजकमल प्रकाशन

ISBN : 978-93-88753-39-5

मूल्य : ₹395

पहला संस्करण : 2019

प्रकाशक : राजकमल प्रकाशन प्रा. लि.
1-बी, नेताजी सुभाष मार्ग, दरियागंज
नई दिल्ली-110 002

शाखाएँ : अशोक राजपथ, साइंस कॉलेज के सामने, पटना-800 006
पहली मंजिल, दरबारी बिल्डिंग, महात्मा गांधी मार्ग, इलाहाबाद-211 001
36 ए, शेक्सपियर सरणी, कोलकाता-700 017

वेबसाइट : www.rajkamalprakashan.com
ई-मेल : info@rajkamalprakashan.com

मुद्रक : बी.के. ऑफसेट
नवीन शाहदरा, दिल्ली-110 032

RINALA KHURD
Novel by Ish Madhu Talwar

चाईजी के लिए,
जिन्होंने मुझे लफ्जों की नदी में उतारा और
जब भी डूबने को होता हूँ, वे मुझे बचा ले जाती हैं।

प्रस्तावना

रिनाला खुर्द पढ़ने के बाद लगा, जैसे मैं नीम का कोई पेड़ हो गया हूँ और उस पेड़ से लिपटकर कोई चुपचाप रो रहा है, क्योंकि जिससे वह प्यार करता है, उसने कहा था कि कभी रोना हो तो पेड़ से लग कर रोना, इनसान अब इस काबिल नहीं रहे।

यह रोना उसी जैसा है, जैसा चेखव की प्रसिद्ध कहानी *ग्रीफ* में बूढ़ा ताँगावाला ग्रेगरी पेत्रोव अपने जवान बेटे की मृत्यु का दुख, तीन अलग-अलग लोगों से, उनमें से किसी एक की भी सहानुभूति न पाने की हताशा के बाद, अन्त में अपने घोड़े के गले से लिपटकर रोता है।

लगता है, जैसे कोई एक कमरा है, जिसकी दीवारों पर अनगिनत शेल्फ हैं और उसी कमरे की खिड़की के पास, अपनी मेज पर झुका हुआ कोई एक किस्सागो, अपनी नोटबुक की सर्फिंग करता है। एक कोई आँख है, जो उसे बचपन के अतीत से लेकर उसके आज और उसके भविष्य के आने वाले दिनों को देख रही है। वे आँखें माँ की हैं।

दीवारों में जितनी भी शेल्फ और आलमारियाँ हैं, सबमें खिलौने भरे हुए हैं। किस्सागो किसी भी शेल्फ से कोई एक खिलौना उठाता है और बहुत धीमी आवाज में खुद अपना किस्सा कहने लग जाता है। कभी बिंदास होकर हँसता हुआ, कभी विस्मृत हो रहीं पुरानी फिल्मों या सुदूर किसी भूखंड के बसावटों-बस्तियों के किसी लोकगीत को गुनगुनाता हुआ।

रिनाला खुर्द टूटे हुए और टूटते जाते खिलौनों की मार्मिक कथा है।

कभी एक विलक्षण आलोचक ने कहानी के पाठ को दो भागों में बाँटा था, *लिजिबिल* और *स्क्रिप्टिबिल*। यानी एक, जिसे *पढ़ा* जाता है और दूसरा, जिसे *लिखा* जाता है। एक को पढ़ते हुए *खुशी* या *आनन्द* मिलता है, दूसरे को लिखते हुए *आनन्द के अतिरेक का निसर्जन,* जिसे *Bliss* या *Jouissance* कहा गया है। जैसे गहरे, तीव्र, आवेगात्मक प्यार के बाद की विश्रांति और खामोशी।

इस राग और विराग से भरे बेहद पठनीय किस्से में एक साथ, कई कहानियाँ एक दूसरे के समानान्तर चलती हैं। एक दूसरे को छूती और टकराती हुईं। इसमें मेवात के किसी छोटे-से गाँव की बकरियाँ चराने वाली लड़की नरगिस बँटवारे के बाद सरहद के पार के किसी इलाके की परियों जैसी खूबसूरत सलमा में बदल गयी

है। मशहूर लोक-गायिका और उसके साथ बचपन में राबड़ी खाने वाला, पीपल के भूत से डर कर उसी का साथ माँगने वाला लड़का, सरहद के इस पार आर्कियोलाजी का विद्वान बन चुका है। इस लड़के की माँ, जिसे वह *चाईजी* कहता है, वह सरहद के उस पार अपना घर, खेत, असबाब ही नहीं, अपना एक ऐसा सन्दूक भी छोड़ आयी है, जिसमें उसकी कई पूरी-अधूरी जीवन भर की रचनाएँ हैं।

रिनाला खुर्द की सारी कथाएँ एक नहीं, कई-कई छूट गयीं, बिछड़ गयीं चीजों को खोजने, पाने और पाकर खो देने का मार्मिक कौतुक रचती हैं। इसमें *मधु* अपनी *नरगिस* को ही नहीं, या *चाईजी* अपने सन्दूक को ही नहीं खोजते, इसमें सियासत की शतरंज का विसात बनाकर दो टुकड़ों में तोड़ दिए गए दो शरीर, अपने अलग कर दिए रिश्तों, खेतों-खलिहानों, घर-बगीचों और अपने ही जिस्म से अलग काट दिए अंगों की खोज में विकल भटकते हैं।

1947 में देश विभाजन पर बहुत सी कहानियाँ और उपन्यास लिखे गए हैं। फिल्में बनी हैं। लेकिन ईशमधु तलवार का यह छोटा सा उपन्यास अपने आकार से बड़ी कथा इसलिए भी कहता है, क्योंकि यह विभाजन के दशकों बाद की स्मृतियों का विचलनकारी वृत्तान्त है। महत्त्वपूर्ण यह है कि ये स्मृतियाँ सिर्फ किन्हीं कुछ पात्रों की निजी स्मृतियाँ नहीं रह जातीं, वे दो समुदायों, दो देशों, दो इतिहासों और मिथकों के अटूट, अविभाज्य, निरन्तर अन्तरसम्बन्धों की कहानी भी बन जाती हैं।

हिंसा, रेगिस्तान, उजाड़, फौज, सियासत, सन्देह और युद्ध के साये तले दहशत से साँस लेती धरती के गर्भ में, चुपचाप अदृश्य बहती हुई विलुप्त नदी सरस्वती की तलाश सिर्फ 'सप्तसिन्धु' या हड़प्पा-सभ्यता की खोज भर नहीं रह जाती, वह बुल्ले शाह, वारिस शाह, परवीन शाकिर, नूरजहाँ, मंटो, चाणक्य, नुसरत फतेह अली खाँ के करीब जाने और भीष्म साहनी-बलराज साहनी के पिता को कपड़े का बंडल उठाये खरीदारों की खोज में पैदल चलते देखने के हासिल में बदल जाती है।

इस उपन्यास को पूरा पढ़ जाने के बाद फिर से वही अनुत्तरित सवाल उठ खड़ा होता है कि ऐसा क्यों है कि 1989 के बाद, जब पश्चिम में दो टुकड़ों में तोड़ दिए गए देशों के बीच की दीवारें ढह जाती हैं, तरह-तरह की सियासतों द्वारा खींची गईं तमाम सहजद्वन्द्वियाँ टूट-बिखर रही हैं, पूरब में क्यों वे दीवारें और मजबूत होती जा रही हैं, खाइयाँ चौड़ी और गहरी क्यों होती जा रही हैं।

इस बार जयपुर जाऊँगा, तो ईशमधु तलवार जी के मकान के टेरेस को ध्यान से देखूँगा कि कहीं उस पर झुका हुआ कोई नीम का पेड़ तो वहाँ नहीं है?

बचपन में पढ़ा गया किसी गजल का एक शेर अचानक याद हो आया :

गौर से देखो, तो उस आँख में नमी-सी है,
लिपट के रोया है, किससे, ये हरसिंगार का पेड़।

—उदय प्रकाश

सफर से पहले

उपन्यास, यानी शब्दों का लम्बा सफर। इस सफर पर चलने से पहले यह छोटा सा स्टॉप है, जहाँ मैंने आपको बात करने के लिए रोक लिया है।

जिन्दगी का सफर, सब जानते हैं, कई रंगों से होकर गुजरता है। इसमें कभी जगमगाती रोशनी आती है तो कभी अँधेरी सुरंगें। खुशियों से छलकती नदियाँ हैं तो दुखों के पहाड़ भी। ऊबड़-खाबड़ रास्ते भी पार करने पड़ते हैं। लेकिन आदमी को यदि उसकी जमीन से उखाड़ दिया जाए तो उसका दर्द जिन्दगी के पूरे सफर में साये की तरह पीछा करता है। विभाजन की त्रासदी के इतने साल बाद भी अनेक लोग आज तक अपनी जड़ों को नहीं भूल पाए हैं। इसे क्या कहें?

दरअसल, अपनी जमीन, अपने मकान, अपनी गलियों से उखड़ने की पीड़ा को वही समझ सकता है, जिसने इसे भोगा हो। मैंने चाईजी, यानी अपनी माताजी को इस दर्द के दरिया से गुजरते हुए बचपन से लेकर बड़े होने तक देखा है। चाईजी की आँखों से मैं पाकिस्तान के रिनाला खुर्द को ऐसे ही देखता रहा हूँ, जैसे वहाँ आज भी मेरा ननिहाल हो। रिनाला खुर्द, वहाँ की नहरें और वहाँ के बाग चाईजी की यादों में बसे थे जो उन्हें बेचैन करते रहते थे। फिर एक बार मैं पाकिस्तान के सफर पर निकला तो वहाँ भी ऐसे बहुत लोग मिले जो अपनी जमीन छोड़ने की टीस को आज तक सीने में लिए बैठे हैं। पाकिस्तान में ऐसे लोगों की लम्बी जमात है जो अपनी हिन्दुस्तान की यादों के पन्ने आज भी उलटते-पलटते रहते हैं। तब मुझे अहसास हुआ कि यह दर्द केवल चाईजी का नहीं था, बड़ी संख्या में ऐसे लोगों का है, जो पतंग की तरह अपनी जमीन से उखड़ गए और आंधियों ने जहाँ ला कर फेंका, वहाँ अटक गए। संगीत और साहित्य के क्षेत्र में रोशनी फैलाने वाले मेहदी हसन, भीष्म साहनी, नूरजहाँ और सआदत हसन मन्टो जैसे भी अनेक लोग इस दौर से गुजरे हैं।

सरहद पर लोहे के तार के काँटों ने लोगों को एक-दूसरे से कितना अनजान बना दिया है, उसकी चुभन मैंने महसूस की है। इस तार ने लोगों को इधर से उधर झाँकने से भी रोक दिया है, लेकिन दोनों मुल्कों की जनता के बीच बहने वाले

प्यार के दरिया को लोहे की बाड़ अभी नहीं रोक पाई है। यह इनसानी दिलों में धड़कने वाली मोहब्बत की ही जीत है। यह बात अलग है कि भूगोल की भूगर्भिक हलचलों से दोनों मुल्कों को जोड़ने वाली नदियाँ दफन होती रही हैं, रास्ता बदलती रही हैं और जज्बाती रिश्ते भी सरहद के काँटों में उलझ कर दम तोड़ने को मजबूर हैं, लेकिन अवाम के दिलों में बहने वाली मोहब्बत की नदी अभी पूरी तरह सूखी नहीं है। यह दीपक की एक लौ की तरह है, जिसने रिश्तों की रोशनी को कायम रखा हुआ है।

जमीन छोड़ने के जख्म और उनको सहलाती मानवीय संवेदनाओं को लेकर रचना के कई ड्राफ्ट दिमाग में बरसों से बनते, बिगड़ते रहे हैं। गड्डमड्ड चीजों ने जब आकार लेना शुरू किया तो यह उपन्यास निकल कर सामने आया। यह उपन्यास मैंने नहीं लिखा। चाईजी ने लिखवा लिया। सलमा के दर्द ने लिखवा लिया। लड्डो की मुस्कान ने लिखवा लिया। सरहद पार की यादों के पुराने बक्सों को खोलते, खंगालते लोगों की पीड़ा ने लिखवा लिया। यह आधी हकीकत है और आधा फसाना। फसाना भी आपको हकीकत लगे तो यह मेरी नहीं, लिखवाने वाले पात्रों की सफलता है।

यह एक ऐसा सफर है, जिसमें आप अपने गाँव और खेतों से होते हुए एक अनजानी दुनिय: में प्रवेश करेंगे, लेकिन अन्दर आकर आपको लगेगा कि यह तो हमारी अपनी दुनिया है। आपको नायाब लोग मिलेंगे, अपनी जैसी धरती मिलेगी, अपना जैसा आसमान मिलेगा, प्यार के दरिया बहते मिलेंगे तो, नफरतों की दीवार भी मिलेगी, यादों के उड़ते बादल मिलेंगे, नदी में खिलते फूल मिलेंगे, जज्बातों की खुशबू मिलेगी, दो दिलों के प्यार और गम की दास्तान मिलेगी और मिलेंगे बनते-बिगड़ते और दफन होते सपने। अक्सर यह होता है कि सफर में आत्मीय लोग मिलते हैं फिर वे बिछुड़ भी जाते हैं। हर सफर की यही नियति होती है। कहते हैं, आने वाले लोग लौटकर वापस चले जाते हैं, लेकिन जाने वाले लौटकर नहीं आते। यह ऐसा ही आने और जाने का सफर है। सफर कभी रुकता नहीं है। आइए, अब निकलते हैं सफर पर।

—ईशमधु तलवार

दिसम्बर, 2018
जयपुर

सारी बस्ती में ये जादू नजर आए मुझको
जो दरीचा भी खुले, तू नजर आए मुझको
—कतील शिफाई

कल-कल बहते सपने

मैं जोर-जोर से आवाज लगा रहा था—"सलमा, सलमा, सलमा ऽऽऽऽ।"

सलमा भागी चली जा रही थी और मैं उसके पीछे-पीछे नहर के किनारे-किनारे। मैं थक-हारकर एक पेड़ के नीचे पत्थर पर बैठ गया।

अचानक एक पूरा रेलवे स्टेशन पैराशूट की तरह आसमान से धीरे-धीरे झूलते हुए नीचे उतरता दिखाई दिया। वह धम्म से जमीन पर आकर पड़ा—एक बड़े धमाके के साथ। जोर से बम फटने जैसी आवाज आई। स्टेशन का नाम चमका—रिनाला खुर्द। इसके साथ ही एक तूफान-सा उठा। लोग इधर से उधर भाग रहे थे। तेज बारिश शुरू हो गई थी।

ट्रेन की खिड़की में बैठे एक अंग्रेज ने पैनी नोक वाली भालानुमा छड़ी खिड़की से बाहर निकाली। इस छोटे भाले की नोक प्लेटफॉर्म पर फलों के एक ठेले पर रखे सरदा में जाकर घुसी। भाले के साथ लहराता हुआ सरदा सीधे ट्रेन में पहुँच गया। एक और अंग्रेज ने ऐसे ही भाले से सेब का शिकार किया, जैसे काँटे से मछली उठा रहा हो। ऊपर उठते सेब को ठेले वाले ने हाथ ऊँचे करके लपकने की कोशिश की, लेकिन वह बार-बार उछलता ही रह गया और सेब खिड़की से होते हुए ट्रेन में जा पहुँचा। रेल के डिब्बे में अंग्रेजों के ठहाके गूँजे।

तभी एक अंग्रेज खाकी निकर और सफेद टी-शर्ट पहने ट्रेन से प्लेटफॉर्म पर उतरा। उसके पीछे छोटे-छोटे बच्चे लग गए। मैले-कुचैले कपड़े पहने बच्चे आपस में बात कर रहे थे—'देखो, इतने बड़े आदमी ने निकर पहनी हुई है। देखो, इसकी जाँघें कितनी गोरी और लाल हैं।'

यह अंग्रेज एक ठेले से फलों का थैला भर कर जाने लगा तो ठेले वाले ने पैसे माँग लिए। बस फिर क्या था, अंग्रेज ने फलों का थैला नीचे रख दिया और ठेले वाले पर पिल पड़ा। लात-घूँसों की बरसात शुरू कर दी। तभी एक अंग्रेज और आया। उसके हाथ में हंटर था। उसने ठेले वाले पर हंटर फटकारना शुरू कर दिया। सब लोग भाग छूटे। उसे बचाने कोई नहीं आया। छोटे बच्चे भी दूर खड़े होकर भयभीत आँखों से यह दृश्य देख रहे थे। हंटर की मार से ठेले वाले का कुर्ता और लुंगी फट गई। टोपी उछल कर दूर जा गिरी। वह हाथ जोड़ कर गिड़गिड़ाता रहा, लेकिन अंग्रेज नहीं पिघले।

बारिश अब और तेज हो गई थी। स्टेशन पानी की नदी में तब्दील हो गया था, जिसमें रंग-बिरंगे फल तैर रहे थे। अंग्रेज स्विमिंग पूल की तरह इसमें तैर कर आनन्द ले रहे थे और एक-दूसरे पर गेंद की तरह फलों को उछाल रहे थे। ठेले वाले नदी में कूद कर अपने फलों को इकट्ठा करने की कोशिश कर रहे थे।

इन बर्बर दृश्यों की मूक गवाह बनी ट्रेन छुक-छुक करके आगे बढ़ी तो अंग्रेज दौड़ कर डिब्बों में चढ़ गए। ट्रेन एक नाव की तरह धीरे-धीरे आगे खिसक रही थी। ट्रेन के पीछे-पीछे नदी का रेला भी चला गया और पटरियाँ दिखाई देने लगीं। मैं एक अँधेरे कोने में खड़ा था। घना अन्धकार छाया हुआ था। सन्नाटा पसरा था। कोई टैक्सी-रिक्शा नजर नहीं आ रहा था। पता चला वहाँ एक ही ताँगा होता है। मैं ताँगे को ढूँढ़ रहा था। आखिर वह मिल गया।

ताँगा अपनी दोनों बाँहें ऊपर करके खड़ा था और पास में घोड़ा बँधा हुआ था। ताँगे वाले ने पूछा—"कहाँ जाओगे मियाँ?"

मैंने बताया—"मिशेल का बाग।"

उसने ताँगे में घोड़ा जोता और चल पड़ा। धीरे-धीरे ताँगे की रफ्तार बढ़ने लगी। देखते ही देखते वह हवा से बातें करने लगा। जमीन पर पड़े सफेद कपास के ढेर बादलों की तरह उड़ कर ऊपर आ गए। घोड़े ने हवाई जहाज की तरह टेक ऑफ किया और ताँगा ऊपर आसमान में उड़ने लगा। आकाश में तारों की बजाय रंग-बिरंगे फल ही फल चमकते दिखाई दे रहे थे। फलों की आकाश गंगा को चीरते हुए ताँगा उड़ रहा था। तभी मुझे सलमा का चेहरा दिखाई दिया।

मैं जोर से चीखने लगा—"सलमा, सलमा, सलमा ऽऽऽ... ।"

मुझे चाईजी झिंझोड़ कर जगा रही थीं—"कि होया काके? कोई सपना वेख्या सी?" मैं आँखें मलते हुए उठ बैठा। सारा शरीर पसीने से तरबतर हो रहा था। लगा जैसे एक लम्बा सफर तय करके आया हूँ। समन्दर का, आसमान का, रिनाला खुर्द का, पीठ पर बरसते कोड़ों का। मैंने अपनी पीठ खुजलाई। सोचा, कहीं कोड़ों के निशान तो नहीं पड़ गए मेरी पीठ पर भी।

सर्दियों की रात थी। मैं उठ कर अपनी किताबों की शेल्फ तक गया। 'ए रिवर अंडर द डेजर्ट' निकाली और वापस कुर्सी पर आकर बैठ गया। किताब के पन्ने पलट ही रहा था कि चाईजी हलवा और एक गिलास में दूध लेकर आ गईं। बोलीं—"काके, ये खा ले।"

याद आया, पढ़ाई के दिनों में जब मैं देर रात तक परीक्षा की तैयारी कर रहा होता, तब भी चाईजी अचानक बिस्तर से उठकर रसोई में चली जाती थीं और मेरे लिए देसी घी का हलवा और चाय बना कर ले आती थीं।

"चाईजी यह सब करने की क्या जरूरत थी?" उन्होंने मनुहार की—"कोई नहीं काके, खा ले। पता नहीं कदों तक रात काली करेगा?"

मैं हलवा खाकर दूध पीने लगा तो मुझे मेरा गाँव बगड़ याद आ गया। यादें भी अजीब होती हैं। कभी कुछ खाओ तो कुछ याद आ जाता है। यादों का भी स्वाद होता है—मीठी-कड़वी...

अलवर जिले में मेवात इलाके का गाँव बगड़। शाम को गाय-भैंसों का दूध निकल कर आता तो हम बाहर खेल रहे होते। चाई जी बाहर बुलाने आ जातीं—"काके, चल दूध पी ले।" चाईजी हम बहन-भाइयों के पीछे-पीछे दौड़तीं। हमें घेर-घोट कर लातीं और दूध पिलातीं। मैं ऐसे दूध नहीं पीता था। कहता—"मूँछों वाला दूध पीऊँगा।" मूँछों वाला—यानी झाग वाला, जिसमें दूध के झाग से मुँह पर सफेद मूँछें बन जाती थीं। चाईजी हलवाइयों की तरह एक गिलास से दूसरे गिलास में लम्बी धार बनाकर दूध को बार-बार डालतीं, जिससे दूध में झाग बन जाते। तब मैं दूध पीता।

लम्बे अर्से बाद चाईजी मेरे पास बैठी थीं और मैं उनके हाथ का तैयार किया दूध पी रहा था। चाईजी की आँखें मुझ पर टिकी थीं। मुझे पोलैंड के महान कवि तादेउश रूजेविच की याद आई, जिन्होंने अपनी पुस्तक में एक जगह माँ के बारे में कुछ इस तरह लिखा है—

'इस समय जब मैं इन शब्दों को लिख रहा हूँ, मेरी माँ की आँखें मुझ पर टिकी हैं। वे सतर्क और करुण आँखें खामोशी से पूछ रही हैं—तुम्हें क्या परेशानी है मेरे बच्चे?'

मुस्कराते हुए मैं जवाब देता हूँ—'कुछ नहीं...सब कुछ ठीक है, मम्मा, सचमुच।'

'लेकिन बताओ तो सही,' माँ कहती है, 'क्या बात है?'

मैं अपना सर घुमा लेता हूँ, खिड़की से बाहर देखने लगता हूँ। माँ की आँखें सब कुछ देख सकती हैं, जन्म को देखती हैं, जीवन को देखती हैं और मृत्यु के बाद दूसरी दुनिया से भी देखती हैं।

लगा जैसे तादेउश रूजेविच ने यह सब मेरे जैसे लोगों के लिए ही लिखा था। शायद माँ सबकी एक जैसी होती है। यह सोच कर मेरे चेहरे पर मुस्कराहट तैर गई।

चाईजी ने मुझसे पूछा—''मधु, क्या सोच रहा है?'' मेरे नाम मधुकर में से 'कर' उड़ाकर चाईजी मुझे 'मधु' नाम से ही पुकारा करती थीं। गाँव वालों की जुबान पर भी यही नाम चढ़ गया था।

मैंने मुस्कराते हुए कहा—''कुछ नहीं। ऐसे ही।''

वे बोलीं—''खाते समय कुछ नहीं सोचते, वरना उथलू आ जाता है।''

मैं हँसा। चाईजी हमसे बचपन में भी ऐसे ही कहती थीं। कभी खाना गले में अटक जाता और जोर-जोर से खाँसी आती तो तुरन्त पूछतीं—''क्या सोच रहा था?''

मैंने हलवे की प्लेट और दूध का गिलास सरकाया और किताब एक तरफ रख दी। चाईजी की बातें सुनने लगा। वे बता रही थीं—''पाकिस्तान में मेरे पास इतनी अच्छी राइटिंग टेबिल थी कि तेरी ये टेबिल तो कुछ भी नहीं है। उसमें कई दराजें थीं। तेरे नानाजी लाए थे। एक लकड़ी का बहुत सुन्दर बक्सा भी था। जिन रिसालों में मेरे अफसाने छपते थे, उन्हें मैं उस बक्से में रख देती थी। वह बक्सा वहीं छूट गया। मुझे उसे लाने नहीं दिया। भगदड़ में घर छोड़ते समय मैं बक्से की तरफ झपटती और तेरे नानाजी मेरा हाथ पकड़ कर खींच लेते। आखिर बक्सा वहीं रह गया।''

बक्सा तो वहीं रह गया लेकिन यादों का बक्सा साथ-साथ चलता रहा। इतने बरस बीत गए लेकिन यादों का यह बक्सा नहीं छूटा। जब वक्त होता उस बक्से को खोल जरा-सा झाँक लेती।

चाईजी पाकिस्तान की यादों में उतर रही थीं। स्मृतियों के बक्से में जातीं और कुछ निकालकर ले आतीं—''हम रिनाला खुर्द में रहते थे। सर गंगाराम ने रिनाला खुर्द में लिफ्ट इरिगेशन के लिए एक बिजलीघर बनाया था। तेरे नानाजी उसी में इंजीनियर थे। सर गंगाराम ने तब बड़ा कमाल किया था। हजारों एकड़ बंजर जमीन को उन्होंने हरा-भरा बना दिया था। जमीन ऊँचाई पर थी, इसलिए बिजली की मदद से पानी ऊपर पहुँचाया जाता था। वहाँ मीलों तक फैला एक मिशेल का बाग था।''

मैंने पूछा—''मिशेल का बाग? मिशेल क्या कोई फल होता था?''

उन्होंने बताया—''मिशेल एक अंग्रेज था, जिसके नाम पर बाग था। दुनिया भर के फल इस बाग में लगते थे—सेब, खुरमानी, आड़ू, बग्गूगोशा, नाशपाती, आम और पता नहीं क्या-क्या! एक सरदा होता था—खरबूजे जैसा, लेकिन आकार में खरबूजे से बड़ा और स्वाद में बहुत मीठा, बिलकुल मिश्री जैसा। रेलवे स्टेशन पर फल बेचने वालों से अंग्रेज यात्री लूट-लूट कर फल ले जाया करते थे। कोई फल देने से मना करता तो उसकी कोड़ों से पिटाई करते। पुलिस भी कुछ नहीं कहती थी।''

वह बताती जातीं आँखें बन्द किए मन-ही-मन जाने किस काल की यात्रा पर होती। —"रिनाला खुर्द में छोटा-सा रेलवे स्टेशन था, जहाँ दिन में एक दो बार ही गाड़ियाँ रुकती थीं। उस समय रेलवे स्टेशन पर केवल एक ही ताँगा होता था। ताँगे वाला घोड़े को खोल कर रखता था। जब कोई सवारी मिल जाती तो उसे ताँगे में जोत देता। हम उस ताँगे में बहुत बैठते थे।"

जैसे तांगा चल रहा हो चाईजी की कहानी आगे बढ़ती जाती खरामा-खरामा—"रिनाला खुर्द में कपास बहुत होती थी। कपास के ढेर लगे रहते थे। जैसे बच्चे मिट्टी के घर बनाते हैं, ऐसे हम बचपन में कपास के घर बनाकर खेला करते थे।"

चाई जी के यही किस्से मेरे सपनों में आते थे और वह आती थी जिसका नाम बदल गया था। लेकिन मेरे मन में उसकी वही पहचान थी।

आज मैं यूनिवर्सिटी नहीं गया। सुबह मुझे क्लास लेनी थी, लेकिन फोन करके छुट्टी ले ली। नहा-धोकर अपनी किताब 'ए रिवर अंडर द डेजर्ट' लेकर बैठ गया। चाईजी बीच-बीच में कभी चाय, कभी नाश्ते के लिए पूछ जातीं।

चाईजी टीवी देख रही थीं। एक बार मेरे पास आईं और बोलीं—"मधु, तू रेडियो नहीं रखता?" मैंने कहा—"आजकल तो टीवी से ही काम चल जाता है। वैसे मैं भी सोच रहा था कि लेकर आऊँगा।"

मुझे याद आया, जब हम छोटे थे, चाईजी ने मामाजी से बगड़ में एक रेडियो मँगवाया था, जो दिल्ली रहते थे। जितना बड़ा रेडियो, लगभग उतनी ही बड़ी ऐवररेडी की बैट्री थी, जिसमें बिजली की तरह थ्री-पिन वाला प्लग लगता था। शाम को खबरें सुनने गाँव वाले हमारे घर आ जाते थे। दिन में जब आमतौर पर घर पर कोई नहीं होता, तब रेडियो पर गाने बजते रहते थे और चाईजी रसोई में काम करती रहती थीं। फरमाइश में झुमरी तलैया और राजनन्दगाँव का नाम तब बार-बार आता था। इस रेडियो पर ही साहिर लुधियानवी, मजरूह सुल्तानपुरी, कैफी आजमी, जाँ निसार अख्तर, शकील बदायुँनी, शैलेन्द्र, हसरत जयपुरी आदि के नाम सुन-सुनकर हम बड़े हुए। चाईजी ने पन्नालाल घोष की बाँसुरी से मेरा परिचय रेडियो की मार्फत ही कराया। बाँसुरी की तान आज भी मुझे आह्लादित कर देती है। मैंने तय किया कि जल्दी ही रेडियो भी घर पर लाऊँगा। रेडियो के बिना यादों का सिलसिला पूरा होता नहीं लग रहा था।

चाईजी मेरे साथ जयपुर इसलिए आ गई थीं कि मेरी अभी-अभी यूनिवर्सिटी में नौकरी लगी थी और मैं अकेला था। वैसे चाईजी का मन अलवर में ही लगता था, जहाँ मेरा बड़ा भाई रहता है। बहनों की शादी हो चुकी थी। पिताजी बहुत पहले

गुजर चुके थे। मैं थार रेगिस्तान में दफन नदी की कहानी पढ़ते-पढ़ते पता नहीं कब अपनी यादों के पिटारे के पन्ने पलटता गया, जहाँ शादी के बाद चाईजी आई थीं।

बगड़ में हमारा घर। घर के खुले आँगन के एक तरफ रसोई में धुँधुआती लकड़ियाँ। चूल्हे से जूझतीं चाईजी। बिलौने में नेती से कसरत कर मक्खन निकालतीं चाईजी। मक्खन के सफेद गोले चाईजी अपनी दोनों हथेलियों में उछाल रही हैं। हम नीचे जमीन पर बैठ कर पराँठे और मक्खन का नाश्ता कर रहे हैं। लगभग ऐसे ही कुछ दृश्य होते थे बगड़ के। दृश्य-दृश्य याद आ रहा था।

याद आ रहा था। चाईजी का पूरा दिन रसोई में ही बीत जाता। सुबह-शाम गाय-भैंसों का दूध निकलकर आता तो उसे गर्म करतीं। सुबह मक्खन निकालतीं। फिर उसका घी बनातीं। खेत पर काम करने वालों का खाना बनाकर भिजवातीं। कभी घर पर पटवारी या कोई नेता आ जाता तो उस दिन खास पकवान बनातीं। उसमें खीर और मालपुए जरूर शामिल होते। इधर से उधर दौड़ती रहतीं। रात को छत पर हम सोने जाते तो वहाँ हमें कहानियाँ सुनातीं। घर के पास नीम के बड़े दरख्त की हवा से झूमती टहनियों और आसमान में तारों को देखते हुए हम चाईजी से कहानियाँ सुनते रहते। वे पाकिस्तान की बातें बतातीं। पाकिस्तान के किन-किन रिसालों में उनकी कहानियाँ, कविताएँ छपती थीं, उनके बारे में बतातीं। हमें तब ये बातें ज्यादा समझ में नहीं आती थीं। बाद में बड़े होने पर जो बात समझ में आई वह यह कि उनकी सारी रचनात्मकता बगड़ के चूल्हे में जलकर खाक हो गई थी। घर पर कभी वे सजधज कर नहीं रहती थीं। उनके घर में होने की केवल एक ही तसवीर जेहन में उतरती है कि वे चूल्हे में लोहे की फूँकनी से हवा मार रही हैं, खाँस रही हैं, धुएँ से आँखों में पानी आ रहा है और पीछे चौड़ी पीठ पर ब्लाउज पसीने से लथपथ है।

हम कभी सोच भी नहीं सकते थे चाईजी कभी कहानियाँ, कविताएँ लिखती थीं। जो रिसालों में छपती थीं। हमने उनको जब देखा धुआँ देखा, धूल देखा।

चाईजी कभी घर से बाहर नहीं निकलती थीं। छठे-चौमासे जरूरी काम से बाहर जाना होता, खासतौर पर किसी शादी-ब्याह में, तो जैसे गाँव की गलियाँ उनका स्वागत करती नजर आतीं। गलियों के दोनों ओर के घरों के दरवाजों से कई घूंघट बाहर निकल आते और आवाजें आतीं—"बीबीजी, आज कहाँ जा रही हो ?" सबको पता चल जाता आज बीबीजी बाहर निकली थीं।

एक बार चाईजी मुझे शहर में एक डॉक्टर को दिखाने ले गईं। वह एक लेडी डॉक्टर थी, जो चाईजी की दोस्त बन गई थी। गोल-मटोल चेहरे वाली डॉक्टर गोरी-चिट्टी थी और चश्मा लगाती थी। देखने में वह चाईजी की बहन लगती थी। दोनों एक जैसी लगतीं। एक जैसी मोटी। एक जैसी हँसी। डॉक्टर के सुन्दर बँगले

में दीवारों पर आच्छादित रंग-बिरंगे फूलों की बेल मैंने पहली बार देखी। शायद वे बोगन बेलिया के फूल रहे होंगे। मैं सोच रहा था काश गाँव में हमारे घर भी ऐसे फूल होते। कहाँ हमारा टूटा-फूटा घर और कहाँ डॉक्टर का चमचमाता, फूलों से सजा बँगला।

सर्दियों के दिन थे। डॉक्टर ने मुझे ताकत के कैप्सूल लिखे थे। एक दिन मैंने जिद करके कैप्सूल नहीं लिए और भाग कर स्कूल चला आया। हमारे स्कूल में केवल तीन कमरे थे। इनमें से एक में हेडमास्टर सा'ब का दफ्तर था। बाकी दो कमरों में कक्षाएँ लगती थीं। विद्यार्थी ज्यादा थे, इसलिए छोटी कक्षा के बच्चों को स्कूल के आँगन में पेड़ों के नीचे जमीन पर बैठकर पढ़ना पड़ता था।

उस दिन अचानक चाईजी थर्मस में दूध लेकर मुझे दवाई देने स्कूल आ गईं। उस समय हम बाहर जमीन की घास पर बैठ कर पढ़ रहे थे। धूप तेज लगती तो चेहरे के आगे स्लेट लगा लेते। हालाँकि गुनगुनी धूप में बैठ कर बच्चों के साथ चुहलबाजी करना अच्छा लगता था। चाईजी सीधे हेडमास्टर सा'ब के पास गईं, जो सर्दी में बाहर धूप सेंक रहे थे। उन्होंने बताया कि मैं दवाई लेकर नहीं आया। उन्होंने मुझे बुलाकर डाँटा और चाईजी के साथ जाकर दवाई लेने की हिदायत दी। उन्होंने कहा—'चाईजी को तंग क्यों करता है? दवाई लेकर क्यों नहीं आता? कल से बिना दवाई लिए आया, तो सजा मिलेगी।' हेडमास्टर सा'ब से हम बहुत डरते थे। डरते क्या थे, आतंकित रहते थे। चाईजी मुझे हेडमास्टर सा'ब वाले खाली कमरे में ले गईं। मैं जमीन पर पैर पटक कर चिल्लाना चाहता था, रोना चाहता था, लेकिन हेडमास्टर जी के डर से प्राण सूखते थे। मैं मचला और रोनी सूरत बना कर कहा—"आप मेरे स्कूल क्यों आ गईं? किसी की माँ नहीं आती।" मैं दोनों आँखें मींजता हुआ रोने लगा।

चाईजी ने पुचकारकर मुझे चुप कराया—"मेरा राजा बेटा है। काके, दवाई लेगा तो ताकतवर बनेगा।" उन्होंने अपनी साड़ी के पल्लू से मेरे आँसू पोंछे और दूध के साथ चटख लाल रंग का कैप्सूल खिलाया। दूध पिलाया। चाईजी को मैंने बड़े दिनों बाद सजे-धजे रूप में देखा था। मैंने थर्मस के प्याले में दूध पीते हुए कहा—"चाईजी आज आप बहुत अच्छी लग रही हो। आप रोज ऐसे ही क्यों नहीं रहतीं?"

चाईजी मुस्कराईं—"काके, घर पर काम-धाम में फँसना पड़ता है ना। दिन-रात तो चूल्हे में खपना पड़ता है। तू पढ़-लिखकर बड़ा आदमी बन जा। फिर अपनी बीवी को अच्छी तरह रखना।"

मैं तुरन्त बोला—"चाईजी, मैं तो नरगिस से शादी करूँगा।"

चाईजी मेरी तरफ आँखें फाड़ कर देखने लगीं। बोलीं—"तेरा दिमाग तो खराब नहीं हो गया है? अभी तेरी शादी की उम्र है क्या? बेवकूफ। पढ़ाई पर ध्यान दे।" मेरी आँखों से आँसू निकल पड़े। उन्होंने मुझे चूमा, कक्षा तक बाहर छोड़ा और खेतों

की पगडंडियों से होती हुई घर लौट गईं। मैं देर तक उन्हें जाते हुए देखता रहा। उस दिन चाईजी मुझे अलग लगी थीं। आम दिनों से बहुत अलग।

घास पर मेरे साथ बैठी नरगिस ने मुझसे पूछा—''कांई हुयो? आज चाईजी स्कूल कैसे आ गईं?''

मैंने कहा—''कुछ नांय हुयो, मोकू दवाई देबा आई हीगी।'' फिर हम दोनों अपनी-अपनी किताब लेकर बैठ गए। मास्टरजी एकलव्य का पाठ पढ़ा रहे थे। मेरे पास बैठे कैलाश ने कहा—''तू दवाई लेके आबा करे न, चाईजी कू क्यूँ तंग करे?'' मैंने उसकी तरफ देखा और सिर हिलाया।

थोड़ी देर बाद मास्टरजी कक्षा लेकर चले गए और स्कूल का मैदान मछली बाजार बन गया। सब छात्र आपस में बातचीत में मशगूल हो गए। कैलाश ने मुझसे कहा—''यार मधु, मेरे एक बात समझ में नांय आई।''

''कांई?''

''मास्टरजी ने या तो बतायो कि एकलव्य कितनो अच्छो आज्ञाकारी शिष्य होगो, पर या नांय बतायो कि द्रोणाचार्य इतनो बुरो क्यूँ होगो? वाने एकलव्य सू अंगूठो क्यूँ माँग लियो? मौकू तो द्रोणाचार्य पे गुस्सो आयो होगो।''

बीच में सलमा बोली—''कैलाश बात तो सही कह रियो है। द्रोणाचार्य ने एकलव्य कू कुछ सिखायो भी नांय और वाको अँगूठो और कटवा दियो। या तो वाने बुरो ही करो।''

मैंने कहा—''चलो, मास्टरजी सू पूछेंगा।''

हम मास्टरजी के पास गए तो वो टेस्ट की कॉपियाँ जाँचने में जुटे हुए थे। हमने अपनी समस्या उनके सामने रखी तो वो बोले—''मैंने तुमको जो पढ़ाया वह तो समझ में आ गया न?''

मैंने कहा—''वह तो समझ में आ गया, लेकिन...।''

''लेकिन-वेकिन कुछ नहीं। मैंने जितना पढ़ाया है, उतना ही पढ़ो। परीक्षा में उतना ही सवाल आयेगा, उससे आगे नहीं आएगा। समझे?''

मास्टरजी इतने जोर से 'समझे?' बोले कि हम 'जी, मास्टरजी' कहकर मुँह लटकाए वापस आ गए। मैं उससे ज्यादा जानना चाहता था। जितना परीक्षा में आने वाला था, लेकिन हम बच्चों को कोई कुछ बताता ही नहीं था। मन मसोसकर रह जाता।

आज यूनिवर्सिटी की छुट्टी थी। चाईजी से मैंने बोल दिया था कि शाम को बाजार चलेंगे। चाईजी को मैं कुछ अच्छी साड़ियाँ दिलाना चाहता था। मैंने साड़ी वाली बात

उन्हें बताई नहीं थी। जब भी कोई ऐसी बात आती तो वे कहतीं—"अब बुढ़ापे में मुझे कौन से नए कपड़े पहनने हैं? मेरे पास पहले से ही बहुत साड़ियाँ हैं। मुझे कुछ नहीं चाहिए।"

चाईजी बोलीं—"चल बाजार से मुझे कुछ ऊन दिला देना। तेरा स्वेटर बुन दूँगी।"

मैंने कहा—"चाईजी, अब बुनने का चक्कर छोड़ो। आजकल ब्रांडेड स्वेटर आते हैं।"

"आते होंगे ब्रांडेड। मशीनों से बनते हैं। उनमें इनसानी हाथ नहीं लगते। जब तू मेरे हाथ का स्वेटर पहनेगा तो क्या उसके रंगों में तुझे मैं नजर नहीं आऊँगी?"

"हाँ, जरूर नजर आओगी। ठीक है, ऊन खरीदेंगे।"

हमने बाजार से ऊन खरीदा। तभी ऊन के गोलों की तरह यादों के कुछ धागे खुलने लगे और मैं फिर बगड़ पहुँच गया। ऐसा अक्सर होता था। चाईजी के साथ होने पर मैं बगड़ पहुँच जाता और मेरे साथ होने पर चाईजी पाकिस्तान। मन काल की किसी सीमा को नहीं मानता!

जब मैं छोटा था, तब चाईजी ने मेरे लिए एक मफलर बुना था। मेरे कहने पर ऊन की बुनावट से ही उन्होंने मफलर के एक कोने में मेरा नाम 'मधु' लिख दिया था। आमतौर पर मफलर जितने बड़े होते हैं, उनसे बड़े आकार का मफलर था यह। इसकी चौड़ाई भी ज्यादा थी। बहुत गुदगुदा था, मखमल जैसा। नरगिस को यह मफलर बहुत पसन्द था। जब कोई देख नहीं रहा होता तो वह मेरा मफलर गले में डाल लेती थी। मफलर डाल कर इधर-उधर मटकती। मुझे भी उसका ऐसा करना अच्छा लगता था। कई बार मैं ही उसे दे दिया करता था—"ले, ये मफलर पहन ले।"

तब एक बार चाईजी से मैंने कहा था—"चाईजी, नरगिस के लिए भी एक मफलर बना दो ना।"

चाईजी ने मुझे घूर कर देखा था—"क्यों?"

"उसको भी सर्दी लगती है। उसकी माँ को मफलर बनाना नहीं आता।"

"चुप कर। सबके मफलर बनाऊँगी क्या? घर में ओढ़ने के लिए उसके पास कुछ नहीं हो तो मुझे बताना।" चाईजी ने तब डाँट कर मुझे चुप करा दिया था। दिक्कत यही थी। चाईजी के लिए जैसे सब गाँव वाले, वैसी नरगिस। मेरे दिल में नरगिस की एक खास जगह थी, लेकिन चाईजी को कैसे बताता? मैं चुप हो गया।

अब रह-रहकर याद आता था। वह सब जो तब चाईजी को नहीं बता पाया। टीस की तरह दर्द उभर-उभर आता था। जब आप कोई सपना शिद्दत से देखते हैं

और वह अधूरा रह जाता है तो बार-बार याद आता है। रह-रह कर...जब से चाईजी आई थीं मेरे मन में जैसे बगड़ का दबा हुआ दर्द उभर आया था। माँ के साथ रहने पर कमबख्त बचपन ही याद आता है।

मैं चाईजी को साड़ी की एक दुकान पर लेकर गया और उनसे साड़ी पसन्द करने के लिए कहा।

चाईजी बोलीं—"मुझे साड़ी की जरूरत नहीं है। रहने दे।"

मैं पीछे पड़ गया। मैंने कहा—"कम-से-कम दो साड़ियाँ तो आपको लेनी ही पड़ेंगी।" वे राजी तो हो गईं, लेकिन उनकी नजर सस्ती साड़ियों पर थी। मैं उन्हें अच्छी साड़ियाँ दिलाना चाहता था, लेकिन ज्यादा कीमत देखकर वे उसे एक तरफ रख देतीं। कहतीं—"नहीं यह रंग मुझे पसन्द नहीं है।" उन्हें सस्ती साड़ियों के ही रंग पसन्द आ रहे थे। बड़ी मुश्किल से दो साड़ियाँ खरीदीं।

बाजार से जब लौटने लगे तो चाईजी ने पूछा—"मधु, तू बच्चों को पढ़ाने कहाँ जाता है?"

मैंने कहा—"यूनिवर्सिटी जाता हूँ। चाईजी हमारी यूनिवर्सिटी का कैम्पस इतना शानदार है कि बाहर से लोग जयपुर घूमने आते हैं तो कई लोग अपने मेहमानों को यूनिवर्सिटी कैम्पस दिखाने लाते हैं। चलो, आज आपको दिखाता हूँ कि मैं कहाँ पढ़ाने जाता हूँ।"

जवाहरलाल नेहरू मार्ग आते ही मैंने अपनी कार यूनिवर्सिटी की तरफ मोड़ ली। यूनिवर्सिटी के बड़े दरवाजे से जैसे ही हम अन्दर घुसे, सामने विशाल लॉन, बड़े-बड़े दरख्त और अलग-अलग हिस्सों में विशाल भवनों को देखकर चाईजी के मुँह से निकला—"मधु, ऐ तां बोत वड्डा कैम्पस है।"

मैंने कहा—"हंजी।"

हम आगे बढ़े तो मैं उन्हें बताता हुआ चल रहा था—"यह सेंट्रल लाइब्रेरी है, यह वनस्पति विभाग है, यह स्विमिंग पूल है, यह लड़कियों का हॉस्टल है, यह इतिहास विभाग है, यह लॉ डिपार्टमेंट है।" जब हम दो-ढाई किलोमीटर तक चल लिए तो चाईजी के मुँह से निकला—"मधु, ऐ तां वड्डा सोणा कैम्पस है।" चाईजी की आँखों में चमक दिखाई दे रही थी।

लौटते समय मैंने उन्हें दूर से ही कैम्पस में बने अध्यापकों के क्वार्टर दिखाए। फिर भूगोल विभाग आया तो उसके सामने मैंने गाड़ी रोक ली। मैंने चाईजी से विभाग के भवन की ओर इशारा करते हुए कहा—"मैं यहाँ पढ़ाने आता हूँ।" चाईजी ने कार से उतर कर चारों ओर घूमकर कैम्पस को निहारा जहाँ चारों ओर

जयपुर का वास्तु शिल्प बिखरा था। उन्होंने कहा—''मधु, चंगी जगह लगी है तेरी नौकरी।'' चाईजी के चेहरे से खुशियाँ झर रही थीं।

बाद में बड़े-बड़े उद्यानों के बीच बनी सड़क पर निकल कर वीसी सेक्रेटेरियेट और एडमिनिस्ट्रेटिव ब्लॉक के पास से गुजरते हुए हम यूनिवर्सिटी से बाहर आ गए। मैं खुश था कि चाईजी को मेरा कैम्पस पसन्द आया था।

चाईजी को यह बात वैसे अच्छी लगी कि बेटे ने साड़ियाँ दिलाई हैं। घर में किसी बहन या मौसी का फोन आता तो वे यह बताना नहीं भूलतीं कि मधुकर ने मुझे दो साड़ियाँ दिलाईं। यह भी बतातीं कि—''मुझे महँगी साड़ियाँ दिलाना चाहता था पर मेरा ही मन नहीं हुआ। अभी नई-नई तो इसकी नौकरी लगी है।''

चाईजी ने घर पर एक ही साड़ी पहनी। मैंने एक दिन उनसे पूछा—''दूसरी साड़ी का नम्बर कब आएगा?''

वे बोलीं—''उसे तो मैं अलवर जाकर परभाती को दे दूँगी। उसकी बहू पहन लेगी। परभाती मेरी बहुत सेवा करता है। रोज गाँव से मेरे लिए छाछ लाता है। शहर में मेरे बैंक, डाकखाने के काम भी कर जाता है। दिन में एक दो बार घर के चक्कर काट जाता है। कोई भी काम बताओ, मना नहीं करता।''

मैंने कहा—''परभाती की बहू के लिए मैं एक और साड़ी ला दूँगा। आप तो अपनी पहनो।''

वे नहीं मानीं। बोलीं—''नहीं, फालतू खर्चा करने की जरूरत नहीं है। मुझे और नहीं चाहिए। पहले ही मेरे पास बहुतेरी साड़ियाँ पड़ी हैं।''

चाईजी की आदत ही कुछ ऐसी थी। अलवर में एक दिन गाँव से कलवा चमार की बीवी सन्नो मिलने आई। पूस का महीना था। उसने बताया कि गाँव में जाड़ा बहुत तेज पड़ रहा है। रात को कड़ाके की ठंड पड़ती है और घर में ओढ़ने के लिए सोढ़[1] भी नहीं है। घर में रखी परात में पानी की सुबह बर्फ जम जाती है। चाईजी ने तब अपनी रजाई उसे दे दी थी। मुझे पता चला तो फिर मैंने एक जयपुरी रजाई उन्हें भिजवाई थी। गाँव से महिलाएँ कभी किसी काम से अलवर शहर में आतीं तो चाईजी से मिले बिना नहीं जातीं। उनके पैर दबा जातीं। उनका आशीष ले जातीं। औरतें कहतीं—''हम तो चाईजी सू आशीर्वाद लेबा आया हैं।''

चाईजी के पास गाँव से लोग तरह-तरह के काम लेकर आते। किसी को नौकरी लगवानी होती तो किसी का जमीन विवाद में पुलिस केस चल रहा होता। जो आता, कहता—''मधुकर जी आजकल बड़ा आदमी हो गया हैं, उनसू हमारो काम करा

1. सोढ़ : रजाई

दो।'' कोई भी आता, चाईजी मुझे जयपुर फोन कर देतीं—''मधु, इसका काम करा देना। अपने गाँव का बच्चा है।''

चाईजी को रिनाला खुर्द की याद तो कभी-कभी आती लेकिन अलवर में उनका मन हमेशा लगा रहता है। वे कई बार कह भी देतीं—''मधु, मुझे अलवर की याद आती है।''

मैं उनसे कहता, ''चलो कल ही आपको छोड़ आता हूँ।''

फिर कहतीं—''नहीं, इतनी जल्दी भी नहीं। फिर तू अकेला रह जाएगा। पहले तू अपनी शादी कर ले। मेरी चिन्ता तो तभी मिटेगी।''

मैं उनकी गोद में सिर रख कर लेट जाता। वे मेरा सिर थपथपातीं और कभी बगड़ गाँव की तो कभी पाकिस्तान की कहानियाँ सुनाती रहतीं। इस उम्र में भी चाईजी की गोद में एक सुकून मिलता। जिन्दगी के तनावों की भीषण गर्मी में एक शीतल छाया होने जैसा सुकून। प्यार की ऊष्मा से भरा सुकून। उनकी गोद में लेटते ही मैं जैसे छोटा बच्चा हो जाता। मैं बच्चा हो जाता और रह-रहकर यादों का पिटारा खुल जाता। चाहे हम जितने बड़े हो जाएँ माँ के सामने बच्चे ही रहते हैं। बच्चे रहते हैं और बचपन के किस्से।

जब से चाईजी आई हैं, मेरा स्टडी रूम बगड़ गाँव की यादों का कमरा बन कर रह गया है। चारों तरफ किताबों की बजाय बगड़ की यादों के अलग-अलग शेल्फ नजर आते हैं। कभी यादों की अलमारी का कोई खाना खुल जाता है, कभी कोई। एक खाना छलकते पानी से खुलता है। बगड़ में बहते पानी के सोते। उसमें छप-छप कर नहाते बच्चे। लहलहाती फसलें। बड़े-बड़े दरख्त। तपती दोपहर का सन्नाटा। खेतों और रास्तों में उड़ते रेत के बगूले। दक्षिणी छोर पर बड़े-बड़े दरख्तों से घिरा गाँव की हलचल का केन्द्र बिलाईवाला कुआँ। खेतों में पसरा कोहरा। कुएँ पर चमड़े का चरस खींचते बैल और धोरों में बहता पानी। पानी से उठती भाप। खेतों में पीली लूगड़ी और हरे घाघरे में काम करती महिलाएँ, जैसे गाँव का यह 'ड्रेस कोड' हो। शिम्भू काका। महबी चाचा। नन्नू भाई। रुक्मणि चाची। बुद्धो भुआ। किन्नो भाभी और नरगिस...। जीवन ऐसे ही किस्से-कहानियों में याद आता है। बगड़ की यादों में नरगिस की याद सबसे जुदा थी। साफ-साफ कहूँ तो बगड़ मुझे याद ही इसलिए रह गया क्योंकि वहाँ नरगिस थी।

वह एक ठिठुरन भरी सुबह थी। छप्पर वाले एक कच्चे मकान की दीवार के पास खड़े होकर हम धूप सेक रहे थे। मेरे पास नरगिस खड़ी थी। मैं रोज सुबह इसी तरह गाँव के दगड़े में आ कर घरों की दीवार के पास खड़ा हो जाता था जहाँ पूर्व दिशा से सीधी धूप गिरती थी। मुझे देखकर नरगिस भी आ जाती। और भी बच्चे आ जाते। कुछ बच्चे कुत्ते के पिल्लों से खेलते, कोई पिल्ले की पूँछ पकड़ कर उसे

उलटा लटका रहा है। कोई पिल्ले के दोनों कान पकड़ कर उठा रहा है। पिल्ले चिल्ला रहे हैं—'कांऊ, कांऊ...।' बगड़ में हमारी सुबह कुछ ऐसे ही शुरू होती थी। मैं और नरगिस मुँह से भाप निकाल कर रोमांचित होते थे।

नरगिस मुझसे पूछती—''जाड़ान में मुँह सू भाप क्यूँ निकले?''

मैं कहता—''पतो नांय।''

होड़ लग गई है कि मुँह से कौन ज्यादा भाप निकालता है। सामने कुएँ पर बैल चरस से पानी खींच रहे हैं। चमड़े का बड़े आकार का झोलानुमा चरस पानी से भर कर झूमता-इठलाता हुआ ऊपर आ रहा है। महबी चाचा ऊपर आती लाव[1] पर अपनी हथेली टिकाए बारा[2] गा रहा है—

जेठ, साढ़ का दोंगड़ा,[3]
कित बरसे कित नांय।
मेघा बरसेंगा बहुत,
धरती पाणी झेले नांय॥

बारा इतनी तेज आवाज में गाया जा रहा था कि दूर तक इसकी आवाज सुनाई दे रही थी। चरस के ऊपर आते-आते आखिरी शब्द को महबी चाचा ने देर तक लम्बा खींचा...''नां...य!'' बारा की आवाज से पूरे गाँव में पता चल जाता था कि आज कुएँ पर चरस चल रहा है।

महबी चाचा ने कुएँ के ढाणे पर लहरा कर आए चरस को अपनी ओर खींचा। चरस को ढाणे की शिला पर टिकाया और जोर से आवाज लगाई—''छोड़ दे कीली।'' बैलों के जुए से बँधी लाव पर बैठ कर झूलते हुए गूणी की ढलान में नीचे पहुँचा आदमी लाव से उतर गया। बैलों के जुए के पास लकड़ी की कीली को बाहर खींचा। इसके साथ ही ऊपर कुएँ के ढाणे में पत्थर की शिला पर टिका चरस नीचे बैठ गया और चारों तरफ पानी के झरने फूट पड़े। ताजा पानी से भाप ऊपर उठ रही थी।

इस भाप के धुँधलके में कई दृश्य मेरी आँखों के सामने तैरने लगे।

एक दिन शाम को जब अँधेरा गहराने लगा, तब बाहर मोहल्ले में खेल कर मैं घर में घुसा ही था। पापाजी ने मुझे बुला कर आदेश दिया—''जा, बँध[4] पर काले खाँ को ब्यालू[5] दे कर आ।'' काले खाँ हमारा हाली था और बाँध के पास

1. लाव : मोटा रस्सा
2. बारा : चरस से पानी लेते समय गाया जाने वाला दोहा।
3. दोंगड़ा : चौमासे से पहले की बेमौसम बरसात।
4. बँध : बाँध
5. ब्यालू : रात का खाना

हमारे खेत थे। बाँध घर से कोई तीन-चार किलोमीटर दूर था। शाम ढलने के बाद रास्ता सुनसान हो जाता था। फिर रास्ते में पीपल का एक बड़ा पेड़ भी पड़ता था। अक्सर सुनने में आता था कि पीपल में भूत रहता है। मैं डर से काँपने लगा। मैंने चाईजी के पास जाकर धीरे से कहा—"मुझे डर लग रहा है। रास्ते में भूत भी मिलता है। मैं रात को वहाँ कैसे जाऊँगा?" चाईजी ने पापाजी से कहा तो वे दहाड़े—"जाएगा कैसे नहीं, हरामखोर। घर से बाहर निकाल दूँगा। कोई भूत-वूत नहीं होता।"

पापाजी का डर भूत के डर से बड़ा होता था। पापाजी एक बार जो कह देते, वह पत्थर की लकीर होती थी। उनकी तेज आवाज से हमारी घिग्घी बँध जाती थी। चाईजी ने मुझे प्यार से समझाया—"देख, अपने साथ लाठी ले जा। मैंने तुझे हनुमान चालीसा सिखाया था, रास्ते में उसे बोलते हुए जाना। फिर कोई भूत नहीं आएगा।" पास में लड्डो बैठी थी, जो हमारी धर्म बहन थी। घर और खेत के कामों में मदद करने के लिए जब-तब अपने गाँव गोठड़ी से यहाँ आ जाती थी।

लड्डो ने मुझसे कहा—"गोठड़ी वाले पीर को याद कर लेना। कोई भूत नजदीक नहीं फटकेगा।"

मैंने खाने की पोटली कन्धे पर लटकाई। हाथ में लाठी उठाई और चल दिया। बाहर निकलते ही नरगिस मिल गई।

मैंने उससे कहा—"नरगिस, मैं बँध पे जा रहा हूँ। तू भी मेरे साथ चल। मुझे अकेले डर लगता है।"

नरगिस मेरे साथ कहीं भी चलने, खेलने के लिए हमेशा ही तैयार रहती थी। वह बोली—"एक शर्त पर चलूँगी। तू मुझे अपनी साइकिल पर घुमाएगा।"

मैंने कहा—"हाँ, यार जरूर घुमाऊँगा। घर के बाहर तो चाईजी देख लेती हैं। अपन गाँव के बाहर जाकर साइकिल चलाएँगे।"

नरगिस मेरे साथ चल पड़ी। इससे ही मेरा डर काफी कम हो गया था। सर्दी थोड़ी बढ़ने लगी थी। साँय-साँय करती तेज हवा चल रही थी। सन्नाटे में हवा से उड़ते पत्तों की सरसराहट भी चौंका देती थी। गीदड़ों की हुकी-हुकी की आवाज आ जाती थी। झींगुरों की आवाज भी अँधेरे में डर पैदा कर रही थी। नरगिस गीत गाती चल रही थी—

अरां, सरपंची मेरा राजा लू
मिली है मेरी माई...
पहले तो ही या के कच्ची मैडी[1]

---

1. मैडी : दूसरी मंजिल पर कच्चा कमरा

अब बनवाया याने कमरा, कचैड़ी
यानै तिरवनी तो हवेली खिंचवाई
सरपंची मेरा राजा लू मिली है मेरी माई

पहले जोता याने गाड़ी-पड्डा
अब पहरन लागो कुरम का मुड्डा[1]
यानै बैठन कू फटफट[2] *मँगवाई*
सरपंची मेरा राजा लू मिली है मेरी माई

नरगिस बहुत मधुर आवाज में मेवाती गीत गा रही थी। हम कच्चे और रेतीले रास्ते पर चल रहे थे। रास्ते में एक सोता भी पड़ता था, जिसमें बाँध से आने वाला पानी बहता था, लेकिन वह सूखा पड़ा था। सूखा सोता पार करके जैसे ही सामने पीपल का विशाल पेड़ दिखाई दिया, नरगिस ने गाना बन्द कर दिया। हम दोनों चुप हो गए। पेड़ की टहनियाँ हवा में झूम रही थीं। मैंने नरगिस के कान में धीरे से कहा—"देख पीपल की टुगली पे कोई जोर-जोर से हिल रहा है। कहीं या भूत तो ना है?" वो बोली—"चिन्ता मत कर। ऐसा करते हैं, पेड़ के पास से अपन दौड़ कर निकल जाएँगे। पीछे मुड़ कर मत देखना।" पेड़ के पास आते ही हमने दौड़ना शुरू कर दिया। काफी देर तक दौड़ते रहे। मैं मन ही मन हनुमान चालीसा भी बोलता जा रहा था। दौड़ते-दौड़ते हम थक गए। रास्ते में एक कुआँ पड़ता था। उसमें अब पानी नहीं था और उसका पनघट भी जर्जर हो चुका था। कुएँ के पास पत्थर की एक बड़ी सी शिला पड़ी थी। हम उस पर बैठ कर सुस्ताने लगे। नरगिस के पास बैठने से मुझे लगा कि एक बड़ा सहारा मेरे पास है। मेरा डर लगभग खत्म हो गया था। जो चाँदनी अब तक पेड़ों पर बनती-बिगड़ती तरह-तरह की आकृतियों से डरा रही थी, वह अब अच्छी लग रही थी। नरगिस चाँदनी रात में संगमरमर की धवल मूर्ति की तरह लग रही थी। मेरा दिल भी जैसे चाँदनी की किरणों की तरह मचलने लगा। कुछ कहने को हुमसने लगा। वह चाँदनी, वह नजारा मुझे बार-बार कुछ कहने के लिए उकसा रही थी। आखिरकार, हिम्मत जुटाकर बोला—"नरगिस, बुरो नांय माने तो एक बात खैबा चाहूँ।"

वो बोली—"कह।"

मैंने कहा—"नरगिस, तू मोकू भोत मलूक लगे।"

"तो?"

"तो कांई, मैं तोसू ब्याह करबा चाहूँ।"

---

1. मुड्डा : जूते
2. फटफट : मोटरसाइकिल

नरगिस चौंकी—"एें ऽऽऽ ! ब्याह? तू पहले बड़ो तो हो जा।" और वह जोर से हँसी।

मैंने कहा—"अरे यार, तू नांय समझेगी।"

नरगिस ने कुएँ की तरफ झाँककर कहा—"तो तू समझा दे।" तभी कुएँ से आवाज आई—"तो तू समझा दे।" मैं डर गया और मैंने नरगिस से पूछा—"या दुबारा आवाज कैसे आई?"

नरगिस ने कहा—"कुओ गूंज रियो है।"

मैंने सूखे कुएँ की तरफ झुक कर आवाज लगाई—"नरगिस।"

कुएँ से आवाज आई—"नरगिस।"

मैंने फिर आवाज लगाई—"नरगिस, नरगिस, नरगिस।"

कुएँ से भी आवाज आई—"नरगिस, नरगिस, नरगिस।"

हमें आवाज का यह खेल खेलने में मजा आने लगा।

नरगिस ने भी कुएँ में देखकर आवाज लगाई—"मधु, मधु, मधु...।" कुएँ से भी ऐसी ही आवाज आई। उस चाँदनी सुनसान रात में हम दोनों के नाम गूँज रहे थे—नरगिस! नरगिस! नरगिस! मधु! मधु!...

सामने बाँध की पाल दिखाई दे रही थी। हमें आगे जाकर इस पाल पर चढ़ना था, फिर दूसरी तरफ पाल से उतरना था। तब हमारे खेत आते थे, जहाँ हमें काले खाँ को ब्यालू देनी थी।

अचानक दूर पाल पर मुझे एक बड़ी सी परछाईं दिखाई दी। पाल के ऊपर और परछाईं के पीछे केवल आसमान दिखाई दे रहा था। मैंने नरगिस से धीरे से कहा—"सामने देख।"

नरगिस भी थोड़ी सहम गई। बोली—"यार या कांई आ रियो है?" परछाईं धीरे-धीरे हमारी दिशा में बढ़ रही थी। हम चुपके से कुएँ के टूटे-फूटे पनघट के पीछे एक तरफ छुप कर बैठ गए और उस परछाईं को देखते रहे। परछाईं जैसे-जैसे आगे बढ़ रही थी, बड़ी होती जा रही थी। हमारी साँसें थम गईं और हम चुपचाप बैठे रहे।

जैसे ही परछाईं कुएँ के पास से आगे बढ़ी, नरगिस ने मेरे कान में कहा—"अरे, या तो काले खाँ है शायद।" मैंने भी गौर से देखा। चाँदनी रात में परछाईं की तसवीर खुलने लगी तो वह सचमुच काले खाँ ही नजर आ रहा था।

मैंने आवाज दी—"काले खाँ भाई।"

वो बोला—"हाँ, कौन, मधु?"

मैंने कहा—"हाँ। तू खाँ जा रियो है भाई?"

काले खाँ ने कहा—"रोटी ले बा जा रियो होगो। भोत देर हो गई, कोई रोटी ले के ही नांय आयो। मोकू भूख लग रही हीगी।"

मैंने कहा—"हम तेरी रोटी ले के ही तो आ रिया हागा—तोकू देख के डर गया। हम कू लगो, कोई कालो भूत आ रियो है।"

वह हँसा। हमने उसे रोटी की पोटली थमाई और वापस हो लिए।

काले खाँ का खाना देकर हम लौटे तो गाँव में घुसने से पहले ही नरगिस के अब्बा जान, जिन्हें हम महबी चाचा कहते थे, सामने खड़े दिखाई दिए। जैसे वे हमारा ही इन्तजार कर रहे थे। आते ही उन्होंने फटकारते हुए कहा—"कहाँ गाया हागा?" मैंने डरते-डरते बताया—"महबी चाचा, काले खाँ की ब्यालू देबा गया हागा।"

उन्होंने आँखें तररेते हुए मुझसे पूछा—"या छोरी कू साथ क्यूँ ले गयो?"

मैंने कहा—"मोकू ऐकला कू डर लग रियो होगो, या मारे याकू साथ ले गयो।"

महबी चाचा ने तेजी से नरगिस का हाथ पकड़ कर खींचा और उसे अपने साथ लेकर चल दिया। मैं उनके पीछे-पीछे, धीरे-धीरे, सिर झुकाए चल रहा था, एक मुजरिम की तरह। जैसे मैंने कोई बड़ा अपराध कर दिया था।

अगले दिन मैं सुबह चाईजी के पास रसोई में बैठा था। चाईजी मेरे लिए दूध तैयार कर रही थीं। मैंने चाईजी से पूछा—"चाईजी, पापाजी मुझे रात को खाना देने खेतों में भेजते हैं, मुझे डर लगता है। मैं बड़ा कब होऊँगा?"

चाईजी ने कहा—"जल्दी-जल्दी जितना दूध पिएगा, उतना ही बड़ा होगा।"

मैंने गिलास मुँह से लगाया और एक साँस में दूध खींच गया। चाईजी अवाक मुझे देखती रह गईं।

उन्होंने पूछा—"क्या करेगा तू बड़ा होकर?"

मैंने कहा—"शादी करूँगा।" चाईजी की जोर से हँसी छूटी। तब मैं शादी का मतलब नहीं समझता था। लेकिन करना चाहता था।

उन्होंने हँसते-हँसते मजाक में कहा—"तेरी शादी तो हम काठेडणी से कर देंगे।"

मैं नाराज होकर चाईजी पर धीरे-धीरे मुक्के चलाता रहा। वे दोनों हाथों से बचाव करती रहीं और हँसती रहीं। काठेडणी एक बूढ़ी और बदसूरत औरत थी, जो हमारे यहाँ बरतन साफ करने आती थी। उसकी नाक कटी हुई थी।

चाईजी ने डाइनिंग टेबिल पर खाना डाल दिया था। उस दिन खाना खाते समय मैंने चाईजी से पूछा—"चाईजी अपने गाँव में एक काठेडणी होती थी। अभी है क्या वो?"

चाईजी ने हँसकर कहा—"नहीं, उसको मरे हुए तो काफी समय हो गया। हम जब मजाक करते थे कि तेरी शादी काठेडणी से करेंगे तो वह बहुत खुश होती थी। वो काठेड़ गाँव की थी, इसलिए उसका नाम काठेडणी पड़ गया था।"

मैंने कहा—''अरे चाईजी, एक बार घर से बाहर मैं बच्चों के साथ खेल रहा था तो वह मेरे पास आई और मुझसे कहने लगी—'चल तू मेरे साथ चल।' मैं भागता और वो मुझे पकड़ने दौड़ती। वो बोली—'बीबीजी से मेरी बात हो गई है, अब तू मेरे पास ही रहेगा।' मैं वहाँ से भाग छूटा। मैं डर गया था। मुझे लगा यह सचमुच ही मुझे आज तो अपने साथ लेकर ही जाएगी।'' इस किस्से को लेकर मैं और चाईजी काफी देर तक हँसते रहे। लोग चले जाते हैं किस्से-कहानियों के किरदार की तरह रह जाते हैं हमारी यादों में। जैसे काठेडणी आज भी मेरी यादों में वैसी ही बसी हुई थी।

मैं इन दिनों एक शोध-पत्र तैयार कर रहा था। चाईजी की स्मृतियाँ मुझे पाकिस्तान तक ले जा रही थीं और इधर एक नदी थी जो भीतर ही भीतर दोनों देशों को जोड़ती थी, लेकिन अब गुम हो चुकी थी। राजस्थान में इसे सरस्वती नदी कहते थे, जो सरहद पार करते ही पाकिस्तान के चोलिस्तान में जाकर हाकड़ा नदी हो जाती थी। हालाँकि इसे लेकर भी कई मत थे, कई तरह की बातें थीं—कोई कुछ, कोई कुछ।

पुस्तक 'ए रिवर अंडर द डेजर्ट' से मुझे इस नदी को समझने में काफी मदद मिली, लेकिन फिर भी कई अनसुलझे सवाल रह जाते थे। मैंने एक नई किताब खंगाली—'एडवेंट ऑफ दी आर्यन्स इन इंडिया'। इतिहासकार रामशरण शर्मा की इस पुस्तक में सरस्वती को सिन्धु नदी की एक सहायक नदी बताया गया है। उनके अनुसार ऋग्वेद में जिस सरस्वती का उल्लेख है, वह अफगानिस्तान की हेलमंड है।

पिछले दिनों एक अखबार में सरस्वती नदी पर आलेख देखा तो उसकी कटिंग काट कर मैंने रख ली थी। इस आलेख से मैं गुजरने लगा तो मेरी नजरें यहाँ आ कर ठहरीं—यह निर्विवाद रूप से कहा जा सकता है कि ऋग्वेद काल में सरस्वती एक महान नदी थी जो पहाड़ों से निकल कर कच्छ से समुद्र में मिलती थी। ऋग्वेद का क्षेत्र मुख्यत: सप्त सिन्धु का प्रदेश है जो आज के पाकिस्तान और हिन्दुस्तान के पंजाब और उसका समीपवर्ती क्षेत्र है। सप्तसिन्धु नाम उस क्षेत्र की सात नदियों पर पड़ा था—सरस्वती, शतदुर (सतलुज), विपासा (व्यास), असकिनी (चेनाब), परूश्णी (रावी), वितस्ता (झेलम) और सिन्धु। सरस्वती नदी को हरियाणा और राजस्थान में अब 'घग्गर' के नाम से जाना जाता है। यहाँ से यह पाकिस्तान के चोलिस्तान (बहावलपुर) में जाती है, जहाँ जाकर इसका नाम हाकड़ा हो जाता है। फिर दक्षिण की ओर मुड़ कर सिन्ध में बहती थी, जहाँ इसके कई नाम हैं—रैनी, वहिन्दा और नरारा। वहाँ से यह कच्छ में, समुद्र में मिलती थी।

नदी की इस खोज में मेरी दिलचस्पी बढ़ गई थी। इस नदी से मेरा नाता कुछ ऐसा ही कायम होने लगा था, जैसे पाकिस्तान में पीछे छूटी चीजों से चाईजी का।

मैं नदी के खोज के काम में डूबा जा रहा था और इधर यादों की नदी चढ़ती जा रही थी—बगड़-रिनाला खुर्द। हिन्दुस्तान-पाकिस्तान जिनकी सरहदों के नीचे एक नदी बहती थी जो लुप्त हो गई। प्यार का एक दरिया बहता था जो बाद में नफरत की नदी बन गई।

चाईजी को आज अचानक लड्डो की याद आ गई। शाम को चाय की टेबिल पर जब हम साथ बैठे तो चाईजी ने लड्डो का प्रसंग छेड़ दिया। वे बताने लगीं कि किस तरह पापाजी की नौकरी गोठड़ी में ताँबे की खान में लगी थी और किस तरह गोठड़ी के पहाड़ों से ताँबा तो नहीं निकला, लेकिन लड्डो जैसा हीरा निकल कर आया, जिसने मुसलमान होते हुए भी जिन्दगी भर बेटी का रिश्ता निभाया।

लड्डो का जिक्र मेरे मन के परिन्दे को एक बार फिर उड़ा कर बगड़ में उस कीकर के पेड़ पर ले गया, जिसकी छाया में नीचे बैठी लड्डो राबड़ी पी रही है और मैं घास में खेल रहा हूँ। लड्डो को मैं लड्डो भैंण[1] कहकर बुलाता था। वह मुँह अँधेरे ही खेतों पर फसल की रखवाली के लिए चली जाती थी और पक्षियों को उड़ाती थी। मैं बचपन में उसके लिए कलेवा[2] लेकर जाता था।

लड्डो कलेवा कर रही है। मैं खेत में खेल रहा हूँ। अपने साथ घसीटकर लाए मिट्टी के चार पहियों और सरकंडे से बने रेहडू को मैं आगे-पीछे कर रहा हूँ—"घुर्र...घुर्र...घुर्र...।" लड्डो ने पूछा—"कांई कर रो है?"

मैंने कहा—"मोटर चला रहा हूँ। मैं जब बड़ा हो जाऊँगा तो सचमुच की मोटर खरीदूँगा और उसमें तुझे बिठाकर घुमाऊँगा।"

लड्डो झपट कर आई और मुझे चूम लिया। मुझसे पूछा—"तेने कलेवो करो कि नांय?"

मैंने कहा—"नांय करो, घर जा'र करूँगो।" उसने मुझे पास खींचकर अपनी गोद में बैठाया और अपने हाथों से किनारे वाली थाली पकड़कर मुझे महेरी[3] पिलाने लगी। मैंने कुछ देर राबड़ी सुड़की और बाद में अपने दोनों हाथों से धकेलकर थाली दूर कर दी। मैंने कहा—"बस, अब नांय पिऊँ।" फिर वह मेरी झूठी राबड़ी पीने लगी।

लड्डो ने बचपन में मुझे अपना दूध भी पिलाया है। चाईजी बताती थीं कि मैं जब छोटा था और रोने लगता तो वह मुझे गोद में लेकर अपना दूध पिला देती थी। गाँव के लोग मजाक में मुझे छेड़ते—"या तो मुसलमान है। याने मेवणी को दूध

---

1. भैंण : बहन
2. कलेवा : सुबह का नाश्ता
3. महेरी : राबड़ी

पियो है।'' गाँव में बड़े-बड़े बच्चे भी स्तनपान करते थे। चाईजी का दूध मैंने लगभग स्कूल जाने की उम्र तक पिया है। मैं अब सातवीं कक्षा में आ गया था। कुछ लोगों में बचपन की आदतें देर तक रह जाती हैं। कुछ लोगों का बचपन देर तक ठहरा रह जाता है।

सर्दियों के दिन थे। एक दिन मैं लड्डो का खाना लेकर खेत पर गया। मैं जब खेत पर पहुँचा तो लड्डो नमाज पढ़ रही थी। मैं जाकर पेड़ के नीचे बैठ गया। बाद में मैंने उससे पूछा—''लड्डो भैंण, नमाज पढ़बा सू कांई होय?''

लड्डो ने बताया—''यासू अल्लाह मुराद पूरी करे। जो माँगो वा मिल जाये।''

मैंने चौंक कर कहा—''अच्छो ऽऽऽ! फिर मोकू भी नमाज सिखा दे। मैं भी पढ़ूँगो।''

''तू कांई करेगो नमाज सीख के?''

''मैं भी अल्लाह सू कुछ माँगूँगो।''

''कांई माँगेगो?''

मैं शरमा गया। मैंने कहा—''बाद में बताऊँगो।''

वो पूछती रही—''अरे, बता तो सही।''

मैं वहाँ से चला आया। मेरे मन में अब भी नरगिस घूम रही थी। तब मेरी हर दुआ का मकसद नरगिस थी। नरगिस से मिले कई दिन हो गए थे।

उन दिनों गाँव में एक नौटंकी आई हुई थी। गाँव वाले कहते थे कि यह लंगड़े गिर्राज की मंडली है, जो नौटंकी लेकर आई है। हमें इस नौटंकी में जाने की इजाजत नहीं थी। मैंने चाईजी से पूछा कि ''गाँव में सब लोग नौटंकी देखने जाते हैं तो मैं क्यों नहीं जा सकता?'' चाईजी ने कहा—''तू अभी छोटा है। इसमें वेश्याएँ आती हैं।'' यानी यहाँ भी मेरे लिए यही संकट था कि मैं अभी बड़ा नहीं हुआ, इसलिए नौटंकी नहीं देख सकता था। मैंने चाईजी से पूछा—''वेश्याएँ क्या होती हैं?'' वो बोलीं—''तुझे ज्यादा समझने की जरूरत नहीं है। ये नाचने-गाने वाली खराब औरतें होती हैं।''

मैंने कहा—''क्या नाचना-गाना अच्छा नहीं होता?''

''बेटे, जो कहते हैं, उसे समझ लिया कर। तुझे वहाँ नहीं जाना।'' चाईजी ने मुझे डाँट कर चुप करा दिया। मेरे मन में उत्सुकता जागी कि नौटंकी में वेश्याएँ कैसी होती हैं? नाटक मंडली पंचायत घर में ठहरी थी। मैं और कैलाश एक बार दिन में पंचायत घर की तरफ गए। हमें वहाँ दो औरतें दिखीं। एक औरत काफी मोटी थी। हम एक पेड़ के पीछे छुप कर उन्हें देखते रहे। वे पुरुषों के साथ मजाक कर रही थीं,

हँस रही थीं। क्या किसी औरत का हँसना-बोलना वेश्या होना होता है! पूछना चाहता था लेकिन किससे...

मैंने और कैलाश ने तय किया कि आज रात चोरी-छिपे नौटंकी देखने चलेंगे। किसी से पूछेंगे नहीं बल्कि देखकर समझ लेंगे। यह ज्यादा आसान लगा। नौटंकी रात को ब्यालू के बाद शुरू होती थी और सुबह तड़के तक चलती थी। मास्टर गिर्राज तो आधी रात के बाद ही स्टेज पर आता था। रात को हम छत पर सोते थे। मैं वहाँ से रात को चुपके से चला आया। एक चबूतरे पर नौटंकी चल रही थी। पेट्रोमैक्स जल रहे थे। पेट्रोमैक्स से स्टेज पर रोशनी फूल की तरह खिल उठी थी। लोग जमीन पर बैठ कर ही नौटंकी देख रहे थे। किसी को कोई पत्थर मिल गया तो वह उस पर बैठ गया था। शायद अमर सिंह राठौड़ की नौटंकी चल रही थी। नगाड़े बज रहे थे।

स्टेज के एक तरफ आग के अलाव जल रहे थे और उनके पास नगाड़ों को घुमा-घुमा कर सेका जा रहा था। तेज सर्दी पड़ रही थी। कुछ लोग सोढ़ ओढ़कर आए थे और जमीन पर बोरी या दरी बिछा कर बैठे थे।

लगभग आधी रात हो चुकी थी। देर रात जब मास्टर गिर्राज की स्टेज पर ऐन्ट्री हुई तो तालियों की गड़गड़ाहट से जैसे पूरा आकाश गूँज उठा। यह ऐसे ही था, जैसे किसी जमाने में जब फिल्म में अमिताभ बच्चन की ऐन्ट्री होती थी तो हॉल में तालियाँ बच उठती थीं। गाँव वालों के लिए मास्टर गिर्राज अमिताभ बच्चन से कम नहीं थे। मास्टरजी ने जब सुर छेड़े तो एक बार फिर तालियाँ बजीं। रात के सन्नाटे में तालियों के बीच स्वर उभरे—"कैसे पिया की अटारी चढ़ी जाए, नसेनी बिन भायेली।"

स्टेज पर एक औरत का डांस चल रहा था। वह मटक-मटक कर नाचती तो उसके लटके-झटकों से शरीर में झुरझुरी सी दौड़ जाती थी। ब्लाउज और घाघरे में वह घनचक्कर हुई तो उसका घाघरा ऊपर उड़ने लगा। दर्शकों में से कुछ लोगों ने सीटियाँ बजाना शुरू कर दिया। किसी की आवाज आई—"खेल गई छोरी, खेल गई।"

मैं और कैलाश सबसे पीछे दुबककर बैठे थे, ताकि कोई हमें देख ना ले। कैलाश अपने घर से फीके लाल रंग की एक सोढ़ लाया था, जिसे ओढ़कर हम एक तरह से उसमें छिप गए थे। हम छिपना चाहते थे ताकि हम ही सब देख लें लेकिन कोई हमें न देखे।

स्टेज पर डांस के दौरान लोगों ने रुपए देने शुरू कर दिए। कोई दो का नोट देता तो कोई पाँच का नोट देता और कहता—छाप लगा। औरत नोट देने वाले का नाम पूछती और फिर तरन्नुम में गा कर नगाड़ों की ताल पर छाप लगाती। रोशन लाल ने भी एक नोट थमाया तो उसने तुरन्त छाप लगाई—"रोशन लाल ने दियो

रुपय्यो, मेरो छोटो सो देवरियो, याकू गोद में ले के नाचूँगी, या है मेरो कृष्ण कन्हैयो।" इसके बाद वह डांस का एक छोटा सा टुकड़ा पेश करती।

स्टेज पर नृत्यांगना का गदराया बदन जब नृत्य करता तो लोगों की जैसे साँसें थम जातीं। मैं पहली बार ऐसा नृत्य देख रहा था और उसके बल खाते जिस्म को देखकर मेरे शरीर में बिजली सी लहरा रही थी।

मैं और कैलाश जब वापस लौटे तो मास्टर गिर्राज के संवाद चल रहे थे, जिनकी आवाज दूर तक सुनाई दे रही थी—

अरे, अमर सिंह रहा नशे में सोय,
क्या-क्या मजा शराब का तोए अब सब मालूम होय,
अब सब मालूम होय, अमर सिंह मरने से दहलाया,
रजपूती का असर गया और माँ का दूध लजाया।

इसके साथ ही नगाड़ों की तेज आवाज 'धिन-धिना धिन-धिन' हमारा पीछा करती आती और मन संगीत की धुनों में लरजने लगता।

रात को मैं चुपचाप आया और छत पर जाकर सो गया। मुझे काफी देर तक नींद नहीं आई और दिमाग में मांसल देह का नृत्य चलता रहा। मन जाने कैसा-कैसा हो रहा था।

अगले दिन मैंने नरगिस को नौटंकी के बारे में बताया तो वह बोली—"हाँ, मेरी माई भी खैरी हीगी अक नौटंकी में रंडी आई हुई हैं। उतलू मत चली जाजो।"

मैंने नरगिस से पूछा—"या रंडी को मतलब कांई होवे?"

उसने कहा—"मोकू भी नांय पतो। पण या पतो है कि ये अच्छी नांय होवें।"

मेरे लिए तब यह पहेली ही थी कि "ये अच्छी क्यूँ नांय होवें?" अच्छी न होने वाली औरतें कैसी होती हैं? सब उनको पहचान कैसे लेते हैं?

गर्मियों की एक सुबह थी। मैं अपने मकान के मुख्य कमरे में आया और रेडियो ऑन कर दिया। रेडियो कमरे के जंगले[1] में रखा रहता था, जिसमें से पीछे खुला मैदान और फिर कुछ घर नजर आते थे। कई बार नरगिस खिड़की के पीछे आ कर खड़ी हो जाती और गाने सुनती रहती थी। जैसे ही मैंने रेडियो ऑन किया, मुझे खिड़की के पीछे नरगिस दिखाई दी। मैंने उससे पूछा—"आज स्कूल नहीं जाएगी क्या?"

वह बोली—"नहीं, आज स्कूल नहीं जाऊँगी। माँ की तबीयत ठीक नहीं है। आज भेड़-बकरियाँ चराने डहर[2] जाऊँगी।"

1. जंगले : लोहे की छड़ों वाली खिड़की
2. डहर : गाँव से दूर जंगल

स्कूल जाने का समय हो गया था। रेडियो ऑन करके मैं फटाफट स्कूल ड्रेस पहनकर तैयार होने लगा। तभी पापाजी की आवाज आई—"मधु, इधर आ।" मैं गया तो वे बोले—"आज हरिया नहीं आया। जा, तू भेड़-बकरियों को जंगल में घुमा ला।"

हरिया ग्वाला हमारी भेड़-बकरियाँ चराता था। पता चला कि हरिया को आज बुखार आ गया और काफी दिन चढ़ने के बावजूद भेड़-बकरियाँ बाड़े में ही बन्द हैं। कोई दूसरा हाली भी अभी नहीं था।

चाईजी को पापाजी की यह बात पसन्द नहीं आई। वे बोलीं—"मेरा बेटा अब क्या ये काम भी करेगा? नाजुक सा बच्चा है, यह जंगल में कहाँ जाएगा?"

पापाजी बोले—"तेरा बेटा अनोखा है क्या? गाँव में औरों के बच्चे भेड़-बकरियाँ नहीं चराते क्या?"

चाईजी ने तर्क दिया—"फिर शुरू से ही इसे ऐसे पालते। जंगल के फूल और गमले के फूल में फर्क नहीं होता क्या?"

पापाजी लगभग चिल्लाए—"जंगल में जाएगा तो जंगल का फूल हो जाएगा।" फिर मेरी तरफ मुखातिब होकर बोले—"चल रे, जल्दी जा। सुबह से भेड़-बकरियाँ बँधी पड़ी हैं। सूरज कहाँ चढ़ आया है।"

वैसे मैं मन ही मन खुश हो रहा था। एक तो इसलिए कि स्कूल से छुट्टी मिलेगी। दूसरे, मुझे मालूम था कि डहर में नरगिस से मुलाकात होगी। वह भी कभी-कभी भेड़-बकरियाँ चराने जाती थी। आज वह भी गई थी। मैं अब ग्वाले की भूमिका में आ गया। मैंने चाईजी की लहरिया की साड़ी से सिर पर पगड़ी बाँध ली। मैंने सुना था कि जंगल में पगड़ी केवल सिर ढकने के ही काम नहीं आती। यह आड़े वक्त पर कई काम करती है। जंगल में तेज प्यास लगने पर लोग कुएँ में पगड़ी लटका कर, पानी में डूबो कर खींच लेते हैं और फिर उसे निचोड़कर पानी पी लेते हैं। बाल्टी हो तो उसे पगड़ी से बाँधकर भी कुएँ से पानी निकाला जा सकता है। कोई चीज बाँधनी पड़ जाए तो पगड़ी ही काम आती है। मैंने पगड़ी बाँधने के बाद खाने का टिफिन लिया, हाथ में लाठी ली और भेड़-बकरियाँ लेकर निकल गया। रास्ते में रुक्मणी काकी घर के बाहर चौंतरे पर ही बैठी थी। वो चौंककर बोली—"अरे, मेरा छोटा सा कृष्ण गोपाल, तू आज कहाँ जा रियो है?"

मैंने कहा—"भेड़-बकरीन ने चराबा जा रियो हूँ काकी।" उसने पास बैठी किन्नो भाभी से हैरान होकर कहा—"झाँको, बाबूजी को छोरो भेड़-बकरी चराबा जा रियो है और माथा पे फेंटो कैसो जोर को बाँध रखो है।"

जेठ का महीना था। तेज गर्मी पड़ रही थी। सुबह-सुबह भी लग रहा था जैसे दोपहर हो गई है। झगर चलने लगी थी। गाँव से बाहर निकला तो दगड़े में रेत के

बगूले नाच रहे थे। तपते पहाड़ की तलहटी में भेड़-बकरियों के झुंड को हाँकता हुआ मैं काफी दूर चला आया। तेज धूप में मैं सुनसान रास्तों से होता हुआ भेड़-बकरियों के साथ घूमता-फिरता डहर में जा पहुँचा। वहाँ मुझे नरगिस भी दिखाई दे गई। थोड़ी देर में झब्बू 'टर्र-टर्र' करता अपनी बकरियाँ लेकर आ गया। हम एक घने छायादार पेड़ के नीचे बैठ गए।

नरगिस ने एक मेवाती टप्पा गाया—

अरे, बकरीन की ग्वाली कम कर दे
अरे, कम कर दे...
कम कर दे...
टर्र-टर्र में सटेटो[1] जोबन जाय।

नरगिस अपने गाने में मगन थी। उसके गीत पर झब्बू हँसा। फिर उसने मुझसे कहा—"भाई, बीड़ी पियोगो?"

मैंने कहा—"ला पिला।"

मैंने बीड़ी पी। जोर से धुआँ खींचा और उसे अन्दर ले गया। इसके साथ ही खाँसी के मारे मेरा बुरा हाल हो गया। पास में एक कुआँ था। नरगिस और झब्बू भागकर वहाँ गए। नरगिस एक छोटी-सी बाल्टी अपने साथ लाई थी। झब्बू ने अपनी पगड़ी बाल्टी से बाँधकर कुएँ से पानी निकाला। पानी पीकर जान में जान आई।

प्रचंड गर्मी में पेड़ की छाँव काफी सुकून दे रही थी। पेड़ की छाँव में बैठकर हमने खाना खाया। नरगिस बेजड़[2] की रोटी, चौलें की फली की सब्जी और लहसुन की चटनी अपने साथ लाई थी। उसने झब्बू से पूछा—"तू कांई लगान[3] लाया है? झब्बू ने बताया "ग्वार की फली लायो हूँ।" झब्बू गोचनी की रोटी लाया था। मेरे खाने में चाईजी ने फुलके, माँ[4] की दाल और बथुए का रायता रखा था। नरगिस और झब्बू को मेरे गेहूँ के फुलके आकर्षित कर रहे थे, जबकि मुझे बेजड़ और गोचनी[5] के टिक्कड़ अच्छे लगे, जो आमतौर पर हमारे घर पर नहीं बनते थे। गाँव में लोगों के घरों में अक्सर बाहर से मेहमान आने पर ही गेहूँ की रोटी बनती थी। हमने मिल-बाँटकर खाना खाया। अपने फुलके मैंने उन्हें दे दिए और बेजड़ की रोटी के साथ लहसुन की चटनी का स्वाद मैंने लिया।

खाना खाने के बाद हम पेड़ के नीचे कीकर के पातड़ों में शूल लगाकर उन्हें गोबर में गाड़ कर खेलने लगे। खेल में ध्यान ही नहीं रहा और भेड़-बकरियाँ चरते-

1. सटेटो : पूरा, तमाम
2. बेजड़ : जौ और चने के मिश्रित आटे की रोटी
3. लगान : सब्जी
4. माँ : उड़द
5. गोचनी : गेहूँ, जौ और चने की रोटी

चरते बहुत दूर चली गईं। मैंने झब्बू को दौड़ाया। झब्बू भेड़-बकरियाँ लेने चला गया। मैं और नरगिस अकेले रह गए। मैंने नरगिस से कहा—"नरगिस एक बात कहूँ?"

वो बोली—"वही ब्याह वाली?"

मैंने कहा—"हम्बे।"

"रहबा दे यार। तू अभी बड़ो तो हो जा।"

"यार तू नांय समझेगी!"

"कांई नांई समझूँगी...चल, समझा।"

मैंने उसे मजाक में घूर कर देखा और कहा—"तू मुझसे शादी नहीं करेगी तो मैं तुझे भगा कर ले जाऊँगा।"

वह हँसी—"चल, ले चल। मैं तेरे साथ भागने को तैयार हूँ।"

मैंने कहा—"चल, भागते हैं।"

और फिर हम भागने लगे। आगे-आगे नरगिस और पीछे-पीछे मैं। कुछ दूर जाकर मैंने उसे पकड़ लिया और दबोच कर नीचे गिरा दिया। हम एक-दूसरे पर लोट-पोट हो गए। नरगिस के मखमली जिस्म को छू कर पहली बार मेरी नसें फड़कीं। जिस्म में अजीब सी सिहरन हुई और स्वतः ही मेरे होंठ नरगिस की मांसल गाल पर चले गए। नरगिस को भी जैसे कोई नशा चढ़ आया था। वह मेरे पूरे जिस्म पर जगह-जगह मुँह लगाती और जोर से गर्म साँसें छोड़ती थी। इसी बदहवासी में उसने मेरी एक बाजू में जोर से काट लिया। काटते ही मैं जोर से चीखा। दाँत इतनी तेजी से लगे कि खून चमचमा आया था। काफी देर बाद जैसे हम दोनों को होश आया। एक ऐसा नशा सा छाया था जिससे उबरने का मन नहीं हो रहा था। लेकिन खून देखकर अचानक हम होश में आए।

नरगिस ने अपने दुपट्टे को फाड़ कर एक पट्टी बनाई और उसे मेरी बाजू के घाव पर बाँध दिया। फिर बोली—"अब घर जाके कांई कहेगो?"

मैंने कहा—"कह दूँगो कि जंगल में बकरीन के पीछे भागते-भागते पत्थर पे गिर पड़ो।" इसके बाद हम वापस पेड़ के नीचे आ गए, लेकिन मैं काफी देर तक उत्तेजना में डूबा रहा। लगा, जैसे कोई भूकम्प आया था और उसके झटके अब तक महसूस हो रहे थे।

झब्बू भेड़-बकरियाँ लेकर आ गया था। बाद में उसे तीतर दिखे तो वह तीतरों पर लाठी फेंककर उनके शिकार में जुट गया और काफी दूर चला गया। मैं बहुत देर तक पेड़ के नीचे नरगिस की गोद में अपना सिर रख कर लेटा रहा। मैंने नरगिस से कहा—"नरगिस, तू मोकू भोत मलूक लगे।"

वह फिर बोली—"ठीक है। यार तू नांय समझेगो।"

मैंने नरगिस से पूछा—"मैं बड़ो कब होऊँगो?"

उसने हिसाब लगाया—"देख, मैं अभी 14 साल की हूँ और तू अभी 12 साल को है। अभी तो तोकू बड़ा होबा में कई साल लगेंगा।"

मैं काफी देर तक सोचता रहा कि मैं कब इतना बड़ा होऊँगा कि नरगिस से शादी के लिए अपना दावा पेश कर सकूँगा। मुझे कोफ्त हो रही थी कि मुझे नौटंकी भी इसलिए नहीं देखने दी जाती कि मैं अभी बड़ा नहीं हुआ। पता नहीं कब बड़ा होऊँगा।

मैं सुबह उठा। तैयार हुआ और नाश्ता करके यूनिवर्सिटी जाने लगा। चाईजी ने मुझे रोक लिया। कहा—"मधु इत्थे आ। मेरे कोल बैठ।"

मैं चाईजी के पास आ कर बैठ गया। चाईजी ने कहा—"मुझे तेरी एक आदत बिलकुल अच्छी नहीं लगती। तू दफ्तर जा रहा है, तेने अपने जूते देखे? देख कितने गंदे हैं। मैंने तुझे कभी जूतों पर पॉलिश करते हुए नहीं देखा। कभी इन पर कपड़ा भी नहीं मारता। मुझे दे दिया कर, मैं पॉलिश कर दूँगी।"

मैंने कहा—"चाईजी, सही बात तो यह है कि मुझे आदत ही ऐसी पड़ गई है। एक बार जूते खरीदने के बाद मैं उन पर कभी पॉलिश नहीं करता। सीधे नए जूते ही खरीदता हूँ।"

"यह तेरी गन्दी आदत है। जूते पैर के नीचे होते हैं, लेकिन दूसरे आदमी की आँखों पर इनका असर पड़ता है। आदमी की सबसे पहले जूतों पर नजर पड़ती है।"

"चाईजी, आपसे एक बात पूछूँ? मैंने बगड़ में आपको देखा है, कितने दिन तक आप एक ही साड़ी पहनती थीं। आपका ब्लाउज पसीने में कीचड़ हो जाता था। आपकी आदतें ही तो मेरे अन्दर आएँगी।"

"नहीं मधु, बगड़ की बात अलग थी। तू अब बड़े शहर में बड़ी नौकरी कर रहा है। काके, तेन्नु ध्यान रखना चाइदा है।"

"अच्छा ठीक है। ध्यान रखूँगा।" मैंने कहा और चल दिया।

मुझे याद आया, बगड़ में जब मैं स्कूल जाता था तो ज्यादातर बच्चे नंगे पैर जाते थे। नरगिस भी नंगे पैर स्कूल जाती थी। मैंने एक दिन फैसला किया कि मैं भी नंगे पैर जाऊँगा। एक दिन नंगे पैर गया, तो घर पर डाँट पड़ी। पापाजी ने डाँटा। मैं नंगे पैर जाने लगता तो मेरी छोटी बहन चाईजी के पास दौड़कर जाती और शिकायत करती—"देखो चाईजी, मधु नंगे पैर स्कूल जा रहा है।"

मैं फिर करता यह था कि घर से जूते पहनकर निकलता और पोली[1] में जूते खोल कर स्कूल भाग जाता। मैं सोचता था कि जब सारे बच्चे नंगे पैर स्कूल जाते

1. पोली : घर में सबसे आगे वाला कमरा, जिसमें बाहर निकलने के लिए मुख्य द्वार होता है।

हैं तो मैं जूते पहनकर कैसे जाऊँ? जूते पहनकर जाना मुझे अच्छा नहीं लगता था। जूते पहनकर जाता तो और बच्चों से मैं अपने को अलग पाता था। अब जूते पहनता था तो उनको साफ नहीं कर पाता था।

यह सब सोचते हुए मैं यूनिवर्सिटी पहुँच गया। भूगोल विभाग में गया और विभागाध्यक्ष के कमरे में जाकर हाजिरी रजिस्टर पर हस्ताक्षर किए। इसके बाद फैकल्टी रूम में गया। वहाँ कुछ अध्यापकों से गपशप में लग गया।

इसी बीच कमरे के बाहर दरवाजे के सामने गैलरी से एक लड़का गुजरा तो मेरे पास बैठे प्रोफेसर चन्द्रकान्त भाटिया ने उस लड़के को आवाज देकर बुलाया—"शिवशंकर इधर आ।" लड़का अन्दर आ गया।

चन्द्रकान्त भाटिया ने मुझसे कहा—"मैंने इस लड़के को इसलिए बुलाया है कि यह बहुत प्रतिभाशाली है और मैं चाहता था कि इसकी प्रतिभा से आपका परिचय कराऊँ। इसका नाम है—शिवशंकर। एम.ए. फाइनल का छात्र है। यह क्लास में अक्सर विलम्ब से आता है और इसमें प्रतिभा इतनी जबरदस्त है कि यह हर बार नए बहाने गढ़ता है। एक बार कोई बहाना गढ़ा तो उसे कभी रिपीट नहीं करता।"

मैंने कहा—"अच्छा।"

प्रो. भाटिया ने कहा—"इसके बहाने साधारण नहीं होते कि साइकिल पंक्चर हो गई या बस लेट हो गई या ट्रैफिक जाम था। इसके बहाने रोज इतने नए और अनूठे होते हैं कि कक्षा के छात्र भी बेसब्री से इसका इन्तजार करते हैं कि आज यह कौन-सा नायाब और दिलचस्प बहाना लेकर आएगा?"

मैंने छात्र से पूछा—"आज भी विलम्ब से आया था क्या?"

शिवशंकर बोला—"हाँ, सर।"

"अच्छा, तो आज लेट क्यों हुआ?"

"सर, क्या हुआ कि घर से निकला तो पैंट की जिप खराब हो गई। मेरे पास बस यही एक धुली हुई पैंट थी, बाकी सभी मैली थीं। फिर मुझे दर्जी के यहाँ जाना पड़ा। उसकी तब तक दुकान भी नहीं खुली थी। उसने पहले दुकान खोली। फिर दुकान में अगरबत्ती जलाई। इसके बाद उसने पैंट की जिप ठीक की। इसलिए आज लेट हो गया।" उसने फिल्मी अन्दाज में एक अभिनेता की तरह डायलॉग बोलते हुए पूरा किस्सा विस्तार से सुनाया। उसके इस अन्दाज को देखकर फैकल्टी रूम ठहाकों से गूँज उठा। रश्मि जैन मैडम की तो हँसी रुक ही नहीं रही थी।

शिवशंकर शरीर से दोनों हाथ चिपकाए सावधान की मुद्रा में खड़ा था। धीर-गम्भीर। लोग जब हँस रहे थे, तब भी वह गम्भीर बना हुआ था। प्रो. भाटिया ने कहा—''जाइए अब।''

शिवशंकर सिर झुका कर अदब से बोला—''ठीक है, सर।''

प्रो. भाटिया ने कहा—''जाइए।'' और वह चला गया। उसके जाने के बाद प्रो. भाटिया ने कहा—''वैसे यह लड़का पढ़ाई में बहुत इन्टैलीजेंट है।''

फैकल्टी रूम से मैं लाइब्रेरी चला गया। वहाँ कुछ किताबें तलाशीं। नदियों से सम्बन्धित कुछ किताबें मैंने इशू कराईं और घर आ गया। मैंने आज कोई कक्षा नहीं ली।

घर आ कर मैं 'दफन नदी' पर आलेख लिखने बैठ गया। तभी चाईजी चाय लेकर आ गईं। चाय के साथ ही मैं चाईजी से बतियाने लगा। चाईजी को जैसे कुछ याद आया। वो बोलीं—''मधु, तुझे एक बात बताऊँ। पाकिस्तान में मेरे पास एक हारमोनियम भी होता था। तेरे नानाजी मेरे लिए लाए थे। वह हारमोनियम भी वहीं छूट गया था।'' मुझे लगा कि हारमोनियम या रिसालों का बक्सा नहीं, बल्कि चाईजी का दिल पाकिस्तान में छूट गया है। वह जोश, वह उमंग, सपने सब वहीं छोड़ आई थीं। यहाँ बस अपने कर्तव्य निभाती रहीं, कभी मन का नहीं किया।

मुझे याद आया, जब हम छोटे थे, चाईजी को कभी-कभी घर पर शाम को मैंने हारमोनियम बजाते देखा था। वे बहुत मधुर स्वर में भजन गाया करती थीं। एक भजन की तो मुझे कुछ पंक्तियाँ भी याद हैं—

तरेगा तो वही जाके हृदय में हर है।
गंगा में नहाए से जो पापी नर तर जाएँ,
मछली क्यों ना तर गई जिसका पानी में ही घर है।
बालों के मुंड़ाए से जो पापी नर तर जाएँ
भेड़ क्यों ना तर गई जो कि मुंड़े दिन भर है।

मैंने कहा—''चाईजी, बगड़ में भी आपके पास एक हारमोनियम होता था। वह कहाँ गया?''

''अरे, वहीं पड़ा-पड़ा खराब हो गया। साज जब काम नहीं आता तो खराब हो जाता है। बगड़ में रसोई से ही कहाँ फुरसत मिलती थी?''—चाईजी ने कहा। बाद में चाईजी उठ कर चली गईं। मैं लिखने बैठ गया। मुझे लगा, चाईजी का लिखना-पढ़ना भी ऐसे ही छूट गया, जैसे शिकस्त[1] साज से रागिनी गायब हो जाती है। ढाँचा तो रह जाता है, स्वभाव चला जाता है। शरीर तो रह जाता है मन चला जाता है।

शाम को मैं 'कल्याणजी का रास्ता' गया और वहाँ से एक हारमोनियम खरीद कर ले आया। चाईजी ने आश्चर्य में भरकर पूछा—''काके, इसे क्यों उठा लाया?''

1. **शिकस्त** : टूटा हुआ, फटा हुआ।

मैंने कहा—"इसलिए लाया हूँ कि आपकी जब इच्छा हो तब इसे बजाना और मुझे भी सिखाना। मैं हारमोनियम सीखना चाहता हूँ।"

मैं लॉबी में नीचे गद्दे पर हारमोनियम लेकर बैठ गया। चाईजी ने मुझे 'सा रे गा मा पा धा नी सा' बजाकर दिखाया। बोली—"ऐसे बजाते हैं।" मैंने हारमोनियम पर अपने हाथ से ये सुर निकाले तो दिल में संगीत की तरंगें सी उठीं। मन में जैसे संगीत के स्वर फूलों की तरह महकने लगे।

अगले दिन से मैंने घर पर एक काम वाली बाई रख ली, जिसका नाम था राधिका। चाईजी मुझसे बोलीं—"काके, इसकी क्या जरूरत थी ? मैं क्या अब घर पर खाली बैठी दीवारों से बात करूँगी ?"

मैंने कहा—"चाईजी, आपने जिन्दगी भर काम ही किया है। अब आराम करो। जब आपकी इच्छा हो तो टीवी देखो। मन हो तो कभी हारमोनियम पर गुनगुना लिया करो। रोज मेरी क्लास लो और मुझे भी यह बजाना सिखाओ। कुछ किताबें आपको ला कर दे दूँगा। बस, और क्या करना है आपको ?"

"जैसी तेरी मर्जी"—चाईजी ने कहा।

राधिका जब से आई है, चाईजी की खूब सेवा करती है। घर में आते ही सबसे पहले चाईजी के ऐसे पैर दबाती है, जैसे गाँव की महिलाएँ पैर दबाती थीं। हमारे यहाँ तो चरण स्पर्श की जो परम्परा है, उसमें हाथ चरणों तक ना पहुँचे तो थोड़ा झुकने से ही चरण स्पर्श मान लिया जाता है, लेकिन गाँव में महिलाएँ बड़ी-बुजुर्ग औरतों के पैर छूती नहीं, दबाती हैं। टखने से लेकर घुटनों तक दोनों हाथों से दबाते हुए ऊपर जाती हैं और ऐसे ही दबाते हुए नीचे आती हैं। दो-तीन बार तो ऐसा करती ही हैं। राधिका ऐसे पैर दबाती तो चाईजी कहतीं—"बड़ा आराम मिल रहा है। थोड़ा और दबा दे।" वह फिर और दबा देती। पैर दबाते हुए राधिका के दोनों हाथों की चूड़ियाँ खनन-खनन बजतीं तो उनकी आवाज से मैं समझ जाता कि चाईजी की सेवा हो रही है।

राधिका खाना बहुत अच्छा बनाती थी, लेकिन एक बार उसने माँ[1] की साबुत दाल बनाई तो मैंने चाईजी से कहा—"चाईजी, राधिका ने दाल तो अच्छी ही बनाई है, लेकिन इसमें वह बात नहीं है, जो आपकी दाल में होती है।"

चाईजी ने कहा—"कोई बात नहीं, मैं तुझे बना कर खिलाऊँगी।" इसके बाद एक दिन चाईजी ने माँ की दाल बनाई तो पुराना स्वाद जुबान पर लौट आया जो कभी बगड़ में आया करता था। इसके बाद कई बार चाईजी सब्जी बनते समय रसोई में राधिका के पास जाकर खड़ी हो जाती थीं और उसे बताती थीं कि इसमें अब यह डाल, अब ऐसा कर। चाईजी के हाथ में जादू था। उनका हाथ लगते ही सब्जी का स्वाद बदल जाता था।

रोजाना की तरह आज मैं फिर लैपटॉप लेकर बैठ गया।

---

1. माँ : उड़द

ई-मेल खोला। मैसेज बॉक्स आज भी मेरे लिए नीरस डाक से भरा था। कई फर्जी मेल आए हुए थे। वह मेल नहीं आया था जिसका इन्तजार था।

मैंने राजस्थान से सटे पाक बॉर्डर पर सरस्वती और हाकड़ा नदी का क्षेत्र देखने के लिए गूगल खोला। राजस्थान का नक्शा देखते-देखते अचानक मेरी नजर अलवर पर पड़ी तो मेरे मन में पहली बार एक अद्‌भुत दृश्य उभरा।

अलवर का नक्शा बिलकुल ऐसा लग रहा था, जैसे सरसों की बोरी अकड़कर खड़ी हो। देश के सरसों उत्पादन में अलवर और भरतपुर क्षेत्र महत्त्वपूर्ण माने जाते हैं। ऐसे में सरसों की बोरी जैसे आकार में अलवर को देखना बड़ा सुखद एहसास था। हमारे मेवात में तो अक्सर मेवों को यह कहते सुना जा सकता था कि—"अबके हो जाण दे अच्छी सिरसूँ, छोरी को ऐसो ब्याह करूँगो कि दुनिया देखती रह जाएगी।"

सरसों की फसल से गाँव में लोगों के सपने बनते और बिखरते हैं। सरसों सपने कैसे तोड़ती है, इस पर मुझे चरण सिंह पथिक की एक कविता की पंक्तियाँ याद आईं—

गदराई सरसों का यौवन पाला लूट गया,
बिटिया की शादी का सपना फिर से टूट गया।

सरसों का खयाल आते ही एक बार फिर मैं बगड़ के लहलहाते सरसों के खेतों में पहुँच गया। सरसों के खेत देखे बहुत दिन हो गए थे। मुझे याद आया, मैं उस समय आठवीं कक्षा में पढ़ता था। गाँव में हमारा स्कूल आठवीं कक्षा तक का ही था। शाम को नरगिस मिली तो बोली—"चल पूठ[1] पे चलेंगा। फाँसा तोड़ के लाणा हैं।" मैं उसके साथ चल दिया।

सरसों की फसल जब काटी जाती है तो पौधे का एक तरह से ऊपर का सिर वाला हिस्सा काट लिया जाता है और नीचे का पतला तना छोड़ दिया जाता है। यह छड़ीनुमा तना जब सूख जाता है तो चूल्हे में जलाने के काम आता है। इसे गाँव में फाँसा बोलते हैं। मैंने नरगिस की फाँसे तुड़वाने में मदद की।

नरगिस सरसों के फाँसे तोड़ते हुए मेवाती टप्पा गा रही थी—'अरे नासी[2] अबके तो घढ़ा दे चन्दनहार[3], बबरगी सिरसूँ ढेमन[4] में।'

फाँसे तोड़कर हम सुस्ताने के लिए पास के ही एक पत्थर पर बैठ गए। मैंने नरगिस से कहा—"आठवीं का रिजल्ट आने वाला है। पास हो गया तो आगे पढ़ने के लिए पापाजी मुझे शहर भेज देंगे।"

"हैं ऽऽऽ!" नरगिस चौंकी। बोली—"फिर तू गाँव छोड़ देगो?"

---

1. पूठ : असिंचित क्षेत्र का खेत
2. नासी : प्यारा नालायक पति
3. चन्दनहार : गले में पहने जाने वाला मोतियों/चाँदी का हार
4. ढेमन : मिट्टी के ढेले, जिनमें सरसों के पौधे की जड़ें जाती हैं।

"नांय, गाँव तो नाय छोड़ूँगो। छुट्टीन में तो आतो रहूँगो। हाँ, लेकिन रहणो शहर में ही पड़ेगो?"

"तो यार फिर मेरो कांई होयगो?"

"मैं भी यही सोच रह्यो हूँ। पहले ध्यान नांय दियो, नहीं तो फेल हो जातो। कम सू कम एक साल तो फिर और बगड़ में ही रहतो।"

"नांय यार, वा भी अच्छी बात नांय होती।"—नरगिस ने कहा।

मैं भी इसी सोच में डूब गया कि अब जल्दी ही नरगिस का साथ छूट जाएगा।

नरगिस ने कहा—"मधु मैंने तुम्हारे घर की खिड़की के पीछे खड़ी हो के रेडियो का कई गीत याद कर लिया हैं। तू खे तो सुणाऊँ?"

मैंने कहा—"सुणा।"

"तेरे ऊपर ही है। तू अब परदेसी हो जाएगो न?" उसने कहा और गाना शुरू किया—

परदेसियों से ना अँखियाँ मिलाना
परदेसियों को तो इक दिन जाना...।

नरगिस ने यह गाना पूरे सुर और ताल में इतनी मधुर आवाज में सुनाया कि मैं दंग रह गया। उसके गाना खत्म करते ही मैंने उसकी बात[1] भर ली। इसके साथ ही हम जमीन में लुढ़क गए। इस हरकत में हुआ यह कि जिस मिट्टी की मेड़ पर रखे पत्थर पर हम बैठे थे, वह नीचे लुढ़क गया और नीचे पहले से ही पड़े एक बड़े पत्थर पर मेरी ठोड़ी जाकर टिकी। ठोड़ी से खून निकल आया। नरगिस ने एक कपड़ा फाड़ कर ठोड़ी पर लगाया और बहुत देर तक कपड़े को ऐसे ही लगाए रखा। बाद में खून निकलना तो बन्द हो गया, लेकिन ठोड़ी पर एक बड़ा घाव हो गया था। घर जाकर मैंने यही कहा कि भागते-भागते एक पत्थर पर गिर गया था। घाव तो सूख गया निशान आज भी बाकी है। जब नजर पड़ती है घाव की याद आ जाती है।

गूगल पर भारत-पाक का रेतीला इलाका देखने के बाद मैंने एक बार फिर ई-मेल खोला। मेरा दिल तेजी से धड़का। ई-मेल बॉक्स में सबसे ऊपर इरशाद अमीन का मेल था। मैंने धड़कते दिल से माउस से क्लिक किया। मेल खुल गया। मेरे सामने अब रास्ता खुला था। पाकिस्तान जाने का रास्ता। जो मेरे लिए सपनों का रास्ता था...

इरशाद अमीन के आमंत्रण की ही मैं लम्बे समय से प्रतीक्षा कर रहा था। इरशाद अमीन एक बार एक डेलिगेशन के साथ जयपुर आए थे, तब उनसे दोस्ती हो गई थी। उन्होंने भारत के एक डेलिगेशन के साथ मुझे भी पाकिस्तान आमंत्रित करने का

1. बात भरना : बाँहों में भरना।

भरोसा दिलाया था। इस आमंत्रण के आधार पर ही हमें पाकिस्तान जाने का वीजा मिलना सम्भव था।

इरशाद अमीन के आमंत्रण को मैंने एक बार फिर गौर से पढ़ा। यह पत्तन मुनारा फाउंडेशन के लैटर हैड पर इरशाद अमीन का अध्यक्ष की हैसियत से लिखा गया पत्र था, जिसमें भारतीय डेलिगेशन का ब्योरा था। यह भूगोलशास्त्रियों, भू-गर्भ वैज्ञानिकों और पुरातत्त्ववेत्ताओं का डेलिगेशन था, जिसे 'दफन नदी' पर एक सेमिनार में आमंत्रित किया गया था। छह लोगों के इस डेलिगेशन में मेरा भी नाम था। मेल में पाकिस्तान यात्रा के शहरों, तारीखों आदि का विवरण दिया गया था। दिल्ली में डेलिगेशन के एक सदस्य मोहम्मद यासीन पर सबके वीजा बनवाने की जिम्मेदारी डाली गई थी।

मुझे याद आया, शायद ये वही मोहम्मद यासीन हैं, जिनसे कुछ अरसा पहले जयपुर में मेरे यूनिवर्सिटी में भूगोल के एक सेमिनार में मुलाकात हुई थी। वे 'प्लेट टेक्टोनिक्स' विषय पर आयोजित एक सेमिनार में आए थे। धरती को पहले एक गेंद की तरह माना जाता था। फिर भूगोल की नई खोजों में पता चला कि इस गेंद में कई प्लेट्स बन गई हैं। इन प्लेट्स के हिलने-डुलने से ही कभी भूकम्प आता है तो कभी सुनामी आती है। भारत यूरेशिया प्लेट में शामिल किया जाता है। मोहम्मद यासीन 'प्लेट' को 'पलेट' बोलते थे। वे इसलिए भी मुझे याद रह गए थे। ई-मेल में दिए गए नम्बर पर मैंने बात की तो ये वही मोहम्मद यासीन निकले। मैंने अपना परिचय दिया तो वो बोले—"आदाब मधुकरजी, क्या हाल हैं? इनायत तो है?"

मैंने कहा—"ठीक है। इनायत तो ऊपर वाले की होती है जी। खुदा खैर करे।"

मैंने उनसे वीजा के बारे में दरियाफ्त की। उन्होंने कहा—"पासपोर्ट भिजवा दो, वीजा बनवाने का बाकी सारा काम मैं करा दूँगा।"

मैंने पाकिस्तान जाने की तैयारियों पर सोचना शुरू कर दिया। चाईजी को मैंने बताया तो वे बहुत खुश हुईं। वे बोलीं, "काके, तेरे नाल मैं नहीं चल सकदी पाकिस्तान?" पाकिस्तान का नाम लेते ही उनके मन में एक टीस सी उठती थी। यादों की सीवन जैसे उघड़ जाती थी। जैसे किसी पुराने घाव का दर्द उभर आता था।

मैंने उन्हें बताया—"मैं वैज्ञानिकों के एक डेलिगेशन में जा रहा हूँ। इस बार मैं पाकिस्तान देखकर आऊँगा, फिर अगली बार आपको साथ लेकर चलूँगा।"

मेरा पाकिस्तान जाने का एक बड़ा मकसद तो यही था कि चाईजी की वहाँ बिखरी यादों को समेट कर लाना चाहता था। छोटे से बड़े होते-होते चाईजी से पाकिस्तान के इतने किस्से सुन लिए थे कि पाकिस्तान से एक अजीब सा जुड़ाव महसूस करने लगा था। मैं सोचता था कि कभी मौका मिलेगा तो पाकिस्तान जरूर जाऊँगा। यह मौका

अब आया था। पाकिस्तान जाना मेरे लिए एक सपने की तरह था। यह सपना अब पूरा होने जा रहा था। किस्से कहानियों का पाकिस्तान मैं देखने वाला था।

'दफन नदी' पर सेमिनार के लिए मैंने पहले ही लगभग पूरी तैयारी कर ली थी। मुझे 'दफन नदी' पर अपना पर्चा पढ़ना था। इसे मैं एक बार फिर अन्तिम स्पर्श देने में जुट गया। बिशन टंडन का एक आलेख हाथ लगा। इसके अनुसार एक प्रसिद्ध भू-वैज्ञानिक सीएफ ओल्ढम ने 1893 में अपनी एक व्याख्या में सरस्वती नदी के पुराने नदी तल की पुष्टि की थी। उनका कहना था कि सरस्वती पंजाब की एक अन्य नदी हाकड़ा के सूखे नदी तल पर बहती थी। प्राचीन काल में हाकड़ा रेगिस्तानी क्षेत्र में होती हुई समुद्र तक जाती थी। ओल्ढम की धारणा थी कि हाकड़ा का सूखा नदी तल सतलुज और यमुना से पानी पाता था। महाभारत काल में सरस्वती समुद्र तक पहुँचने से पहले ही विनसन में (सम्भवत: वर्तमान सिरसा के पास) लुप्त हो गई। वेदों में भी इसकी पुष्टि होती है। इसके अलावा भू-वैज्ञानिक टैसीटोरी ने बीकानेर राज्य के उत्तरी भाग में पुरातात्त्विक खोज में सरस्वती के नदी तल के किनारे अनेक ठौरों की पहचान की।

एक अनोखे पुरातत्त्ववेत्ता और हुए हैं—औरेल स्टाइन। 1940-41 में जब 80 वर्ष की आयु में उनकी नजरें काफी कमजोर हो चुकी थीं, तब उन्होंने राजस्थान और बहावलपुर (पाकिस्तान) में खोज कार्य किया। हमारी पाकिस्तान यात्रा के पड़ावों में बहावलपुर भी शामिल था। दोनों देशों के बीच सरहद पर लोहे की दीवार न हो तो बीकानेर से सीधे बहावलपुर पहुँचा जा सकता है।

अमलानन्द घोष ने उत्तरी बीकानेर में सरस्वती और दृशाद्वती घाटियों का गहन अध्ययन किया था। 1952-53 में की गई इन खोजों में पुराने चले आ रहे इस विश्वास की भी पुष्टि हो गई कि हाकड़ा और घग्गर के सूखे नदी तल पर ही सरस्वती बहती थी।

इरशाद अमीन से ही पता चला कि पाकिस्तान में भी इस सम्बन्ध में बहुत खोज और अध्ययन किया गया है। हमारे रेगिस्तानी क्षेत्र जैसलमेर से यदि हम सीधे ही सरहद पार करके पाकिस्तान जा सकें तो हम वहाँ चोलिस्तान में पहुँचेंगे। चोलिस्तान में हाकड़ा का लगभग तीन सौ मील लम्बा नदी तल है। इसमें पाकिस्तान के एक महत्त्वपूर्ण पुरातत्त्ववेत्ता रफीक मुगल ने 414 पुरातात्त्विक स्थानों की पहचान की है। अमलानन्द घोष ने भी बीकानेर में ऐसे 100 स्थलों की पहचान की थी।

भारत-पाकिस्तान की सरहदों को आज ऊपर से नहीं लाँघा जा सकता, लेकिन सरहद के नीचे दोनों देशों में जो नदी बहती थी, उसकी खोज में इरशाद अमीन पूरे जुनून के साथ जुटे हुए थे। इस नदी के बहाने ही मुझे एक सपने की तरह बहकर पाकिस्तान जाने का रास्ता मिल गया था। उस सूखी नदी की तरह ही चाईजी की यादें तहों के नीचे दबी थीं जो जरा सा कुरेदते ही उभरने लगती हैं।

चाईजी को मैंने इस नदी की खोज के बारे में बताया। कुछ चीजें वे पहले से ही जानती थीं। वे बहुत खुश हुईं। उनकी आँखों में पानी आ गया। पाकिस्तान की स्मृतियों में जाते ही उनकी आँखें नम हो जाती थीं। कार्यक्रम यह बना कि मैं चाईजी को अलवर छोड़ते हुए आगे दिल्ली और फिर वहाँ से अमृतसर पहुँच कर डेलिगेशन के साथ वाघा बॉर्डर होकर पाकिस्तान जाऊँगा। चाईजी मेरा सामान पैक करने में जुट गई थीं। बीच-बीच में हिदायतें भी देती थीं। उन्हें इस बात की भी चिन्ता थी कि मैं रास्ते में क्या खाऊँगा? रसोई में वे कुछ खाने-पीने का सामान बनाने में जुट गई थीं।

चाईजी ने मुझसे कहा—"मधु, तू एक बात समझ ले। कभी भी यात्रा पर जाओ तो कुछ चीजों का साथ में रहना बहुत जरूरी है।"

"कौन-सी चीजें?"—मैंने पूछा।

"जैसे गिलास, माचिस, मोमबत्ती, रस्सी और चाकू। फर्ज करो रास्ते में कोई फल खरीदा तो चाकू उसे काटने में काम आएगा। सुरक्षा में भी काम आएगा। अचानक कोई थैला फट जाए, कोई चीज बाँधनी पड़ जाए तो रास्ते में रस्सी कहाँ से लाओगे? ये सब चीजें काम की हैं और मैंने ये सब तेरे हैण्ड बैग में रख दी हैं।"—चाईजी ने मुझसे कहा।

चाईजी को मैंने ट्रेन से अलवर छोड़ा। अलवर में चाईजी ने भाभीजी से कह कर मेरे रास्ते के लिए खाना बनवा कर पैक कर दिया। मैं जाने लगा तो चाईजी के, भाई साहब के, भाभीजी के पैर छुए। चाईजी ने मुझे पास बुला कर मेरा मत्था चूमा और कहा—"रिनाला खुर्द जाएगा न?"

मैंने कहा—"हाँ, चाईजी। जरूर जाऊँगा।"

बाद में अलवर से मैं बस में सवार होकर दिल्ली पहुँच गया। दिल्ली में रेलवे स्टेशन पर सभी साथी मिल गए, जहाँ से हमारी रात को अमृतसर के लिए ट्रेन थी।

रात को हमने ट्रेन में ही खाना खाया। महेन्द्र केर साँगरी की बहुत स्वादिष्ट सब्जी लाया था। मोहम्मद यासीन जिमीकन्द की सब्जी लाया था। रोहन कुमार आलू-गोभी की सब्जी लाया था। सब ने मिल-बाँटकर खाना खाया। श्वेता सिंह सलाद के लिए खीरा, टमाटर लाई थी, लेकिन इन्हें काटने के लिए चाकू भूल आई। मैंने अपने बैग से निकाल कर चाकू दिया। मुझे लगा, चाईजी का तजुर्बा यहाँ काम आया। मुझे बथुए का रायता बहुत पसन्द है। शायद यही सोच कर भाभीजी ने मेरे खाने में राजमा-चावल के साथ ही बथुए का रायता भी रख दिया था। सब को यह बहुत पसन्द आया। मैंने साथियों को अपने मेवात का एक किस्सा सुनाते हुए कहा—"हमारे गाँव में जब कोई पशु बीमार हो जाता है तो उसे जंगली बेल पर आने वाली

सन्तरे जैसे आकार की 'अंडायणी' को पीसकर छाछ में मिलाकर बाँस की नाल से पिलाया जाता है। नाल एक तरह से पोले बाँस का टुकड़ा होता है जिसका एक तरफ मुँह खुला रहता है और दूसरा सिरा बाँस के बीच में पड़ने वाली गाँठ से बन्द रहता है। पशुओं की इस देसी दवाई को 'स्याड़ा' कहा जाता है। तो किस्सा कोताह यह कि हमारे गाँव में शादी का एक जीमण चल रहा था, जिसमें एक दाढ़ी वाले मेव भाई भी आए थे। शादी में बथुए का रायता बना था, जो उन्हें बहुत पसन्द आया। वे कई कटोरा रायता पी गए, लेकिन इसका नाम नहीं जानते थे। जब भी बथुए का रायता परोसने वाला आता तो वे जोर से चिल्लाते—''अरे, या स्याडा-सा ऐ इतलू ला[1]।''

इस पर सब खूब जोर से हँसे। महेन्द्र ने तो जम कर ठहाके लगाए। खाने के बाद मैंने सब को बेसन की मिठाई 'मैसू' दी, जो चाईजी ने मेरे लिए देसी घी में बनाई थी। मैसू सब को पसन्द आई।

रात को ट्रेन में हम सोने की तैयारी कर रहे थे, तभी मेरे मोबाइल की घंटी बजी। बगड़ से मेरे प्राचीन दोस्त कैलाश का फोन था। कैलाश कह रहा था—''मधु, पाकिस्तान जा रियो है कांई?''

मैंने कहा—''हाँ। जा रहा हूँ।''

''आज मैं अलवर चाईजी कने गयो होगो। उनने बतायो कि तू पाकिस्तान जा रियो है। मैंने सोची बधाई दे दूँ।''

''और सब ठीक है?''

''हाँ, सब ठीक है। चाईजी भोत खुश हो रही हीगी। खैरी हीगी अक मधु हमारा परिवार में पहलो आदमी है जो रिनाला खुर्द हो के आएगो।''

''हाँ, चाईजी कू भोत लगाव है पाकिस्तान सू। और गाँव में सब ठीक हैं?''

''सब ठीक हैं, हाँ रूपारेल नदी में कोई कटाव आ गयो। वाको पानी अभी तक तो आयो नांय, पर गाँव में आ गयो तो खतरो हो सके।''

''अच्छो!'' मैं बोला। तभी उसका फोन कट गया।

मैं गाँव के बारे में सोचता रहा और सो गया।

वह एक खौफनाक मंजर था। मेरे गाँव बगड़ में बाढ़ आ गई थी। पास की रूपारेल नदी का पानी राक्षस की तरह छलाँगें लगाता हुआ गाँव में घुस आया था। लोग इधर से उधर भाग रहे थे। तूफान ने गाँव के सारे पेड़ झिंझोड़ कर रख दिए थे। घरों का सामान अब पानी में तैरने लगा था। पानी के मटके तैर रहे थे। खाटें तैर रही थीं। लोग गाँव के पास के पहाड़ की ओर भाग रहे थे, ताकि पानी से बचा जा सके। लोगों

1. इतलू ला : चीज इधर ला।

ने घर में जो जरूरी सामान हाथ लगा, उसे उठाया और भाग छूटे। महिलाओं ने शायद केवल गहनों की पोटलियाँ सँभाली थीं। लोग मवेशियों को लेकर पहाड़ पर चढ़ रहे थे। गायें रम्भा रही थीं। भेड़-बकरियाँ मिमिया रही थीं।

हम भी घर से निकल लिए थे। चाईजी सब को घर से बाहर निकाल रही थीं। मुझे जरूरी सामान ट्राइसाइकिल लगी। मैंने वह उठाई तो चाईजी चिल्लाईं—"अरे, अब क्या करेगा इसका? फेंक इसे।" उन्होंने मेरे हाथ से साइकिल छीनी और दूर फेंक दी। उसका एक पहिया निकल कर दूर जाकर पड़ा। मैं सोच रहा था, जिस साइकिल को चाईजी हमेशा टूटने से बचाती रहीं, आज उसी को फेंक कर तोड़ दिया। स्थितियाँ कैसे बदल जाती हैं?

भाग-दौड़ में गाँव के लोगों के चेहरे पहचान में नहीं आ रहे थे, लेकिन अचानक मुझे नरगिस दिखाई दी। वह डूब रही थी। बार-बार हाथ पानी के ऊपर करती थी और फिर नीचे चली जाती थी। मैं तेजी से तैर कर उसे बचाने दौड़ा। तभी हम पानी के बहाव के साथ एक गुफा में घुस गए। लोगों के चिल्लाने की आवाज आ रही थी—'सरस्वती आ गई, हाकड़ा में उफान आ गया।' गुफा सुरंग की तरह आगे खुल गई और इसके दूसरी ओर निकले तो नदी समुद्र में बदल चुकी थी। नरगिस कहाँ चली गई, कुछ पता नहीं चला। पानी ने एक तेज उछाल मारा और मुझे दूर फेंक दिया। मैं सीधा सरहद पर जाकर गिरा और तारों में जाकर उलझ गया। लोहे के तारों की दीवार के दोनों ओर पानी भरा था लेकिन मुझे तारों के बीच से निकलने का कोई रास्ता नहीं मिल रहा था। तभी ट्रेन ने एक तेज झटका मारा और मेरी आँख खुल गई।

यह अमृतसर का प्लेटफॉर्म था। यानी हम सरहद के करीब आ गए थे। स्टेशन पर उतरे तो सुबह-सुबह ही गर्मी अपने परवान पर चढ़ती दिखाई दी। सूरज की किरणें शरीर में चुभ रही थीं।

मैं ट्रेन में आए सपने के बारे में सोच रहा था। ट्राइसाइकिल वाला दृश्य मेरी आँखों के सामने घूम गया। मैं सोच रहा था, शायद इन्हीं हालातों में चाईजी को अपनी रचनाओं का बक्सा पाकिस्तान में छोड़ना पड़ा होगा, जिसे वह आज भी याद करती हैं।

जब विपदा आती है तो इनसान प्यारी से प्यारी चीज पीछे छोड़ आगे बढ़ जाता है। हकीकत भी सपने की तरह हो जाता है। सपना हकीकत हो जाता है। फिलहाल मैं चाईजी से ज्यादा उनकी यादों के बारे में सोच रहा था। उस धरती उस आसमान के बारे में सोच रहा था...

तुम्हारी याद के परचम खुले हैं राहों में
तुम्हारा जिक्र है पेड़ों में, खानकाहों में

—अदनान बशीर

एक जैसी धरती

हम बाघा बॉर्डर पहुँचे। तेज धूप में बॉर्डर का विशाल दरवाजा चमक रहा था। दरवाजे से पहले बॉर्डर के इस पार लाल कुर्ते में कुली घूम रहे थे। उन्होंने हमारा सामान उस पार जाकर रखा तो वहाँ नीले कुर्ते में कुली तैयार थे। नीले कुर्ते वाला एक कुली मेरे पास आया और सामान उठाते हुए बोला—''ला मोलू[1] दे।'' मैं चौंका। ये मेरे बगड़ का मेव यहाँ कैसे आ गया? मैंने कहा—''पैसे सही लगाना।'' वह बोला—''चिन्ताई मत करे। तू भी कांई याद करेगो कोई मेव मिलो होगो।'' मुझे लगा मैं अपने मेवात में खड़ा हूँ और वो भी सीमा पार करके।

एक कुली बोला—''कितलू जाओगा?''

मैंने कहा—''उतलू ही जाऊँगो, जितलू पाकिस्तान को गैलो जाये।'' फिर मैंने आश्चर्यचकित होकर उससे पूछा—''तू यहाँ खाँ सू आ गयो? तू तो यार मेव है?''

''हम्बे मेव हूँ। हमारे वा खेबा करें न धरती थेपी हमने, हम धरती का देव। सुनियो तिरिया बावली, अब जात हमारी मेव।''

''या बात तो 'लाल मोहम्मद की बात' (किस्सा) में लाल बाबा ने कही हीगी।''

''हम्बे, तोलू सब पतो है। तेने भी सुण राखी है ई बात?''

''खूब सुणी है। तुम मेवात सू यहाँ कद आया?''

उसने जवाब दिया—''हम भग्गी[2] में भरतपुर का पिनाण गाँव सू हींनी आ गया हागा।'' उसने दूसरे कुली की ओर इशारा करके बताया—''ऊ अलवर को है।'' पता चला यह फातूनी है जो अलवर के टपूकड़ा गाँव से यहाँ आया था।

1. मोलू : मुझे
2. भग्गी : देश विभाजन में मची भगदड़

मैंने फातूनी से पूछा—"हींनी भी छाछ-महेरी[1] खावो के नांय ?"

वह हँस कर बोला—"खूब खावां। हाँ, अब नया छोरा-छापरान कू या अच्छी नांय लगे। उनकू तो चॉकलेट चाहिए।"

इतने में एक कुली साफी से पसीना पोंछते हुए आया और बोला—"वाड़ी फातूनी, आज तो बेटी चो गर्मी भोत तगड़ी पड़ री है।"

"अरे, रहबा दे, सा'ब के सामने तो गाली में बात मत करे।"

"या में कहा हो गयो। हमारे तो ऊ खेबा करे हैं न—अजब देस मेवात, पहले गाली पीछे बात।"

मेरी हँसी छूट पड़ी। मुझे याद आया बगड़ के माहौल में भी ऐसी गालियाँ तैरती रहती थीं।

मैंने एक मेव से कहा—"तुम सब हींनी अलवर-भरतपुर का ही हो अक किती और सू भी आया हो।"

इस पर वह बोला—"नूँ समझ लो कि तुम यहाँ मेवात में ही खड़ा हो। हमारा पुरखा हूँनी सू ही हींनी आ के बसा हैं।"

इस बीच मेरी मेवाती सुन कर कई कुली मेरे इर्द-गिर्द जमा हो गए थे। एक मेव बोला—"हम तो हींनी सिंगल वाटी (मेवाती लोकगीत) भी खूब गावां।" यह साहिब खाँ था। इसकी यादें अब भी भरतपुर जिले के पीपरी गाँव में बसी हैं।

मुझे याद आया मेवात का दक्षिणी भू-भाग जो अलवर, भरतपुर जिलों को छूता है, वह सिंगलवाटी कहलाता है।

सभी लोग अपना-अपना सामान लेकर एक जगह इकट्ठे हो गए थे। मैंने साथ आए मोहम्मद यासीन से पूछा—"क्या आपको अन्दाज है, कि ये मेवात इलाका कहाँ से कहाँ तक है ?" इस पर उन्होंने बताया—"मोटे तौर पर मेवात में अलवर जिले की किशनगढ़, तिजारा व रामगढ़, भरतपुर जिले की नगर, डीग और कामाँ तहसीलें, हरियाणा की गुड़गाँव, नूह और फिरोजपुर झिरका तहसीलें और उत्तर प्रदेश की छत्ता तहसील शामिल है।

"कितना बड़ा इलाका होगा यह ?" मैंने पूछा

"लगभग 7000 वर्गमील में फैला है मेवात इलाका।"

"वैसे मेव कौम है बड़ी दिलदार।" मैंने कहा।

"हाँ, बिलकुल। मेव बहुत भोले, अक्खड़, उद्दंड और मुँहफट होते हैं। इनके बारे में मशहूर है कि मेव धर्म से मुसलमान, कर्म से हिन्दू, विचार से मुसलमान और आचार से हिन्दू हैं। कहावत भी है—मेव कौ कहा मुसलमान।"

"मैं तो मेवों के बीच रहा हूँ और जानता हूँ कि मेव बड़ी बहादुर कौम है।"

1. महेरी : राबड़ी

"हाँ, बिलकुल। मेवात का इतिहास बहुत सरकशी, संघर्ष और क्रूर दमन का रहा है। मशहूर है कि एक समय मेवों के डर से दिल्ली के पश्चिमी दरवाजे दोपहर बाद बन्द हो जाते थे।

हम आगे बढ़े। पासपोर्ट और वीजा जाँच के बाद वाघा बॉर्डर पार करते हुए ऐसा एहसास हो रहा था, जैसे हम मेवात के गाँवों से गुजर रहे हों। चारों ओर 'इतलू', 'उतलू', 'तोलू', 'मोलू', 'हींनी', 'हूँनी' जैसे शब्द उछल रहे थे, जो बार-बार मुझे बगड़ पहुँचा देते थे। हम जब वहाँ से विदा हुए तो मेरे कुली ने मुझे मेवों के अन्दाज में ही विदा दी। उसने दोनों हाथ ऊपर खड़े किए और बोला—"अच्छो तो...।" मैंने भी कहा—"अच्छो।"

बॉर्डर पार करते ही हमारे सिरों पर गुलाब की लाल पंखुड़ियों की बरसात शुरू हुई तो जैसे पूरे वातावरण में दोस्ती की खुशबू फैल गई। हमारे साढ़े छह फुट के कद्दावर मेजबान इरशाद अमीन अपने साथियों के साथ हमारी अगवानी के लिए मौजूद थे। सभी लोग आपस में गले मिले और हमारा शिद्दत से इस्तकबाल किया गया। तेज धूप थी और गर्म हवा चल रही थी। दोस्ती की गरमाहट से धूप में भी थोड़ा सुकून मिल रहा था। बॉर्डर पार कच्चे रास्तों पर रेत उड़ती दिखाई दे रही थी। बॉर्डर से हम बाहर निकले। वातानुकूलित कारों में बैठ कर हम लाहौर की ओर बढ़ गए। मन में एक अजीब-सी खलबली मच रही थी। कैसा होगा पाकिस्तान? कैसा होगा लाहौर? बहुत सुना था—'जिन लाहौर नहीं वेख्या, ओ जनमा ई नहीं।'

भारत से डेलिगेशन में हम छह लोग आए थे। इनमें पर्यावरण पर रिपोर्टिंग की विशेषज्ञ पत्रकार श्वेता सिंह भी थीं। दिल्ली से तीन लोग और थे—महेन्द्र, रोहन कुमार और मोहम्मद यासीन। एक हरीश मलिक जालंधर से था जो हमें वाघा बॉर्डर पर ही मिल गया था। ये सभी लोग भू-गर्भ विज्ञान और पुरातत्त्व आदि क्षेत्रों के विशेषज्ञ थे।

वाघा बॉर्डर से जब हम अलग-अलग कारों में रवाना हुए तो मेरी कार में मेरे साथ महेन्द्र और श्वेता सिंह बैठीं। पाकिस्तान में प्रवेश करते ही सबसे पहले तो यह मजा जाता रहा कि हम किसी विदेश यात्रा पर आए हैं। विदेश यात्रा का अपना एक सुख होता है। यह मेरी पहली विदेश यात्रा थी और पासपोर्ट ने पहली बार किसी देश की मोहर देखी थी, लेकिन यह विदेश यात्रा जैसी लग ही नहीं रही थी। कार के शीशों से झाँक कर देखा तो लगा ही नहीं कि किसी पराई धरती पर आए हैं। वैसे ही लोग। वैसे ही खेत। वैसे ही दरख्त। वैसी ही चिड़ियाएँ। दूर तक नजर डालने पर वैसे ही कच्चे घरों के गाँव दिखाई दे रहे थे। इस पर चर्चा चली तो पास बैठे महेन्द्र ने दूर इशारा करते हुए कहा—"वो देखो, यहाँ भी गधे घास चर रहे हैं।" वहाँ

सचमुच गधे थे। सब कुछ वैसा था फिर भी 'हम' और 'वे' की दीवार दिलों में खिंची हुई थी। दिलों में नहीं शायद सियासत के कारण था सब...

वाघा बॉर्डर से लाहौर के बीच सड़कों पर केवल एक ही चीज थी, जो पाकिस्तान में होने का एहसास कराती थी, और वो थी—चाँद गाड़ी। यह एक तिपहिया गाड़ी थी, जिसमें हीरो होंडा मोटरसाइकिल की गर्दन काट कर आगे लगा दी गई है। इसे देखकर मुझे किसी जमाने में दिल्ली के दरियागंज इलाके में चलने वाली फटफटी याद आ गई। फर्क इतना था कि फटफटी का अगला गर्दन वाला हिस्सा भरे गालों वाला बुलेट मोटरसाइकिल जैसा होता था और चाँद गाड़ी छोटे और बकरी जैसे पतले मुँह वाली गाड़ी थी। चाँद जैसी ऊबड़-खाबड़ जमीन पर भी यह चल लेती थी, शायद इसीलिए इसका नाम चाँद गाड़ी रखा गया होगा।

हमारी कारें लाहौर की सड़कों पर आईं तो एक बार फिर चौंकने की बारी थी। हम डेविस रोड पर होते हुए माल रोड से गुजरे तो लगा जैसे हम साउथ दिल्ली में आ गए हैं। दोनों तरफ फुटपाथ पर बड़े-बड़े घने दरख्त और विशाल बँगले। बिलकुल दक्षिण दिल्ली जैसे। थोड़ा आगे बढ़े तो सड़कों पर वही दिल्ली जैसा जाम लगा हुआ था। मैंने ड्राइवर से पूछा—"यह जाम क्यों लगा है?" वह बोला—"आगे शायद कोई मसला है।" मसला शब्द भी हिन्दुस्तान-पाकिस्तान को एक करने वाला शब्द है। पुरानी दिल्ली में भी बात-बात में मसला हो जाता है। वही मसला लाहौर में भी हो जाता है। हिन्दुस्तान में मसला पुरानी दिल्ली में सिमटकर रह गया है पाकिस्तान में जहाँ गया वहीं मसला सुनाई दिया। 'मसला' पाकिस्तान में दिन में कई बार सुनने को मिल जाता था। हम जाम से निकल कर आए तो गाड़ी फिर रुक गई। हमने पूछा—"अब क्या हुआ?" ड्राइवर बोला—"इशारा हो गया?" मैंने पूछा—"किसने इशारा कर दिया?" ड्राइवर ने ट्रैफिक लाइट की ओर इशारा किया। सामने लाल बत्ती जल रही थी। यानी रुकने का इशारा हो गया था। हमने बाद में देखा कि लोग यहाँ रास्ता पूछने पर भी ऐसे ही बताते हैं—"दूसरा इशारा छोड़कर तीसरे इशारे से खब्बे पासे मुड़ जाना।"

लाहौर की सड़कों पर फिर एक नया आश्चर्य दिखाई दिया। एक स्थान पर ट्रैफिक पुलिस की वर्दी में दो सरदार यातायात संचालित कर रहे थे। बहुत देर से चुप बैठी श्वेता सिंह ने कहा—"अरे वाह, हमारे सरदार जी यहाँ भी हैं?" बाद में इनके बारे में इरशाद अमीन से हमने पूछा—"पाकिस्तान में सरदार भी रहते हैं?"

उन्होंने बताया—"यहाँ सिख ना के बराबर हैं, लेकिन कुछ दिन पहले ही इन दो सरदारों की ट्रैफिक पुलिस में भर्ती हुई है। इनके फोटो के साथ अखबारों में खबर

छपने के बाद अब यह हुआ है कि पाकिस्तान के दूसरे इलाकों से लोग जब लाहौर घूमने आते हैं तो बच्चों की फरमाइश पर लोग इन्हें भी देखने आते हैं। सरदार भाइयों को बच्चे बड़ी हैरानी से देखते हैं।''

लाहौर के बारे में चाईजी अक्सर हमें बताया करती थीं। उन्होंने बताया था कि लाहौर के पास एक छोटा-सा कस्बा है—कसूर। मेरे पापाजी यहीं रहा करते थे। यहाँ आ कर पता चला कि छोटा-सा कस्बा कसूर अब जिला मुख्यालय बन चुका है। लाहौर हमें दो दिन रुकना था। फिर हमें दफन नदी की खोज में निकलना था।

शाम को हमें उस नहर पर ले जाया गया जो लाहौर शहर के बीचोबीच से गुजरती है। यह नहर लाहौर शहर को दो हिस्सों में बाँटती है।

चौड़े पाट की इस नहर के दोनों ओर हरी-भरी घास के बीच घने दरख्त थे और बीच-बीच में छोटे पुल बने हुए थे जिनसे नहर के एक तरफ से दूसरी तरफ वाहन भी जा सकते थे। हम पहुँचे तो नहर में बच्चे नहा रहे थे। उनकी किलकारियाँ गूँज रही थीं। कई भैंसें भी नहर में किलोलें कर रही थीं। इस नहर के किनारे ही लाहौर यूनिवर्सिटी है, जिससे इरशाद अमीन की यादें जुड़ी हैं। इरशाद ने बताया—''हॉस्टल से रात को कुछ दोस्तों के साथ हम इस नहर के किनारे आ कर बैठ जाते थे और रात के सन्नाटे में गाने गाते थे।''

''आप भी गाना गाते थे?''—मैंने इरशाद से पूछा।

''नहीं, मैं तो नहीं गाता था, लेकिन दोस्त—बेली गाते तो मैं भी गुनगुना लेता था। दरअसल, रात का यह वो वक्त होता था, जब पूरा शहर नींद में होता था और नहर की कल-कल की आवाज मन में संगीत भर देती थी। कुछ लोग अपनी बोतलें यहीं लेकर आ जाते थे और नहर के किनारे शेर ओ शायरी के दौर चलते थे।'' सच पूछो तो यह नहर आज भी गुनगुनाती है और सड़कों पर चलते लोगों को कल-कल संगीत से भर देती है।

मैंने पूछा—''यह नहर कितनी लम्बी है?''

इरशाद अमीन ने बताया—''यह नहर मुगलों ने बनवाई थी, जो आज लाहौर की संस्कृति का एक अहम हिस्सा है। यह 60 किलोमीटर लम्बी नहर है जिसके किनारे-किनारे पब्लिक पार्क बनाया गया है। इतना लम्बा पार्क शायद ही कहीं हो। रविवार या छुट्टी के दिन लोग बच्चों के साथ यहाँ पिकनिक मनाने आते हैं। महिलाएँ नहर में पाँव लटकाकर बैठ जाती हैं। कुछ लोग तैरते हैं। पंजाब के

मुख्यमंत्री शहबाज शरीफ ने इसे मनोरंजन स्थल के रूप में विकसित करने के लिए कई तरह की सुविधाएँ जुटाई हैं। शरीफ कहते हैं—इस नए युग में लोगों के दिमागी तनाव को देखते हुए यह जरूरी है।''

शाम ढल चुकी थी। नहर के दोनों ओर की लाइटें जल उठी थीं। नहर के पानी में गिरती लाइटों की रोशनी झिलमिला रही थी। अद्‌भुत दृश्य था। पानी में मचलती रोशनी और हरे-भरे दरख्त दिलकश नजारा पेश कर रहे थे।

इरशाद ने बताया—''मुल्क की आजादी के दिन, जश्न-ए-बहारां (बसन्त का स्वागत) और ईद जैसे बड़े जलसों के मौकों पर पूरी नहर पर खूबसूरत लाइटिंग की जाती है।''

इरशाद ने एक दिलचस्प बात बताई कि जिस तरह यदि किसी वीआईपी को आना हो तो सड़कें साफ हो जाती हैं, वैसे ही लाहौर में नहर के पास से कभी किसी वीआईपी को गुजरना हो तो नहर में पानी बहुत साफ नजर आता है, लेकिन बाद में यह फिर गंदा हो जाता है।

नहर से हम लौटे तो हमने देखा कि लाहौर की सड़कों पर बड़े-बड़े बहुमंजिले मॉल और होटल खड़े हो गए हैं। चकाचौंध कर देने वाले रेस्तरां हैं। लक्ष्मी चौक है, पटियाला मैदान है, दयाल सिंह बाग है, शिमला पहाड़ी है। ये ऐसे नाम हैं जो उर्दू की धरती पर हिन्दी की याद दिलाते हैं। भारत की याद दिलाते हैं। हम आपसी बातचीत में जैसे आमतौर पर बोलते हैं, वैसे ही बोल रहे थे, लेकिन हमारे मेजबान हम से कहते—'आप लोगों की उर्दू बहुत अच्छी है।' हम उनकी उर्दू पर शक करते। लम्बी जुदाई के बाद किसी अजीज को देखो तो वह और प्यारा लगता है। हम पाकिस्तान को वैसे ही देख रहे थे और पाकिस्तानी हमें।

लाहौर में शाम को थक-हार कर हम होटल पहुँचे तो वेटर एक फॉर्म दे गया। हमें माजरा कुछ समझ में नहीं आया। हमने इरशाद को बुलवाया। बाद में इरशाद कमरे में आया तो उसने हमसे पूछा—''क्या मसला है जी?''

हमने उन्हें फॉर्म दिखाया तो इरशाद हँसा। उसने बताया—''मसला यह है कि होटल में केवल उन्हीं लोगों को शराब मिल सकती है, जो मुस्लिम ना हों। फॉर्म में धर्म का एक कॉलम है, जिसमें आपको 'हिन्दू' लिखना है।''

मेरे कमरे में मेरे साथ महेन्द्र था। महेन्द्र ने मुस्करा कर मुझसे कहा—''मधुकर जी, गर्व से लिखो कि हम हिन्दू हैं।'' इरशाद अमीन मुस्कराए। इरशाद कॉमरेड थे। वामपंथी थे।

मैंने कहा—"इरशाद जी, देखो, इस शराब ने हमें मजहबी बना दिया।"

इरशाद बोले—"शराब ने नहीं, सियासत ने।"

महेन्द्र ने फिर मजाक किया—"हमें सिखाया गया था कि हिन्दू, मुस्लिम, सिख, ईसाई सब बराबर हैं। लेकिन हिन्दू होने का फायदा आज पहली बार पाकिस्तान आ कर नजर आया।"

इस पर इरशाद ने कहा—"चिन्ता ना करो। मजहबी कानून कित्थे भी नहीं चल दा। ऐत्थे भी नहीं।" हम सब हँसे। हम दोनों ने फॉर्म पर 'हिन्दू' लिखा और उसे भरकर इरशाद को थमा दिया। हम समझ गए कि रात को छमाछम पार्टी होने वाली है।

तभी हाथ में यह फॉर्म लहराते हुए हरीश मलिक हमारे कमरे में आ गया। वह भी इस फॉर्म के बारे में जानना चाहता था। इरशाद ने उसे समझाया तो वह बोला—"यह तो समाजवाद के खिलाफ बात है जी। सबको बराबर का हक होना चाहिए।"

"सियासी मसले ऐसे ही होते हैं मलिक जी।"—इरशाद ने कहा।

मलिक ने दार्शनिक अन्दाज में कहा—"जब तक समाजवाद नहीं आएगा, तब तक इस दुनिया का भला नहीं होगा। जब तक गैर बराबरी बनी रहेगी, तब तक शोषणविहीन समतामूलक समाज की रचना नहीं हो सकती।"

मलिक अब बोरिंग बातें करने लगा था। उसके समाजवाद के गीत से मुझे जयपुर की मेरी यूनिवर्सिटी की होली की एक घटना याद आ गई। मैं जैसे अचानक उड़ कर जयपुर अपने यूनिवर्सिटी के कैंपस में पहुँच गया। होली पर यूनिवर्सिटी के फैकल्टी क्लब में कुछ अध्यापक इकट्ठे हो जाते थे और चाय-पकौड़ों के साथ गपशप होती थी। एक-दूसरे को रंग, गुलाल लगाते थे। कुछ लोग भाँग-ठंडाई भी घोट लेते थे। चुटकुले सुनाते। चुटकुले कई बार अश्लीलता की सीमा को भी छू जाते।

मैं फैकल्टी क्लब जाने के लिए यूनिवर्सिटी पहुँचा तो मुख्य द्वार से थोड़ा अन्दर जाते ही देखा कि एक पेड़ के नीचे रंग-बिरंगे चेहरे वाले छात्रों का हुजूम खड़ा था और ऊपर पेड़ पर एक लड़का चढ़ा हुआ था। मैंने कार का शीशा नीचे किया और एक लड़के को इशारे से बुलाया। वह आया तो मैंने उससे पूछा—"यह क्या हो रहा है?"

उसने बताया—"सर जी, ये भूगोल विभाग का स्टुडेंट है—शिवशंकर। भाँग खाकर पेड़ पर चढ़ गया और अब कह रहा है कि जब तक समाजवाद नहीं आएगा, तब तक पेड़ से नीचे नहीं उतरूँगा।"

मैं जोर से हँसा। लड़के ऐसा हुड़दंग करते ही रहते हैं। मैं आगे बढ़ गया। यूनिवर्सिटी का कैम्पस बहुत विशाल था। चारों तरफ बड़े-बड़े दरख्त और घास के

विशाल लॉन थे। मैं फैकल्टी क्लब पहुँचा तो वहाँ जम कर मस्ती चल रही थी। चतुर्थ श्रेणी कर्मचारी गोपाल सब को पकौड़ों की प्लेट थमा रहा था। चाय पिला रहा था। कैमिस्ट्री के प्रोफेसर आर.सी. मेहता एक किस्सा सुना रहे थे—"एक बार मैं कैमिस्ट्री लैब के अपने चैंबर में बैठा था तो एक छात्र मेरे पास भागा-भागा आया। उसका नाम सेढूराम था। वह हाँफ रहा था। मुझसे बोला—"सर, शी हैज डाइड बट एक्चुअली शी इज नॉट डेड।"

मैंने पूछा—"व्हाट डू यू मीन?"

वह लैब की ओर इशारा करके बोला—"सर शी हैज डाइड बट एक्चुअली शी इज नॉट डेड।"

मुझे गुस्सा आया। मैंने कहा—"सीधे-सीधे हिन्दी में क्यों नहीं बोलता?"

वो बोला—"सर, वो बेहोश हो गई है।"

"कौन?"

"सर, वो रचना।"

मैं उठकर गया तो दूर से ही देखा कि रचना नाम की छात्रा बेहोश पड़ी थी। पास में खड़े लड़के उसके मुँह पर पानी के छींटे मार रहे थे। उसने शायद गलती से कोई क्लोरोफॉर्म का जार सूँघ लिया था या लैब में काम करते समय किसी सॉल्ट के रिएक्शन से कोई ऐसी गैस बन गई जिससे वह बेहोश हो गई। मैं उसके पास पहुँचा तब तक उसे होश आ गया था।

मैंने सेढूराम से कहा—"तू यह नहीं कह सकता था कि वह बेहोश हो गई?"

इस पर सेढूराम ने अपने माथे पर जोर से हाथ मारा और कहा—"अरे सर, यही तो वह शब्द था जो मुझे अंग्रेजी में याद नहीं आ रहा था।"

इस पर फैकल्टी क्लब ठहाकों से गूँज उठा।

इस बीच मुझे भी भाँग की ठंडाई दे दी गई थी। भाँग अपना कुछ असर दिखाने लगी थी। बातचीत में इतिहास के एसोसिएट प्रोफेसर रजीकान्त कोटिया ने मुझसे कहा—"यार ये तुम्हारा भूगोल भी क्या सब्जेक्ट है?"

मैंने कहा—"कोटिया जी, आपने कभी इश्क किया है?"

"नहीं"

"फिर आपको भूगोल समझ में नहीं आ सकता।"

"अरे यार मैं देह भूगोल की बात नहीं कर रहा।"

"जिस्म और आत्मा के बिना किसी विषय को समझा जा सकता है क्या?"

"हाँ, समझा जा सकता है?"

"क्या समझा जा सकता है?"

"राष्ट्रवाद को समझा जा सकता है।"

इस पर सब हँसे। ठंडाई पीने के बाद अब बहकी-बहकी बातें होने लगी थीं। मैंने कहा—''यूनिवर्सिटी परिसर में ही आज एक छात्र समाजवाद को लाने में जुटा हुआ है, पता नहीं कोई समाधान निकला या नहीं।'' पेड़ पर चढ़े छात्र का किस्सा मैंने सुनाया तो सब जोर से हँसे।

कुछ देर बाद मैं अपने सिर के बालों और कपड़ों पर बिखरे गुलाल को झाड़ते हुए बाहर निकला और घर के लिए रवाना हो गया। रास्ते में देखा तो अब भी उस पेड़ के नीचे मजमा जमा हुआ था। पेड़ के नीचे खड़े रंग-बिरंगे चेहरे बदल गए थे, लेकिन पेड़ के ऊपर अभी भी वही लड़का चढ़ा हुआ था।

मैंने पेड़ के पास कार रोक कर इशारे से एक लड़के को बुलाया। दो-तीन लड़के मेरे पास चले आए। वे मुझे पहचान गए। इनमें दो लड़के तो भूगोल के ही छात्र थे। मैंने उनसे पूछा—''इसका समाजवाद अभी आया या नहीं?''

एक लड़का बोला—''सर जी, यह अब भी यही कह रहा है कि जब तक समाजवाद नहीं आएगा तब तक वह पेड़ से नीचे नहीं उतरेगा।''

मैंने कहा—''उससे कह दो कि समाजवाद आ गया है, अब नीचे आ जा। कहना कि वीसी ऑफिस के पास वाले गेट से अभी-अभी आया है।''

लड़कों ने वैसा ही किया। उससे कहा—''समाजवाद आ गया है। अभी सर ने बताया है। अब नीचे आ जा।''

वह बोला—''कहाँ आया है समाजवाद?''

एक लड़के ने कहा—''वीसी ऑफिस के पास वाले गेट से अभी अभी अन्दर घुसा है।''

''अच्छा, ऐसी बात है तो अभी आता हूँ।'' यह कहने के साथ ही उसने हाथ ऊपर उठा कर जोर से नारा लगाया—'समाजवाद'। पेड़ के नीचे खड़े लड़कों ने सामूहिक रूप से जवाब दिया—'जिन्दाबाद'। शिवशंकर ने पेड़ से नीचे उतरना शुरू कर दिया था। उतरते-उतरते वह नारे लगा रहा था—'समाजवाद' इसके जवाब में नीचे खड़े सब लड़के चिल्ला रहे थे—'जिन्दाबाद'। 'समाजवाद-जिन्दाबाद' के नारे शुरू होते ही मैंने अपनी कार स्टार्ट की और आगे बढ़ गया।

लाहौर में रात को होटल के एक कमरे में ही तरल-गरल पार्टी जमी तो कई पाकिस्तानी दोस्तों से जम कर बातें हुईं। साहित्य पर। वामपंथ पर। फैज अहमद फैज को याद किया गया। नूरजहाँ की बातें हुईं। अल्लामा इकबाल पर चर्चा हुई। इरशाद अमीन के साथ आए इन दोस्तों में फैजल साहिर को महेन्द्र का लाल रंग का कुर्ता बहुत पसन्द आया। महेन्द्र ने उसी वक्त अपना कुर्ता उतार कर साहिर को दे दिया। साहिर

ने भी अपना कुर्ता उतारा और महेन्द्र को थमा दिया। कभी पगड़ी पलट दोस्ती के बारे में सुना था। यह कुर्ता पलट दोस्ती थी। जयपुर का कुर्ता साहिर के बदन पर था और लाहौर का कुर्ता महेन्द्र ने पहना हुआ था। दोनों देशों के सियासतदानों के बीच तो दीवार नजर आती है, लेकिन दोनों मुल्कों के लोग जब यहाँ मिले तो यह दीवार टूट गई। श्रम करने वाले लोग सभी मुल्कों में एक जैसे होते हैं। श्रम का पसीना एक जैसा होता है। लहू एक जैसा होता है। दोनों कुर्तों से प्यार की एक जैसी खुशबू आ रही थी।

गजलों और गीतों से कमरा महक उठा था। श्वेता सिंह ने हिन्दी फिल्म का एक गाना सुनाया—'जो हमने दास्ताँ अपनी सुनाई, आप क्यूँ रोए?' सभी ने तालियाँ बजाईं। फैजल साहिर ने फरमाइश करके इस गाने का यह अन्तरा तो श्वेता से दुबारा सुना—'हमारा दर्दे-गम है ये, इसे क्यूँ आप सहते हैं, ये क्यूँ आँसू हमारे आपकी आँखों से बहते हैं।' साहिर ने दाद दी—''वाह, क्या शायरी है।'' रोहन कुमार ने अपने दादा पर लिखी कविता सुनाई कि वे तब किस तरह हिन्दुस्तान से पाकिस्तान की इस सरजमीं पर आया करते थे, जब दोनों देशों का विभाजन नहीं हुआ था। उनके जमीन पर पड़े उन कदमों को तलाश करती इस कविता ने माहौल को भावुक बना दिया था। पाकिस्तानी दोस्त शफकत ने मंटो को याद किया। मंटो के कई दिलचस्प किस्से सुनाए। शुक्र है किस्से-कहानियों में पाकिस्तान एक था।

पाकिस्तान को लेकर हमारे मन में पता नहीं कितने धुँधले कोलाज बने हुए थे। सरहद पार करते ही यह धुंध छँटने लगी थी और रंगों ने जब असली आकार लेना शुरू किया तो यह वह तसवीर नहीं थी, जिसकी हम कल्पना करते थे। इसमें मोहब्बत के कई रंग थे। दोस्ती का दरिया फूट पड़ा था और हम उसमें गोते लगा रहे थे। साहिर कमरे में ही भाँगड़ा करते हुए गा रहा था—'इंडिया से आए मेरे दोस्त, दोस्त को सलाम करो।' भारत के फिल्मी गीत पाक के दोस्तों को अच्छी तरह याद थे। शफकत ने एक पुराना गाना सुनाया—'मेरे महबूब तुझे, मेरी मोहब्बत की कसम...।' वारिस रजा ने भी एक हिन्दी फिल्म का गीत सुनाया—'ना तुम हमें जानो, न हम तुम्हें जानें, मगर लगता है कुछ ऐसा, मेरा हमदम मिल गया।' हमारे साथ आए मोहम्मद यासीन ने गुलाम अली द्वारा गाई हसरत मोहानी की गजल सुनाई—'चुपके चुपके रात दिन आँसू बहाना याद है...।' मेहदी हसन, गुलाम अली, आबिदा परवीन, मल्लिका पुखराज, ताहिरा सैयद और नुसरत फतेह अली खाँ जैसे लोग आज इस होटल के कमरे में इकट्ठे हो गए थे। महरूम रेशमा और परवीन शाकिर के चिराग भी जल उठे थे। हरीश मलिक ने फैज साहब को गुनगुनाया—'खून के धब्बे धुलेंगे, कितनी बरसातों के बाद।' फैज साहब का नशा पूरी महफिल पर तारी था। महफिल पूरे शबाब पर थी और कमरा सिगरेट के धुएँ से भर गया था।

लेकिन इस धुएँ में भी रोशनी से कई चेहरे चमक रहे थे। ये खुशियों से लबरेज चेहरे थे। सब एक-दूसरे को जफ्फी पा रहे थे, गले मिल रहे थे। पता नहीं, कब रात हुई और कब हम सोए।

सुबह उठा तो एक लम्बे सपने से गुजरने की थकान महसूस कर रहा था। इन दिनों मुझे नदियों के सपने बहुत आते हैं। रात को मैंने सपने में देखा कि जयपुर शहर को दो हिस्सों में बाँटने वाली मिर्जा इस्माइल रोड एक नदी में तब्दील हो गई है। इस नदी के दोनों ओर बड़े-बड़े दरख्त उग आए हैं। हरी-भरी घास ने नदी के आस-पास के मैदान को पाट दिया है। दरख्तों पर चिड़ियाँ कलरव कर रही हैं। मोर नाच रहे हैं। आसमान में काली घटाएँ छा गई हैं। तेज बारिश शुरू हो गई है। तभी बिजली कड़कने की आवाज आती है और धूप खिल जाती है। जैसे किसी ने सूरज का स्विच ऑन कर दिया हो। काली घटाओं का अँधेरा सूरज की तेज रोशनी निगल जाती है। नदी के दोनों तरफ ट्रकों की कतारें लग जाती हैं। ट्रकों में भरी मिट्टी नदी में डाली जा रही है। नदी के दोनों ओर दरख्तों पर कुल्हाड़े चल रहे हैं। नदी मिट्टी में दफन हो गई है। दफन नदी के दोनों तरफ पेड़ों की जगह बड़े-बड़े शोरूम उग आए हैं। कहीं वोडाफोन का बोर्ड लग गया है तो कहीं केएस मोटर्स के शोरूम में कारें चमचमा रही हैं। चौराहे के एक कोने पर मैकडोनाल्ड्स की दुकान में रंग बिरंगे लोग घूम रहे हैं। ज्वैलर्स के बड़े-बड़े शोरूम खुल गए हैं। मखमली औरतें अपने गुदाज बदन पर गहने लगा कर शीशे में देख रही हैं।

आँख खुली तो मैं सोच रहा था—क्या सरस्वती नदी भी ऐसे ही दफन हुई होगी? सोना, चाँदी, मोबाइल, अमेरिकी भोजन और फर्राटेदार दौड़ती कारों ने क्या कुछ तबाह नहीं कर दिया। मन के वीराने में सब भटकते रहते हैं।

हम सुबह नहा-धो कर तैयार हुए और आगे के सफर की तैयारी में जुट गए। दफन नदी की खोज में हमें निकलना था।

इस बीच एक ऐसी घटना घटी, जिसने हमें सोचने पर मजबूर कर दिया। यहाँ आ कर पता चला कि दो देशों के बीच लोहे के तारों की दीवार ने हमें एक-दूसरे से कितना अनजान बना दिया है। हुआ यह कि हम जिस पाँच सितारा होटल में ठहरे थे, उसमें मैंने चाय का ऑर्डर दिया था। जब होटल का वेटर बिल लेकर आया तो मैंने उस पर हस्ताक्षर करते हुए पास बैठे महेन्द्र से पूछा—"आज क्या तारीख है?"

उसने कहा—"इक्कीस।" इस पर वेटर अचानक चौंका और टाई को सहलाते हुए उसने आश्चर्य की मुद्रा में पूछा—"सर, इफ यू डोन्ट माइंड, आई थिंक, यू आर इंडियन।"

मैंने कहा—"यस, ऑफ कोर्स।"

फिर वह हमारी भाषा में ही बोला—"क्या आपके यहाँ भी ऐसी ही तारीखें होती हैं—इक्कीस, बाईस, तेईस।"

मैंने कहा—"हाँ। तुम क्या सोचते थे?"

उसने झेंपते हुए कहा—"मैंने समझा, आपके यहाँ तो कुछ और होता होगा।"

मैंने फिर कहा—"हमारे यहाँ तो वार भी सोमवार, मंगलवार होते हैं। मैंने वार गिनकर बताए और पूछा—"आपके यहाँ क्या होते हैं?"

वेटर ने कहा—"हाँ, सर, हमारे भी ऐसे ही होते हैं। एक जुम्मा जरूर अलग होता है।" लगा उसकी हैरानी अभी थम नहीं रही थी। वो बोला—"आप तो बिलकुल हमारे जैसे लगते हो। बाकी हिन्दुस्तानी भी आप जैसे ही होते हैं क्या?" यह हैरान कर देने वाली सुबह थी। मैं और महेन्द्र काफी देर तक इस पर बात करते रहे। कभी इस पर हँसते थे, कभी अफसोस करते थे।

महेन्द्र ने कहा—"सियासत ने कुछ ऐसा कर दिया है कि दोनों मुल्कों को एक-दूसरे के बारे में सही जानकारी मिलती ही नहीं। अवाम को डराने के लिए एक मुल्क दूसरे मुल्क का इस्तेमाल करता है। टीवी पर ही देख लीजिए, आप भारतीय फिल्में देख सकते हैं, उनके गाने सुन सकते हैं, लेकिन समाचार नहीं सुन सकते।"

मैंने कहा—"आप सही कह रहे हैं। जब से हम पाकिस्तान आए हैं, भारत की कोई खबर हमें नहीं मिल रही कि वहाँ क्या हो रहा है?"

हमारे होटल में जो टीवी लगा था, उसमें हिन्दी फिल्मों के गाने खूब दिखाये जाते थे। दिलीप कुमार, मधुबाला के गानों के वीडियो भी चलते थे। सुबह-सुबह ही टीवी पर अमिताभ बच्चन की फिल्म 'जंजीर' चल रही थी। बीच-बीच में एक दिलचस्प विज्ञापन आता था। यह एक साबुन का विज्ञापन था, जिसमें दावा किया गया था कि यह शुद्ध बकरी के दूध से बना है और इससे रंग गोरा हो जाता है। हम खूब हँसे यह सोचकर कि कमबख्त विज्ञापन भी हमारे जैसे ही हैं।

हम सुबह ही एक वातानुकूलित सीटर बस में सवार होकर रहीमयार खान के लिए निकल पड़े। बस छह लेन के हाई-वे पर दौड़ रही थी। लगा जैसे हम जयपुर-दिल्ली हाई-वे से गुजर रहे हैं। रास्ते में एक छोटे कस्बे के पास से बस गुजरी तो वह धारूहेड़ा जैसा लग रहा था। सड़क पर एक और स्थान को देखकर लगा कि यह तो बिलकुल शाहपुरा जैसा है। वैसा ही हाई-वे, वैसी ही उस पर दौड़ती कारें। वैसे ही लोग। वैसी ही दुकानें।

हाँ, सड़कों पर एक नजारा भिन्न था। हाई-वे पर रंग-बिरंगे चित्रों से सजे ट्रक दिखाई दे जाते थे। ऐसे रंग-बिरंगे ट्रक हमने पहले कभी नहीं देखे। चटख रंगों की चित्रकारी से सजे इन ट्रकों का मस्तक आगे से उठा हुआ होता था। उन्नत भाल वाले ट्रक थे ये। सड़कों पर बसें भी ऐसी ही रंग-बिरंगी दिखाई दे रही थीं। ज्यादातर वाहन गैस से चल रहे थे और हाई-वे पर जगह-जगह थोड़ी दूरी के अन्तराल पर ही गैस पम्प उपलब्ध थे।

दूर एक गाँव को देखकर मेरा मन परिंदे की तरह उड़ कर न जाने कब बगड़ गाँव में पहुँच गया। बगड़ में घर के आँगन में मेहमानों की मिठास बिखरी हुई है। कुछ लोग खाटों पर बैठे हैं। ये लड्डो के रिश्तेदार हैं, जो विभाजन में पाकिस्तान चले गए थे और अब मिलने आए हैं। एक मोटा, कद्दावर आदमी था, जिसने सफेद कुर्ता, सफेद लुंगी और सफेद पगड़ी पहनी हुई थी। वह लड्डो के फूफा का लड़का था। चाईजी उससे पाकिस्तान के बारे में पूछ रही हैं। रिनाला खुर्द के बारे में पूछ रही हैं। वह पाकिस्तान की तारीफ पर तारीफ किए जा रहा है। उसने बताया कि उद्योग और तकनीक के कामों में पाकिस्तान भारत से काफी आगे है। मैं तब कोई दस-बारह साल का रहा होऊँगा, लेकिन यह बात मानने को तैयार नहीं था। मैं अड़ गया—
''ऐसा कैसे हो सकता है? हमें तो पाठ्य पुस्तकों में भारत के बारे में बहुत कुछ पढ़ाया जाता है। हम लड़ाकू विमान बना रहे हैं, जहाज बना रहे हैं, रेल के डिब्बे अब चितरंजन में बन रहे हैं, परमाणु बम से बिजली पैदा करने की तैयारी हो रही है।''

लड्डो का पाकिस्तानी भाई हमारे लिए कुछ उपहार भी लाया था। इन उपहारों में पानी भरने वाला एक बड़ा सा कैम्पर भी था। उसने बताया कि ऐसा कैम्पर केवल पाकिस्तान में बनता है, भारत में नहीं बनता। मैंने पहली बार ऐसा रंगबिरंगा कैम्पर देखा था। गाँव में किसी के पास भी ऐसा कैम्पर नहीं था। हम तो चाईजी-पापाजी के साथ कभी यात्रा पर जाते थे तो हमारे साथ एक टोंटी वाली छोटी सी टंकी होती थी या फिर हम मिट्टी की सुराही लेकर जाते थे। यह तो शानदार रंगबिरंगा कैम्पर था। पाकिस्तानी भाई की बात मुझे सच लगी, लेकिन भारत के पिछड़ेपन पर अफसोस हुआ। लज्जा भी आई।

इतने बरसों बाद अब पाकिस्तान आकर पता चला कि पाकिस्तान खुद कुछ नहीं बनाता। उसके ज्यादातर उद्योगों पर विदेशी कम्पनियों का कब्जा है। चाँद गाड़ी भी एक चीनी कम्पनी चेंगझी बनाती है। पाकिस्तान के छोटे-छोटे गाँवों में पिज्जा, बर्गर

और कोल्ड ड्रिंक पहुँच गए हैं। नॉनवेज के रेस्तराओं की चेन खुल गई हैं। हमारी बस हाई-वे पर सरपट दौड़ी जा रही थी।

पाकिस्तान में रहीमयार खान जाते समय रास्ते में कई जगह नदियाँ और नहरें दिखाई पड़ीं। नदियों में बहता पानी आँखों को शीतल कर जाता था। बस में मैं इरशाद अमीन के पास ही बैठा था। उसने मुझे बताया—"नहरों के आस-पास ज्यादातर सिंचित जमीन सेना के बड़े अफसरों की है या फिर राष्ट्राध्यक्ष रह चुके अति विशिष्ट लोगों की। चिन्नी गोठ नाम की एक नहर ऐसी भी है, जिसका पानी केवल सेना के जनरलों की जमीन के लिए है और कोई सामान्य नागरिक उस नहर का पानी इस्तेमाल नहीं कर सकता। लोगों ने इसके लिए आन्दोलन भी किए हैं।"

हमारी छोटी-सी बस सरपट दौड़ी जा रही थी। बस में गाना बज रहा था—'रंगीला रे, तेरे रंग में क्यूँ रंगा है मेरा मन...छलिया रे, ना बुझे है, किसी जल से ये जलन'। ड्राइवर ने बस में जो सीडी लगाई हुई थी, उसमें पूरे रास्ते हिन्दी फिल्मों के ही गाने बज रहे थे। लगा जैसे हम हिन्दुस्तान की ही किसी बस में सफर कर रहे हैं। रास्ते में दूर जाती एक ऐसी ट्रेन भी हमने देखी, जिसमें आगे के तीन डिब्बे सवारियों के थे और पीछे के तीन डिब्बे मालगाड़ी के। इरशाद ने बताया—"इसे यहाँ लुंडी[1] ट्रेन कहते हैं।" मुझे लगा भारत-पाकिस्तान भी अलग-अलग डिब्बों में बँट कर लुंडी ट्रेन बनकर रह गए हैं। डिब्बे अलग-अलग हो गए लेकिन दिलों से लोग अभी तक जुड़े हुए हैं।

रहीमयार खान आने ही वाला था। तभी अचानक सड़क पर करीब सौ लोगों का एक हुजूम दिखाई दिया। लोग रास्ता रोककर खड़े थे और पुलिस भी दिखाई दे रही थी। पास बैठे इरशाद ने कहा—"आगे शायद कोई मसला है।" उसका चेहरा गम्भीर हो गया था। अचानक उसके चेहरे पर मुस्कान उभरी। हमारी बस रुक गई। हम सब को बस से नीचे उतरने के लिए कहा गया। नीचे उतरे तो अचानक गुलाब की पंखुड़ियों की बरसात शुरू हो गई। ढोल-ताशे बज उठे। लोग भाँगड़ा कर रहे थे। हम हतप्रभ थे। ऐसा स्वागत देखकर हमारी आँखें नम हो गईं। सड़क के पास एक बड़े फॉर्म हाउसनुमा मकान में सबको ले जाकर नाश्ता कराया गया। पीने के लिए कोल्ड ड्रिंक दी गई। बाहर बहुत गर्मी थी, लेकिन दोस्ती की गरमाहट ने इसे महसूस नहीं होने दिया। मुझे लगा पाकिस्तान में गुलाब के फूलों को 'रेड कार्पेट' जैसे सम्मान का कोई दर्जा मिला हुआ है। पाकिस्तान में हम जहाँ भी गए, हमारा स्वागत गुलाब की पंखुड़ियों की बरसात से ही किया गया।

---

1. लुंडी : दुमकटी

आखिर हम रहीमयार खान पहुँच गए। यही हमारी मंजिल है। यहाँ तीन दिन हमें रुकना है। दफन नदी पर विस्तार से चर्चा होनी है। रहीमयार खान एक छोटा-सा कस्बा है। हमें एक गेस्ट हाउस में ठहराया गया। गेस्ट हाउस में प्रवेश करते ही एक विशाल लॉन था। अन्दर एक लॉबी थी, जहाँ टीवी लगा था। रिसेप्शन का काउंटर था। पास में एक बड़ा डाइनिंग हॉल था। गेस्ट हाउस में कमरे अच्छे थे और वातानुकूलित भी। मुझे ग्राउंड फ्लोर पर एक कमरा दिया गया। इस कमरे में महेन्द्र मेरे साथ था।

अँधेरे का कोई पार नहीं
मेले के शोर में भी
एक खामोशी का आलम है
और तुम्हारी याद
इस तरह
जैसे धूप का एक टुकड़ा

—अमृता प्रीतम

और आ गई वह सुबह

कैसी होती है सुबह? हर सुबह जैसे एक नई ऊर्जा, नया एहसास मन के भीतर भर जाती है। गाँव की सुबह अलग होती है, शहरों की सुबह का रंग कुछ और ही होता है। महानगरों की सुबह कोलाहल के बीच दौड़ती-भागती दिखाई देती है। तारकोल की सड़कों पर सरपट दौड़ते, हाँफते वाहनों के बीच ट्रैफिक सिगनल्स पर घुर्र-घुर्र करती सुबह...।

रहीमयार खान में मैंने सुबह गेस्ट हाउस की खिड़की खोली तो दूर तक पसरे खेत, दरख्त और गाँव दिखाई दिए। लगा जैसे सामने भूरी मिट्टी से बने घरों के छान-छप्परों से फिसल कर रेत की गलियों में झरने की तरह सुबह गिर रही है। बगड़ गाँव की सुबह की तरह। एक जैसी सुबह। मुझे इरशाद कामिल का लिखा हिन्दी फिल्म का एक गाना याद आया—'अज दिन चढ्या, तेरे रंग वरगा...।'

मैं बहुत देर तक खिड़की से बाहर सुबह के दृश्य ताकता रहा। दूर खेत में मोर भी नजर आ रहे थे। आम के भरपूर पेड़ थे। आँखों को सुकून देने वाले नजारे थे। तभी इंटरकॉम की घंटी बजी। डाइनिंग हॉल में नाश्ते के लिए बुलावा आया था। मैं फटाफट नहाने की तैयारियों में जुट गया।

तैयार होकर डाइनिंग हॉल में पहुँचा तो वहाँ काफी गहमागहमी थी। एक बड़ी टेबिल पर इरशाद अमीन के साथ भारत से आए सभी साथी बैठे थे। मैं भी वहाँ जाकर बैठ गया। सभी मित्र तरोताजा लग रहे थे। हम गपशप में लग गए। मोहम्मद

यासीन ने मुझसे पूछा—"मधुकरजी, एक बात बताओ, पाकिस्तान की अब तक की यात्रा में आपको क्या कहीं लगा कि आप परायी धरती पर घूम रहे हैं?"

मैंने कहा—"मैं खुद यह सोच कर हैरान हूँ। यह धरती किसी विदेश की लगती ही नहीं है।"

तभी महेन्द्र बोला—"मेरे मन में धारणा यह थी कि पाकिस्तान में घुसते ही हमें बुरके ही बुरके नजर आएँगे, और चारों तरफ लम्बी दाढ़ियाँ ही दाढ़ियाँ होंगी। अब इसे संयोग कहें या क्या कहें, लाहौर से लेकर रहीमयार खान की यात्रा तक कहीं बुरका दिखाई नहीं दिया। लाहौर में भी लड़कियाँ जीन्स पहने ही घूम रही थीं। दाढ़ियों का भी कोई साम्राज्य नजर नहीं आया। इरशाद भाई की मूँछें जरूर दिख जाती हैं।" इस पर सब हँसे।

इरशाद ने कहा—"कोई चेहरा देखकर नहीं बता सकता कि यह हिन्दुस्तानी है या पाकिस्तानी। पिछली बार हम इंडिया में ताजमहल देखने गए तो विदेशियों की फीस बहुत ज्यादा थी और हमारे पैसे होटल में ही रह गए थे। हमने हिन्दुस्तान वाली विन्डो से ही टिकट खरीद लिया। कोई गोरा अंग्रेज या किसी और देश का आदमी ऐसा नहीं कर सकता था।"

रोहन ने भी कहा—"भारत और पाकिस्तान में एक जैसे ही कच्चे घरों के गाँव दिखते हैं और शहरों में भी एक जैसे ही बहुमंजिले मॉल बन गए हैं।"

हरीश मलिक ने कहा—"इरशाद भाई बुरा नहीं मानें तो मैं भी अपने मन की बात कहूँ?" इरशाद ने कहा—"हाँ, हाँ, जरूर कहिए।" हरीश ने कहा—"हिन्दुस्तान में मुसलमानों के ज्यादातर मोहल्ले गंदे रहते हैं। मैं सोचता था, पाकिस्तान भी ऐसा ही गंदा होगा, लेकिन यहाँ तो सब कुछ बहुत साफ-सुथरा है। जहाँ-जहाँ गए सब जगह चमचमाती सड़कें थीं और आलीशान मकान थे। मोहल्लों में भी साफ-सफाई थी। सच में बहुत अच्छा लग रहा है।"

श्वेता सिंह ने फैज सा'ब की बेटी का एक दिलचस्प किस्सा सुनाया। उसने बताया—फैज अहमद फैज की बेटी सलीमा हाशमी जब भी भारत आतीं तो दिल्ली में भीष्म साहनी जी के घर रुकती थीं। उन्होंने बताया कि एक बार वे अपनी बेटी मीरा के साथ इंडिया आई थीं। मीरा तब सात-आठ साल की रही होगी। इंडिया उसके लिए फॉरेन का ट्रिप था और वह बहुत उत्साहित थी। यात्रा शुरू हुई। मीरा ने कहना शुरू किया—'ये गाएँ...ये घर...ये लोग...ये खेत...सब तो अपने जैसे ही हैं। फिर ये इंडिया और वो भी फॉरेन कैसे हुआ?'

मुझे लगा, पाकिस्तान आ कर हम भी मीरा की इसी सच्चाई से रू-ब-रू हो रहे थे।

हम अभी नाश्ते का इन्तजार कर ही रहे थे कि दस-बारह लोगों के एक ग्रुप ने डाइनिंग हॉल में प्रवेश किया। वेशभूषा से सभी ग्रामीण लग रहे थे, लेकिन सभी रंग-बिरंगे कपड़ों में सजे-धजे थे। इनमें एक महिला का अन्दर आना था कि जैसे कोमल, सुर्ख गुलाब की खुशबू पूरे माहौल में तैर गई। उसकी जुल्फें लहराईं तो लगा जैसे झूमती हुई घनघोर घटाओं ने प्रवेश किया है। चेहरे पर एक खास किस्म की मुस्कान नाच रही थी। खूबसूरत गोल चेहरा, शरबती आँखें, दहकते रुखसार, भीगे गुलाब जैसे दिलकश होंठ, खूबसूरत बाजू और खनकती हुई आवाज। गोरी-चिट्टी मांसल देह पर रक्ताभ चेहरे से शहद के छत्ते की तरह लावण्य टपक रहा था। उसने झक्क सफेद रंग का लिबास पहना हुआ था। सफेद कुर्ता, सफेद सलवार और सफेद दुपट्टा। दूर से ही चमकते इस लिबास में वह परी जैसी दिख रही थी। सफेद-गुलाबी परी। डाइनिंग हॉल में सबकी नजरें उसी पर टिकी थीं। मैं उसे देखकर बेचैन हो उठा।

मैंने इरशाद अमीन से पूछा—"कौन है ये?" इरशाद ने इस सवाल पर कटीली मुस्कान फेंकी। फिर कहा—"यह चोलिस्तान की मशहूर फोक सिंगर है और अच्छी डांसर भी है। इसका अपना यह फोक कलाकारों का दल है। सेमिनार के दिन शाम को यही दल कल्चरल आइटम पेश करेगा।"

मुझसे रहा नहीं गया। मैं अपनी टेबिल से उठा और लोक कलाकारों की ओर बढ़ गया। मैं वहाँ पहुँचा तो वह चौंककर अपनी कुर्सी से उठी। कुछ क्षणों तक वह एकटक मेरी ओर देखती रही। उसके चेहरे पर कभी आश्चर्य के भाव आ रहे थे तो कभी आँखों में एक अजीब सी भावुकता तैरती दिखाई दे रही थी। मैंने भी अपनी पलकें झपकाईं और महसूस किया कि कहीं यह सपना तो नहीं है? धीरे-धीरे उसकी आँखों में झील सी नजर आई और साफ हो गया कि यह हकीकत है। वह चौंककर बोली—"अरे, आप?"

मैंने कहा—"सलमा?"

उसने कहा—"हाँ।"

उसके चेहरे पर आश्चर्य की लकीरें साफ दिखाई दे रही थीं। जी चाहा कि उसे बाँहों में भर लूँ, लेकिन यहाँ यह सम्भव नहीं था। मैंने कहा—"आओ, नाश्ता साथ करेंगे।" वह तुरन्त मेरे साथ चल दी। डाइनिंग हॉल की सभी आँखें हमारी ओर घूम गईं। हम एक खाली टेबिल पर जाकर बैठ गए। मेरा पहला प्यार मेरे सामने था। वह भी पराये देश में। बरसों बाद। उसने मुझसे छूटते ही पूछा—"तुम्हें कैसे पता चला कि मेरा नाम अब सलमा है?"

दरअसल, देश विभाजन में मेवात से बहुत सारे लोग पाकिस्तान चले गए थे, लेकिन उनके अनेक रिश्तेदार भारत में ही रह गए थे। पाकिस्तान से लोगों की चिट्ठियाँ उर्दू

में आती थीं, लेकिन बगड़ और आस-पास के पूरे ग्रामीण इलाके में केवल चाईजी को ही उर्दू आती थी। दूर-दूर तक के गाँवों से लोग चिट्ठी पढ़वाने चाईजी के पास आते थे। कई बार तो चाईजी रसोई से जूझ रही होतीं तो चिट्ठी पढ़वाने वालों को इन्तजार करना पड़ता था। चाईजी काम-काज से फारिग होकर फिर लोगों की चिट्ठियाँ पढ़ने बैठतीं। चाईजी अब गाँव से अलवर आ गईं तो यहाँ भी लोग जब-तब चिट्ठी पढ़वाने आ जाते थे। एक बार महबी चाचा चाईजी के पास एक चिट्ठी पढ़वाने अलवर आया तो मैं घर पर ही था। चाईजी ने चिट्ठी देखकर कहा—''अरे, यह तो हिन्दी में है। इसे तो गाँव में मास्टरजी से ही पढ़वा लेता।''

इस पर महबी बोला—''अच्छो। अब हम तो कांई जाणें हिन्दी और उड़दू। पाकिस्तान सू जाके भी चिट्ठी आवे ही वा आपसू ही पढ़ाबा आबा करो। या मारे मैं भी आ गयो। वैसे भी मोलू अलवर आणो होगो। मैंने सोची बीबीजी सू मिल आऊँगो और चिट्ठी भी पढ़वा लाऊँगो।''

चाईजी ने चिट्ठी के आखिर में नाम देखकर कहा—''पाकिस्तान से किसी सलमा की चिट्ठी है। कौन है ये सलमा?'' महबी चाचा बोला—''अरे, वही अपणी नरगिस है, हूँनी जाके ससुराल वालान ने वाको नाम बदल के सलमा रख दियो है।'' चाईजी ने चिट्ठी पढ़कर सुनाई। चिट्ठी पढ़ते-पढ़ते चाईजी एक जगह जाकर अटक गईं। शायद उन्होंने सोचा कि आगे पढ़ कर बताऊँ या नहीं। लेकिन फिर उन्होंने चिट्ठी पढ़ डाली। सलमा ने लिखा था कि ''मुझे यहाँ आ कर ले जाओ। शौहर मेरी रोज पिटाई करता है। जिन्दगी दोजख बन कर रह गई है।'' महबी की आँखें नम हो गई थीं।

मैंने चिट्ठी हाथ में ली। सलमा की ही हस्तलिपि थी। हम दोनों ने एक साथ तख्ती और स्लेट पर लिखना सीखा था। मैंने सलमा का पता देखा। मेरी इच्छा हुई कि चिट्ठी को चूम लूँ, लेकिन सामने चाईजी बैठी थीं। चाईजी चिट्ठी पढ़कर महबी से बातें करने में व्यस्त हो गईं। उससे पूछा—''और गाँव में सब कैसे है?''

''सब ठीक हैं जी।''

''रुक्मणी के क्या हाल हैं?''

''ठीक हैं जी। अभी थोड़ा दिन पहले उनने एक भैंस खरीदी हीगी। दो दिन पहले ही भैंस ब्याई है।''

''और वो, सिंभू का लड़का है न कैलाश, मधु का दोस्त, वो क्या कर रहा है? सुना था कि उसकी नौकरी लग गई?''

''हम्बे। वा तो गाँव का स्कूल में ही सरकारी बाबू हो गयो। मजो कर रो है। ऊ कहा करें हैं न अक इमली का पत्ता पे दंड पेल रो है।''

चाईजी हँसी। फिर कहा—''तू पाकिस्तान घूम आ। बेटी से भी मिल आ।''

"पुरके[1] जाबा की सोची हीगी। दिल्ली का कई चक्कर काटा, पण मेरो वीजो ही नांय बणो।"

"क्यों नहीं बना?"

"बणो ही नांय। सरपंच कू पैसा भी दिया हागा। वा बोलो—"पैसा कम पड़ग्या। जैसी तेरी घूघरी[2], वैसा तेरा गीत।"

"अबके फिर बिलाई[3] गेर के देख ले। क्या पता कहीं कोशिश से निकल आए वीजा।" चाईजी ने कहा।

महबी चाचा हँसा—"ठीक है जी। आप खे रा हो तो एक बार और बिलाई गेर के देख लूँगो।"

इसी बीच बेडरूम में टेलीफोन की घंटी बजी। मैं चिट्ठी हाथ में लेकर बेडरूम की ओर दौड़ा। मेरी बड़ी बहन का फोन था, जो चाईजी से बात करना चाहती थी। बेडरूम में उस समय कोई नहीं था। मैंने फोन होल्ड कराया और चिट्ठी पर नीचे देखा, जहाँ लिखा था—सलमा। मैंने उसे चूम लिया। बाहर आया और चिट्ठी महबी चाचा को लौटा दी।

नाम बदल गया लेकिन थी तो वह नरगिस ही। वही नरगिस जिससे मेरे बचपन के सपने जुड़े थे।

नरगिस का पाकिस्तान जाना मेरे लिए एक बड़ा सदमा था। गाँव में आठवीं कक्षा तक ही स्कूल था। आगे की पढ़ाई के लिए मुझे शहर भेज दिया गया था। छुट्टियों में गाँव आता था। एक बार गर्मियों की छुट्टियों में गाँव आया तो पता चला कि नरगिस की शादी हो गई है और वह पाकिस्तान चली गई है। यह ऐसा ही था जैसे कोई किसी खास फल के पकने का इन्तजार कर रहा हो और अचानक कोई उसे तोड़ कर भाग जाए।

मैंने सलमा को बताया कि उसकी चिट्ठी से ही मुझे मालूम चला था कि उसका नाम अब सलमा हो गया है और वह रहीमयार खान के पास रहती है। इरशाद खान के दफन नदी पर सेमिनार के लिए यात्रा कार्यक्रम में रहीमयार खान भी शामिल था, इसीलिए मैंने सोचा, क्या पता सलमा से मुलाकात हो जाए। "मैं तुम्हें

1. पुरके : पिछले साल।
2. घूघरी : शादी-ब्याह की रस्मों में गाँव की महिलाओं को न्योता देकर रस्म के अनुसार गीत गाने के लिए बुलाया जाता है और गीतों के बाद उन्हें घूघरी (उबले हुए चने) बाँटी जाती है।
3. बिलाई : कुएँ में बाल्टी आदि सामान गिर जाने पर लोहे के लंगर जैसे घुमावदार आंकड़ों से बनी बिलाई को रस्सी से कुएँ में डालकर घुमाया जाता है, जिसमें बाल्टी आदि बरतन अटक कर आ जाते हैं।

यहाँ ढूँढ़ता, लेकिन मुझे अन्दाजा नहीं था कि तुम इतनी आसानी से ऐसे मिल जाओगी।''—मैंने उससे कहा।

सलमा ने पूछा—''तुम्हारी शादी हो गई?''

मैंने कहा—''नहीं, अभी इतना बड़ा कहाँ हुआ हूँ?''

वह हँसने लगी। मैंने अनुमान लगाया कि सलमा अब 28 साल की हो गई होगी। हालाँकि देखने में वह 24-25 साल की ही लग रही थी। मैंने उससे कहा—''मैं अपने बड़े होने का इन्तजार करता रहा, लेकिन तुम एक दिन अचानक गायब हो गईं।''

सलमा अब गम्भीर हो गई। उसकी आँखों में आँसू छलक आए।

सलमा ने बताया—''हमारे यहाँ तो जल्दी ही शादी हो जाती है न। मैंने शादी में तुम्हारा इन्तजार किया था। तुम दिखे ही नहीं। मुझे यहाँ ऐसे मिल जाओगे, मैंने सपने में भी नहीं सोचा था। मुझे आज बहुत अच्छा लग रहा है।'' टेबिल पर ही मैंने उसका हाथ दबाया। हाथ दबाते ही मैं बगड़ गाँव में पहुँच गया।

मैं शायद तब दसवीं कक्षा में था। छुट्टियों में गाँव आया तो पूरे दिन नजरें नरगिस को ढूँढ़ती रहीं, लेकिन वह कहीं नजर नहीं आई। शाम को मेवों के घरों की तरफ गया तो महजत[1] के पास ही पुराना दोस्त कैलाश मिल गया। उसने बताया—''नरगिस की तो शादी हो गई।'' उसकी यह बात सुन कर मेरा दिल धक्क से रह गया।

मैंने पूछा—''कब?''

''संकरात के आस-पास शादी हुई हीगी। या समझ ले कि चार-पाँच महीना हो गया।''

''कौण-सा गाँव में गई है?''

''पाकिस्तान को कोई गाँव है।''

''हैं! कांई खे रो है तू?''

''सच्ची खे रो हूँ। मटान ने शादी भी जोरदार करी। सभी बारातीन कू फिलिप्स का ट्रांजिस्टर बाँटा। अलवर में कम पड़ गया तो दिल्ली सू मँगाया।''

मुझे चक्कर आ गया। पाकिस्तान में शादी होने का ही मतलब था कि नरगिस से मिलने के अब सभी रास्ते बन्द। मेरी आँखों से आँसू फूट पड़े। कैलाश ने मुझे गले लगा कर पीठ थपथपाई। बोला—''अब रोबान सू कांई होय? तू तो यार समझदार आदमी है। तेरे पिये कांई चीज की कमी है। तोलू तो और घणी नरगिस मिल जाएँगी।''

1. महजत : मस्जिद

मैंने इसका कोई जवाब नहीं दिया और घर आ गया। अब कैलाश से मैं कैसे कहता कि मेरे लिए जीवन में 'घणी' नहीं एक ही नरगिस है। वह अब जा चुकी है। शाम को मैंने घर पर खाना नहीं खाया। अन्दर से मन जार-जार रो रहा था। आँखें लाल हो गई थीं। उल्टी का जी कर रहा था।

चाईजी ने पूछा—"की होया, काके?"

मैंने कहा—"कुछ नहीं चाईजी। मेरी तबीयत ठीक नहीं है। आज भूख नहीं है। खाना नहीं खाऊँगा।"

चाईजी ने कहा—"कोई नहीं, दूध पी ले।"

चाईजी दूध का गिलास मेरे कमरे में रखकर चली गईं। वह ऐसे ही रखा रहा। रात भर बिस्तर पर पड़ा-पड़ा पता नहीं क्या सोचता रहा। नींद नहीं आई। दिल पर जैसे कुदाली चल रही थी। ठक्, ठक्, ठक्।

पाकिस्तान देश के लिए ही नहीं, अब मेरे लिए भी दुश्मन हो गया था। मुझे लगा, महबी चाचा की अच्छी सरसों हो गई होगी, इसलिए उसकी शादी कर दी। बीच-बीच में सुबक लेता था। बाद में पता नहीं कब आँख लग गई।

बगड़ मैं लम्बी छुट्टियों पर आया था, लेकिन मेरा दिल नहीं लग रहा था। बगड़ आने का मुझे हमेशा इन्तजार रहता था, लेकिन आज वही बगड़ काटने को दौड़ रहा था। गाँव की गलियाँ मेरे लिए सूनी हो गई थीं। गाँव का हर छप्पर, हर रास्ता उदास नजर आता था। किसी से बात करने की इच्छा नहीं होती थी।

सुबह नाश्ता करने बैठा तो मैंने चाईजी से पूछा—"चाईजी, कोई बता रहा था, आपने गाँव में किसी लड़की की शादी पाकिस्तान में हुई है?" मैं कैलाश की बात की पुष्टि करना चाहता था।

चाईजी ने कहा—"हाँ, महबी की लड़की की हुई है ना। अच्छी शादी करी थी उसने। तेरे पापाजी के पास भी पैसे माँगने आया था। इन्होंने तो अपनी बेटी समझकर उसे दस हजार रुपए दे दिए और यह भी कह दिया कि लौटाने की जरूरत नहीं है।"

मुझे नरगिस की शादी पाकिस्तान में होने की बात पर यकीन नहीं हो रहा था, लेकिन चाईजी ने इस पर मुहर लगा दी थी। मेरी बेचैनी बढ़ती ही जा रही थी। मैंने एक दिन बाद ही वापस शहर जाने के लिए अपना सामान बाँधना शुरू कर दिया। चाईजी ने पूछा—"अभी कल ही तो आया है इतनी जल्दी क्यों जा रहा है?"

मैंने कहा—"अगले साल के लिए कुछ कोचिंग क्लासेज लग रही हैं। पहले मैंने सोचा था, नहीं जाऊँगा, लेकिन मुझे लगा जाना चाहिए। आगे पढ़ाई में फायदा मिलेगा।"

चाईजी ने कहा—"मधु, तेरी पढ़ाई का मामला है तो नहीं रोकूँगी। तू जा, लेकिन हमारा तो अभी मन भरा नहीं।"

मैंने कहा—"चाईजी, मैं जल्दी ही वापस आ जाऊँगा।" यह कहकर मैं गाँव से निकल लिया।

उदासी और बेचैनी भरे दिन थे वह। उस मायूसी में दर्द भरे गाने बहुत अच्छे लगते थे। पहले मैं गानों में केवल संगीत ही सुनता था। अब शब्दों को भी सुनने लगा था। ट्रांजिस्टर सुनने का शौक अब बढ़ गया था। पुराने गाने अच्छे लगते थे, जैसे—मुझे गम भी उनका अजीज है, के उन्हीं की दी हुई चीज है।

मेरी हालत ऐसी हो गई थी कि एक बार बीच में गाँव आया तो अपने घर के बाहर चौंतरे पर बैठी किन्नो भाभी मिल गई। मुझे देखकर बोली—

"अरे लालाजी[1], तुम कू कांई हो रियो है?"

"कांई हो रियो है भाभी?"

"तुम तो सूख के ऐसा हो रियो हो, जैसे रंडुआ[2] की छान पे तोरू[3]। शहर में खाबा कू अच्छो नांय मिलतो होयगो।"

मैंने कहा—"हम्बे।" और आगे बढ़ गया। पता नहीं कैसे किन्नो भाभी ने मेरी दुर्दशा को पहचान लिया था।

वक्त के साथ गम से तो उबर गया, लेकिन नरगिस की याद दिल से नहीं गई। बरसों बाद वही नरगिस अब पाकिस्तान में सलमा बन कर मेरे पास बैठी थी। एक फिल्मी गीत की पंक्तियाँ याद आ रही थी—कब के बिछुड़े हुए हम आज यहाँ आके मिले...

टेबिल पर नाश्ता लग चुका था। सलमा ने पूछा—"बाबो मिलो हो के?"

मैंने बताया—"हाँ, महबी चाचो जभी मिलो जब वा चाईजी कने चिट्ठी पढ़ाबा आयो। खे रो हो कि वीजा की कोसिस करी ही पर बणो नांय।"

"हाँ, यहाँ भी हिन्दुस्तान का वीजा बड़ी मुश्किल से मिलता है।" सलमा ने कहा।

"सलमा, तुझे मेरी याद बिलकुल नहीं आई?"

"बहुत आई थी।"

"फिर?"

"फिर करती क्या? सच पूछो तो आज भी तुम्हारे लिए रोती हूँ। मैं यहाँ पाकिस्तान में नहीं रहना चाहती। मुझे अपने साथ ले चलो।"

"मैंने कभी सपने में भी नहीं सोचा था कि मैं कभी पाकिस्तान भी आ पाऊँगा और तुम मुझे ऐसे मिल जाओगी।"

---

1. लालाजी : गाँव में देवरों को लालाजी कहते हैं
2. रंडुआ : विधुर/बड़ी उम्र का कुँवारा
3. तोरू : तोरई

"मैंने भी आस छोड़ दी थी, लेकिन तुम्हें देखकर लग रहा है कि मेरा दिल जो मुरझा चला था, वह अब फूल की तरह खिल उठा है।"

मैंने सलमा के हाथ पर अपना हाथ रखा और हलके से दबाया। लगा हाथ से चल कर रगों में खून के साथ बहती हुई सलमा की खुशबू भीतर मेरे दिल तक पहुँच गई। इस बीच वेटर ब्रेड और जैम की एक शीशी रख गया था। मैंने जैम की शीशी हाथ में ली तो अचानक उस पर अंग्रेजी में लिखा हुआ दिखाई पड़ा—'मिशेल।' उसमें एक जगह लिखा था—'मेड इन रिनाला खुर्द'। मैं चौंका। फिर मैंने सलमा से कहा—"मुझे ये जैम चाहिए। बाजार से दिला देना।"

उसने कहा—"दिला दूँगी। वैसे नेशनल के जैम और अचार मिशेल से ज्यादा अच्छे होते हैं।"

मैंने उसे बताया—"अरे, यार तू नहीं समझेगी...।"

वह जोर से हँसकर बोली—"तुम्हारा यह तकिया कलाम अभी तक गया नहीं है। अच्छा समझाओ...।"

मैंने उसे जब बताया कि मिशेल कम्पनी का ही जैम क्यों लेना है और चाईजी का मिशेल और रिनाला खुर्द से क्या रिश्ता है तो वह बोली—"ठीक है, कोई मसला नहीं। हम मिशेल का बहुत कुछ लेंगे।"

इस बीच हमारे मेजबान इरशाद भाई उठकर हमारी टेबिल पर आ गए। वे बड़े हैरान और परेशान दिखाई दे रहे थे। उन्होंने आते ही पूछा—"यह क्या मसला है जी? आप दोनों एक-दूसरे को जानते हो?"

मैंने कहा—"हाँ।" सलमा ने इरशाद को देखकर तुरन्त उनको सलाम किया। इरशाद ने मुझसे पूछा—"आप तो शायद पहली बार पाकिस्तान आए हैं न?" मैंने कहा—"हाँ" और मैं जोर से हँसा। मैंने इरशाद भाई को पास बैठाया और उनको सारी बात बताई तो वे बहुत खुश हुए। बोले—"चलो, आप दोनों की मुलाकात का आज रात को जश्न मनाएँगे। वैसे भी सलमा बहुत अच्छा गाती है। आप यहीं नाश्ता करो, मैं बाकी लोगों को सँभालता हूँ।" यह कह कर इरशाद वापस अपनी टेबिल पर चले गए। बाद में मैंने सलमा को जब बताया कि नाश्ता करके हम पत्तन मुनारा जाएँगे, तो उसने मुझसे कहा—"रहीमयार खान की धरती के तीन रंग हैं। भूरा—जो रेत के धोरों वाला रेगिस्तानी इलाका है, जिसे स्थानीय लोग बोलचाल में 'पक्का' कहते हैं। दूसरा—हरा, जो सिंचाई वाला हरा-भरा क्षेत्र है और जिसके जंगलों में हिरण और दूसरे जंगली जानवर भी पाये जाते हैं। इसे यहाँ के लोग 'कच्चा' कहते हैं। तीसरा—रंग-बिरंगा, जिसे लोग 'शहर' कहते हैं। पत्तन मुनारा जाने के लिए आप 'पक्का' में जाएँगे।" मेरे लिए यह नई जानकारी थी।

सलमा से मिलने के बाद मेरा कहीं जाने का मन नहीं था, लेकिन मुझे लगा कि जिस मकसद से इरशाद अमीन ने हमें बुलाया है, वहीं नहीं जाऊँगा तो मेजबान को अच्छा नहीं लगेगा। फिर इरशाद ने यह भी बता दिया था कि पत्तन मुनारा 8-10 किमी की दूरी पर ही है और दो-तीन घंटे में वापस आ जाएँगे।

नाश्ते के बाद हम उठे। मैंने और सलमा ने एक-दूसरे को हाथ हिला कर बाय-बाय किया। मैं इरशाद के साथ हो लिया। सब लोग मुझे घूर-घूर कर देख रहे थे। महेन्द्र ने मेरे कान के पास आ कर पूछा—''यह क्या मसला है, भाई ?'' मैंने कहा—''बाद में बताऊँगा।'' हमारा साइट पर जाने का कार्यक्रम था जहाँ हाकड़ा नदी के कुछ अवशेष देखने थे। इसके लिए इरशाद हमें पत्तन मुनारा लेकर गए। पाकिस्तान के भी कुछ भूगर्भ शास्त्री हमारे साथ थे, जो इस सेमिनार में भाग लेने आए थे।

भारत और पाकिस्तान का भूगोल इतना मिलता है कि कई बार हैरानी होती थी। पत्तन मुनारा जाते समय कई बार ऐसा लगा जैसे हम राजस्थान के जैसलमेर-बाड़मेर वाले सीमावर्ती क्षेत्र से गुजर रहे हैं। वैसे ही रेत के टीले, कहीं-कहीं छोटे कद की झाड़ियाँ। मैंने जब इस तरह की समानताओं को लेकर इरशाद से बात की तो उनका जवाब था—''एक ही जमीन के तो दो टुकड़े किए गए हैं। फिर दोनों में फर्क कैसे होगा ?'' मुझे भी लगा कि न जमीनों में फर्क है, न इनसानों में। फर्क है तो केवल सियासत का। लोहे की एक दीवार से दोनों देशों में सियासत चलती है। सियासत दोनों मुल्कों में नफरत फैलाने का काम करती है।

खुली जीप में हिचकोले खाते हुए उड़ती रेत के बीच हम पत्तन मुनारा पहुँचे तो वहाँ एक विशाल लेकिन जर्जर स्मारक दिखाई दिया। हमारे साथ आए पाक वैज्ञानिक डॉ. जहाँगीर ने स्मारक की ओर इशारा करके पूछा—''यह क्या मसला है ?'' इस पर इरशाद ने बताया—''यह हाकड़ा नदी के किनारे बने बन्दरगाह का खँडहर है, जिसे कभी सिकन्दर ने बनवाया था।''

मैंने एक जर्जर स्तम्भ की ओर इशारा करके इरशाद से पूछा—''यह क्या है ?''

इरशाद ने बताया—''यह कभी बन्दरगाह का 'लाइट हाउस' होता था।''

मैं सोच रहा था—कभी यह लाइट हाउस जहाजों को रोशनी दिखाने का काम करता होगा, लेकिन अब यह इतिहास के अँधेरे समय में दर्ज एक टूटा-फूटा स्तम्भ रह गया था। पत्तन मुनारा के पत्तन शब्द से मुझे हमारा विशाखापत्तनम याद आया। पत्तन मुनारा कभी बन्दरगाह था, लेकिन यहाँ अब रेत उड़ रही थी। पानी का दूर तलक कोई नामोनिशान नहीं था।

इरशाद अमीन ने बताया कि यह बन्दरगाह कोई पाँच हजार वर्ष पुराना है। ऐसे भी संकेत मिले हैं कि मौर्यकाल के दौरान 250 बीसी में इसे बनवाया गया था।

हाकड़ा नदी के किनारे इसका निर्माण किया गया था, लेकिन अब यहाँ सूखी नदी के ही अवशेष हैं।

इरशाद अमीन के सहयोगियों ने हमारे पहुँचने से पहले ही पत्तन मुनारा में तैयारियाँ की हुई थीं। धूप से बचाव के लिए एक टेंट लगा दिया गया था। उसमें कुर्सियाँ भी लगा दी गई थीं। पीने के पानी की भी व्यवस्था थी। दोपहर का भोजन हमें यहीं पर लेना था, जिसके पैकेट्स मँगा लिए गए थे।

हम कुर्सियों पर आकर बैठे तो मोहम्मद यासीन ने मेरी ओर मुखातिब होकर बात शुरू की—''मधुकर जी, आपको याद होगा जयपुर में 'टेक्टॉनिक पलेट्स' पर इंटरनेशनल सेमिनार हुआ था। हम जो यहाँ गायब हो चुके दरिया के निशान और जर्जर बन्दरगाह देख रहे हैं, क्या इसके पीछे भी 'टेक्टॉनिक्स मूवमेंट' रहे होंगे? मुझे लगता है इस पर अध्ययन की जरूरत है।''

मुझे मोहम्मद यासीन के 'पलेट्स' उच्चारण पर फिर हँसी आई, लेकिन मैं उसे दबा गया। मैंने कहा—''इस पर अध्ययन हो चुका है। भारत और पाकिस्तान यूरेशियन प्लेट क्षेत्र में आते हैं। शिवालिक पहाड़ियों से जो भारतीय प्लेट्स गुजरती हैं, वहाँ इनके हिलने-डुलने से भू-गर्भ में काफी बदलाव आए, इससे कई बड़ी नदियों के रास्ते बदल गए। आप अन्दाज लगाइए, ताजा अध्ययन के अनुसार पाकिस्तान के पोतवार से लेकर हिन्दुस्तान के असम तक टेक्टॉनिक प्लेट्स में बड़ी हलचल हुई। सरस्वती नदी भी हिमालय से ही निकलती थी और कई सहायक नदियों से इसमें पानी आता था। टेक्टॉनिक हलचल से कई पहाड़ों की चोटियाँ ऊपर हो गईं, जिनसे बर्फ को पिघलाने वाली हवा का रुख बदल गया। ग्लेशियर पिघलने से पानी जिस रास्ते से नदियों तक पहुँचता था, वो रास्ते बदल जाने से कई नदियाँ प्रभावित हुईं, जिनमें सरस्वती नदी भी है। शायद पानी के रास्ता बदल लेने के कारण ही सरस्वती नदी गुम हो गई। ऐसा हम मान सकते हैं।''

डॉ. असलम शेर खान ने कहा—''मैंने हाल ही में डेविड फुलमर की एक किताब पढ़ी थी—'मिस्ट्री ऑफ लोस्ट रिवर'। उसमें तो यहाँ तक कहा गया है कि सरस्वती और हाकड़ा नदियों का उल्लेख केवल वैदिक पुराणों में ही मिलता है। ये नदियाँ थीं भी या नहीं, कुछ कह नहीं सकते।''

तभी महेन्द्र उछल पड़ा—''नहीं, यह बात पुरानी हो चुकी है। वैसे यह किताब मैंने भी पढ़ी है। यह किताब तो कोई छठे दशक में आई थी। इसमें फुलमर ने भी यह तो लिखा ही है कि शायद मानसून कमजोर पड़ने और पानी के रास्ता बदल लेने से सरस्वती नदी लुप्त हो गई। अब तो नई खोजों से इस बात की पुष्टि हो ही चुकी है कि ये नदियाँ कभी अस्तित्व में थीं। हम अपनी आँखों से हमारे सामने यह जर्जर बन्दरगाह और लाइट हाउस देख रहे हैं, दरिया की कहानी तो ये अपने आप कह रहे हैं।''

अब बहुत देर से चुप बैठे डॉ. हुमायूँ जहाँगीर के हस्तक्षेप की बारी थी। उन्होंने कहा—''महेन्दरजी सही कह रहे हैं। ब्रिटिश इंजीनियर सीएम ओल्ढ़म ने ही कोई एक हजार ऐसी आर्कियोलॉजिकल जगहें ढूँढ़ निकाली थीं, जो सरस्वती और हाकड़ा नदी के किनारे पर मौजूद थीं।''

हरीश मलिक ने कहा—''बिलकुल। जो ताजा खुदाइयाँ हुई हैं, उनसे पता चलता है कि हड़प्पा सभ्यता के जहाँ भी अवशेष मिले हैं, वे सरस्वती नदी के किनारे ही मिले हैं।''

इस बीच चाय आ गई थी, लेकिन बातचीत जारी रही। रोहन कुमार ने कहा—''डॉ.जहाँगीर जिन ओल्ढ़म की बात कर रहे थे, उन्होंने घोड़े पर बैठ कर घग्घर नदी के किनारे-किनारे लम्बी यात्रा की थी। उन्होंने देखा कि कई जगह घग्घर नदी की चौड़ाई 8 किमी तक हो गई थी, जबकि मौसमी नदी का पाट आमतौर पर इतना बड़ा नहीं होता। बाद में ओल्ढ़म ने यह निष्कर्ष निकाला कि 8 किमी चौड़ा पाट सरस्वती नदी का था जिसके विलुप्त हो जाने पर घग्घर इसके रास्ते पर बहने लगी।''

बातचीत काफी दिलचस्प हो चुकी थी और पत्तन मुनारा के रेगिस्तान में ही संगोष्ठी की धारा बह निकली थी। इरशाद अमीन घड़ी की ओर इशारा कर रहे थे। मैंने हमेशा देखा है कि आयोजकों की यह समस्या रहती है। खाने का वक्त हो गया था, लेकिन श्वेता सिंह ने कहा—''अनायास ही यह बहुत शानदार चर्चा हो गई है। आप इजाजत देंगे तो इसका अन्त मैं करना चाहूँगी। संक्षेप में अपनी बात रखूँगी।'' सभी लोगों से इसकी सहमति मिलने पर श्वेता ने बोलना शुरू किया—''इन्डो-तिब्बत सीमा पर भारत का एक आखिरी गाँव है, जिसका नाम है—'माना'। सरस्वती नदी यहाँ से शुरू होती थी और राजस्थान होते हुए पाकिस्तान के पंजाब तक जाती थी। राजस्थान में एक संस्था है—सेंट्रल ऐरिड जोन रिसर्च इंस्टीट्यूट, जिसे संक्षेप में 'काजरी' कहते हैं। इसने सैटेलाइट से चित्र लिए हैं जिनसे पता चलता है कि सरस्वती नदी घग्घर के पाट पर बहती थी और तेजी से अपना मार्ग बदल रही थी। पहले यह थार रेगिस्तान से नोहर, लूणकरणसर और सिरसा होते हुए पाकिस्तान के इस्लामगढ़ तक जाती थी। बाद में यह कई रास्ते बदलती रही और अन्त में विलुप्त हो गई। सरस्वती नदी के इस मार्ग में कई झीलें बन गईं, जिनमें लगभग दो सौ मील क्षेत्र में फैली राजस्थान की साँभर झील भी है। यह विश्व महत्त्व के जल क्षेत्रों में शामिल है और यूनेस्को ने इसे दुर्लभ मानते हुए 'रामसर साइट' क्षेत्र घोषित किया हुआ है।

''राजस्थान और चोलिस्तान का जो रेगिस्तानी इलाका है, वह दस हजार साल पहले हरा-भरा था और खेतों में पानी से सिंचाई होती थी। तब सरस्वती नदी बहती थी। छह हजार साल बाद यह नदी लुप्त हो गई और पूरा इलाका रेगिस्तान में बदल गया। नदी का गुम होना दोनों देशों के लिए दुखद रहा है।''

श्वेता सिंह की बात समाप्त होने के बाद इरशाद अमीन ने लंच की घोषणा की और सब खाने में जुट गए। सभी साथियों को इस बात की खुशी थी कि तपती धूप में रेगिस्तान के धोरों के बीच बैठ कर ही एक सार्थक चर्चा हो गई थी।

इरशाद का कहना था कि हाकड़ा नदी के किनारे खुदाई कराई जाए तो नदी के पास बसी सभ्यता के कई रहस्य उजागर हो सकते हैं। पुरातत्त्ववेत्ताओं को ऐसे संकेत मिल भी चुके हैं, लेकिन खुदाई नहीं कराई जा रही। इरशाद 'पत्तन मुनारा फाउंडेशन' के अध्यक्ष हैं, जिनके बैनर पर हमें यहाँ सेमिनार में आमंत्रित किया गया था। इरशाद बरसों से इस बात के लिए जूझ रहे हैं कि यहाँ खुदाई कराई जाए ताकि सोई हुई एक प्राचीन सभ्यता सामने आ सके। वे जमीन में दफन पुरानी यादों को जगाना चाहते हैं। उनसे बातचीत करते समय मुझे लगा कि मैं भी पाकिस्तान में पुरानी यादों को जगाने आया हूँ, जहाँ चाईजी की यादें समय के बक्से में बन्द पड़ी हैं और सलमा से प्यार के जज्बात सोये हुए हैं।

पत्तन मुनारा में जगह-जगह पड़े स्मृति के अवशेषों को देखकर शाम को हम गेस्ट हाउस लौटे।

गेस्ट हाउस में मेरा कमरा ग्राउंड फ्लोर पर था, जबकि सलमा पहली मंजिल पर रुकी हुई थी। मेरे पास इरशाद आए और कान के पास आ कर धीरे से बोले— "आपको पहली मंजिल पर शिफ्ट करा दूँ?"

मैंने कहा—"ठीक है, करा दो।" मैं पहले ग्राउंड फ्लोर पर महेन्द्र के साथ रूम शेयर कर रहा था। मुझे पहली मंजिल पर अकेले को ही डबल बेड वाला कमरा दे दिया गया। महेन्द्र को रोहन कुमार के कमरे में भेज दिया गया, जो ग्राउंड फ्लोर पर ही था। बाद में महेन्द्र ने मुझे बताया—"मुझे तो कोई दिक्कत नहीं हुई, लेकिन रोहन कुमार परेशान हो रहा था। पूछ रहा था कि मधुकर को पहली मंजिल पर क्यों भेज दिया? यह क्या मसला है?" मैंने उससे कह दिया—"मुझे नहीं पता।"

रोहन ने एक बार मुझसे भी मजाक में कहा—"आपकी तो तरक्की हो गई। नीचे से ऊपर पहुँच गए। हम तो नीचे ही पड़े हैं।" उसका दिल ईर्ष्या से जल रहा था। मैंने कहा—"अच्छा है ना। आप कम से कम नीचे जमीन पर तो हो। मैं तो ऊपर हवा हवाई हो गया।"

गेस्ट हाउस में हमारी सुरक्षा के लिए पाकिस्तान पुलिस ने एक सुरक्षाकर्मी को लगाया हुआ था। उस शाम वह अपनी माँ को साथ लेकर आया। और हमसे

कहा—"जब मैंने घर पर अपनी माँ से कहा कि मेरी इंडिया से आए कुछ लोगों की सुरक्षा में ड्यूटी लगी है, तो वह जिद करने लगी कि मुझे उनसे मिलाओ। इसलिए माँ को साथ ले आया।" यह शमशाद बीबी थी। हम उसके इर्द-गिर्द इकट्ठे होकर बैठ गए और वह बूढ़ी नानी की तरह हमें भारत में बिताए दिनों की कहानियाँ सुनाती रही। किस्से सुनाते-सुनाते उसे हिन्दुस्तान की पुरानी यादें जैसे झिंझोड़ देती थीं और उसकी आँखों से आँसू बहने लगते। वह कुछ देर थम जाती और अपने पल्लू से आँसू पोंछती और फिर आगे बताना शुरू कर देती। हमारी आँखें भी नम हो आईं। शमशाद बीबी बोली—"मैं तो बँटवारे को बेइंसाफी मानती हूँ। बॉर्डर को तो हटा देना चाहिए। ना भी हटाओ तो कम से कम मेल-जोल तो बढ़ाओ। मेरी सग्गी बहन जलंधर विच है। ओ मेरे कोल मिलने आणा चान्दी है, पर ओसदा वीजा ही नहीं बनदा। मैं भी जलंधर जाणा चान्दी सी, पर मेरा वीजा ही नहीं बणा। मेरा बेटा मुझे बताता रहता है, डिफेंस पर कितना पैसा खर्च होता है। मैं चाहती हूँ कि डिफेन्स का बजट नहीं बढ़ना चाहिए, मोहब्बतां दा बजट बढ़ना चाहिए।" वे बीते दिनों को किसी चलचित्र की तरह याद कर रही थीं—"जालंधर में हमारा बहुत बड़ा मकान था। उसमें बड़े-बड़े शीशे लगे थे। घर के पीछे बड़े-बड़े बाग थे...।"

मैं सोच रहा था कि चाईजी को रिनाला खुर्द के बाग याद आते हैं और शमशाद बीबी को जालंधर के बागों की यादें परेशान कर रही हैं। चाईजी अपनी किताबों, रचनाओं का एक बक्सा विभाजन के समय यहाँ छोड़ गई थीं, जिसे वे अक्सर याद करती थीं। चाईजी की यादों का बक्सा रिनाला खुर्द में रखा है। शमशाद बीबी की यादों का बक्सा जालंधर में है। वाघा में रहने वाले मेवाती अपनी यादों के बक्से राजस्थान के अलवर और भरतपुर जिलों में छोड़ आए हैं। महान साहित्यकार भीष्म साहनी और फिल्म अभिनेता बलराज साहनी के पिता लाहौर में कपड़े के व्यापारी थे, जहाँ वे कपड़ों के सेम्पल के बक्से सिर पर रख कर दुकानदारों को दिखाने जाते थे। साहनी बन्धु भी लाहौर में अपनी यादों के बक्से छोड़ कर गए थे। सआदत हसन मन्टो जब पाकिस्तान गए तो जाहिर है उनकी यादों के कई बक्से भारत में रह गए। नूरजहाँ की यादें आज भी मुम्बई में मँडरा रही होंगी।

गजल सम्राट मेहदी हसन राजस्थान के लूणा गाँव को छोड़कर पाकिस्तान गए, लेकिन उनका बार-बार लूणा आने को दिल करता था। गाँव के दरख्तों, कुओं की मुंडेरों और खेतों में उनकी महक आज भी महसूस की जा सकती है।

सत्तर के दशक में जब राजस्थान सरकार के मेहमान बन कर मेहदी हसन पहली बार लूणा गाँव आए, उस समय का एक अद्भुत किस्सा आज भी लोगों के जेहन

में बसा है। कारों का काफिला जब गाँव की ओर बढ़ रहा था तो रास्ते में उन्होंने अपनी गाड़ी रुकवा दी। काफिला थम गया। सड़क किनारे रेत के एक टीले पर छोटा-सा मन्दिर था, जहाँ वे रेत में बकायदा लोट-पोट होकर पलटियाँ खाने लगे और रोना शुरू कर दिया। ऐसा लग रहा था, जैसे वे माँ की गोद में लिपट कर रो रहे हों। कोई सोच भी नहीं सकता था कि धरती से माँ की तरह ऐसे भी मिला जा सकता है। बाद में उन्होंने बताया कि वे यहाँ बैठ कर भजन गाया करते थे। पाकिस्तान में अब भी उनके परिवार में राजस्थान की शेखावाटी बोली में लोग आपस में बात करते हैं। जैसे वाघा बॉर्डर के मेव अब भी मेवाती बोलते हैं और वहाँ के लोकगीत गाते हैं। भाषाओं पर बंदी नहीं होती, गीतों को सरहदें नहीं रोक पातीं।

शमशाद बीबी के जाने के बाद मैं उठ कर अपने कमरे में जाने लगा तो देखा कि सलमा, श्वेता सिंह के कमरे से बाहर निकल रही थी। वह मेरे साथ मेरे कमरे में ही आ गई। मैंने पूछा—"क्या कह रही थी श्वेता?"

"श्वेता ने मुझे अपने पास बुला लिया था। उसकी उम्र तो काफी है लेकिन पूछने पर उसने बताया कि उसकी अभी शादी नहीं हुई है।"

"हाँ, शायद। मैंने कभी इस बारे में कोई बातचीत नहीं की।"

"तो आप उससे शादी क्यों नहीं कर लेते?" सलमा बोली।

"क्यों? मैं क्यों कर लूँ?"—मैंने गुस्से में कहा।

सलमा हँसी—"अरे यार, मजाक कर रही थी। दरअसल वो आपकी बहुत तारीफ कर रही थी।"

"क्या कह रही थी?"

"कह रही थी बहुत संजीदा इनसान हैं। उनकी अपने विषय पर अच्छी पकड़ है और सबसे अच्छा व्यवहार भी करते हैं। संगीत की भी गहरी समझ है।"

"मेरी बात कैसे आई?"

"मुझसे उसने पूछा था कि मैं आपको कैसे जानती हूँ? मैंने बता दिया कि हम तो बचपन का वाड़ी हैं। एक ही गाँव का हैं और बचपन में साथ खेले हैं।"

"ठीक है। वैसे तुझे देखते ही मैं सचमुच बगड़ पहुँच जाता हूँ। तुझे देखकर मुझे एक दोहा याद आया, जो बगड़ में सुना करता था—

पतली सी, पतंग सी
सुपारी को सो रंग,
केला की सी कामिनी
खिल-खिल चमके अंग।

सलमा पहले तो शरमाई फिर कहा—"मोलू भी एक दोहो याद आ गयो। सुण ले—

बागर सू आँधी उठी
छत्त में छा गई रेत
सासू तेरा पूत ने
बंजर राख्यो खेत।

फिर सलमा बोली—"मोलू तू बगड़ ले चल। बगड़ की याद आवे।" वह अभी भी मेवाती बोल रही थी। मुझे लगा पाकिस्तान में सलमा है, लेकिन सलमा के भीतर पाकिस्तान नहीं है। वह अभी भी बगड़ को याद कर रही है।

सलमा ने बताया कि इरशाद अमीन शाम की महफिल सजाने की तैयारियों में जुटे हुए हैं। उसने कहा—"आज एक मेवाती गीत जरूर सुनाऊँगी। बहुत दिन हो गए सिंगलवाटी गाये हुए।" मैंने कहा—"जरूर। मोकू तो अच्छो लगेगो।" इस बीच सलमा ने मुझे एक स्थानीय अखबार दिखाया, जिसमें उसका फोटो छपा था। अखबार में दफन नदी पर तीन दिवसीय कार्यक्रमों की खबर थी और अन्तिम दिन सेमिनार के बाद सलमा के ग्रुप द्वारा सांस्कृतिक कार्यक्रम पेश करने की सूचना दी गई थी। उसमें सलमा का फोटो भी था। खबर पढ़ कर मुझे एहसास हुआ कि सलमा पाकिस्तान में चोलिस्तान की लोक गायिका के रूप में काफी मशहूर है। अंग्रेजी अखबारों की कतरनों से पता चला कि उसे कई बड़े अवॉर्ड भी मिल चुके हैं, और वह कई देशों में अपने कार्यक्रम पेश कर चुकी है। मुझे पाक सरहद से सटे पश्चिमी राजस्थान के लंगा और माँगणियार लोक कलाकारों की याद आई, जो विदेशों में भी धूम मचाए रखते हैं। सलमा की खबरें पढ़ कर मेरे मन में उसके प्रति इज्जत और बढ़ गई। नरगिस की याद पर सलमा की पहचान भारी हो गई थी।

गेस्ट हाउस के लॉन में शाम की महफिल सजी। सलमा ने दिल से गाया। लोकगीत सुनाए। सबसे पहले उसने राजस्थानी लोकगीत से कसूमल रंग बिखेरा और ये दोहा सुनाया—

मारू थारे देस में निपजें तीन रतन
इक ढोलो, दूजी मारवन, तीजो कसूमल रंग।

इसके बाद उसने राजस्थान के माण्ड राग का सर्वाधिक लोकप्रिय लोकगीत शुरू किया—

केसरिया बालम आओ नीं,
पधारो म्हारे देस।

फिर एक मेवाती गीत सुनाया। गीत से पहले शुरू में दो दोहे सुनाए—

प्रीत करे ऐसी करिए जैसे लोटा-डोर।
गला फँसावे आपणो तो लावे नीर झकोर॥
प्रीत करे तो ऐसी करिए जैसे रुई-कपास।
जीते जी संग रहे, मरे न छोड़े आस॥

इसके बाद सलमा ने रतवई की धुन में एक बारहमासा सुनाया जो सीधा दिल को छू गया। उसके शुरुआती बन्द कुछ इस तरह थे—

यों कहती सुन्दर नार
सुनो भरतार
सेज तैयार
दुख कछु घर ना
पिया हम को छोड़ परदेस गमन नहीं करना।

जिस दिन से लगा अषाढ़
रही मन मार
सभी संसार
मुझे याद पिया तेरी आती
धड़कती छाती
बिजली डरपाती
गरजते इंदर
सखी उमड़े नद्‌दी-नाले, भरे समन्दर

मैं डरी देख के बादर
कहीं बोलें बेरी दादर
मैं पिया बिना बे आदर
मेरी रोय-रोय भीजे चादर
चहुँ ओर बोलत मोर
घटा घनघोर
सूझे अम्बर ना
मेरे दिल में ऐसी आवै जहर खाई मरना

पपीहा ने पी पी किया
धड़कता हिया
सखी बिन पिया

जियूँगी अब ना
जिस दिन से लाए ब्याह,
पाया कुछ सुख ना
यों कहती सुन्दर नार
सुनो भरतार...

सलमा ने इसके बाद एक मेवाती लोक गीत और सुनाया जिसका मुखड़ा था— 'मोलू लगे तू तो घणो ही मलूक...।' सलमा का कार्यक्रम अपने परवान पर था। लोग नशे में झूम रहे थे, सलमा को दाद दे रहे थे। रेशमा का 'चार दिनों दा प्यार हो रब्बा, लम्बी जुदाई' सुनाया तो लगा रेशमा हमारे पास आ कर बैठ गई है। फिर सलमा बोली—"अब एक हिन्दुस्तानी कव्वाली मधुकर जी की नज़्र करती हूँ।" अपने सहयोगियों के साथ उसने कव्वाली शुरू की—'आजा रे माहियाँ...तेरा रस्ता उड़ीक दी आं...देर ना हो जाए कहीं देर ना हो जाए।' यह सुनाते-सुनाते उसकी आँखों में आँसू छलक आए। मैं और बाकी सब साथी सुरूर में थे। मस्ती में झूम रहे थे। सलमा की इस कव्वाली से लगा जैसे पूरे लॉन में रोमांस की घास उग आई है। कव्वाली खत्म होते-होते सलमा उदासी में डूब गई। सलमा अपना सामान समेटने लगी। इरशाद ने सलमा के सिर पर हाथ रखा और कुछ रुपये उसे इनाम में दिए। यह देखकर मैंने भी एक अच्छी-खासी रकम उसे इनाम में देनी चाही, लेकिन उसने साफ इनकार कर दिया। कहा—"नहीं, माफ करें, आपसे नहीं लूँगी। आप हमारे मेहमान हैं।" मैंने कहा—"सलमा एक बात बता, मैं तेरा मेहमान कब से हो गया?" उसने रुआँसे चेहरे पर एक मुस्कान फूटी। मैंने कहा—"अरे, यार तू नहीं समझेगी।" उसने केवल इतना कहा—"जी"—और चली गई।

मैं जब गेस्ट हाउस के अपने कमरे में आया तो महफिल और सलमा का नशा मेरे सिर पर चढ़ कर बोल रहा था। सोने की तैयारी में था। तभी किसी ने धीरे से दरवाजा थपथपाया। मैंने दरवाजा खोला। सामने सलमा खड़ी थी। सलमा अन्दर आ गई। मैंने दरवाजा बन्द कर लिया। वह सिसक रही थी। हम दोनों पास की कुर्सियों पर बैठ गए और बातें करने लगे। उसने छूटते ही कहा—"मुझे अपने साथ ले चलो। मैं आपके साथ रहूँगी। मुझसे अब यहाँ नहीं रहा जाता। मेरा यहाँ दिल नहीं लगता।" मैंने उससे पूछा—"अच्छा एक बात बता—तू अब भी मुझे उतना ही प्यार करती है?" वह मुस्कराई। फिर बोली—"हाँ, पहले से ज्यादा।" इसी के साथ वह अपनी कुर्सी से उछली और मेरे ऊपर आ कर झुक गई। उसके होंठ मेरे कान के पास आए। उसकी गर्म साँसें मुझे भीतर तक महसूस हो रही थीं।

सलमा ने मुझसे कहा—"तुम्हें याद है, अपने बगड़ के पहाड़ में धोक के पेड़ काले ठूँठ की तरह खड़े रहते थे और बारिश की बूँदें गिरते ही वे हरे हो जाते थे। तुम्हारे आने से मुझे कुछ ऐसा ही लगा है। बरसों बाद जैसे मेरे सूखे जीवन में पानी की बौछारें आई हैं और मन खिल कर हरा-भरा हो गया है।"

मैंने कहा—"सच, सलमा। मुझे भी लगता था कि तुम्हारी याद में बहे आँसुओं के सूख चुके जो निशान मेरे दिल पर बन गए थे, वो शायद वक्त के साथ मिट जाएँगे और दफन नदी की तरह हमारा प्यार भी सरहदों के बीच दब जाएगा, लेकिन नदी के बहाने ही हमारे प्यार के सोते फूट पड़े हैं। अब लग रहा है कि झरने की ठंडी फुहारें मेरे ऊपर पड़ रही हैं और तुम से चल कर एक नदी मेरे भीतर तक आ रही है। इस नदी से हमारा प्यार फिर से लहलहा उठा है।"

मुझे अमृता प्रीतम की कहीं पर लिखी ये पंक्तियाँ याद आईं—'अगर बरसों बाद भी तुम्हें देखकर उसकी आँखों में आँसू आ जाएँ, तो समझो तुम अब भी उसकी छाती में जीते हो।'

वह मेरे पास मेरी कुर्सी की बाजू पर आ कर बैठ गई। उसके जिस्म की खुशबू जैसे मेरे पूरे शरीर पर बिखर गई। मेरी जिन्दगी की सबसे बड़ी चाहत आज मेरे पास बैठी थी। कुर्सी से उठ कर हम बिस्तर पर आ गए थे।

सलमा ने अपनी दर्द भरी दास्तान सुनाई। उसने बताया कि उसकी शादी अरबाज अहमद से हुई थी। शादी के बाद बगड़ से सीधे वह रहीमयार खान के पास बस्ती मियाँ साहिब में आ गई। अरबाज शराब पीने के अलावा कुछ नहीं करता और लगभग रोज ही उसके साथ मारपीट करता है। कभी बालों को पकड़ कर दीवार से सिर मारता है, कभी जमीन पर नीचे पटक कर जूतों से छाती पर चढ़कर बाल खींचता है, ठोकरें मारता है। वह बोली—"मैं रोज खुदा से दुआ करती हूँ, वह मुझे उठा क्यों नहीं लेता?" हिन्दी-उर्दू बोलते-बोलते वह अचानक मेवाती की पटरी पर आ गई—"पीर-पगोड़ान के भी खूब मन्नत माँग ली, पण कुछ भी नांय हुयो। पतो नांय ऐसो अन्यायी कद सुधरेगो?" इसके साथ ही सलमा की आँखों से आँसू बह निकले। मैंने उसे सीने से लगाया। उसका सिर मैंने अपना कन्धे पर रखा तो वह और तेजी से फफक-फफक कर रोने लगी। मुझे पाकिस्तानी लेखिका तहमीना दुर्रानी की पुस्तक 'माई फ्यूडल लॉर्ड' की याद आ गई जिसके मुताबिक पंजाब के पूर्व मुख्यमंत्री मुस्तफा खर से शादी के बाद उस पर ऐसे ही अत्याचार किए गए थे। मुस्तफा खर का व्यवहार सुधारने की दुआ माँगने वह अजमेर के ख्वाजा साहब तक से मन्नत माँगने आ चुकी थी।

मैंने सलमा से पूछा—"अभी अरबाज कहाँ है?"

उसने बताया कि "आईएसआई वाले उससे कुछ काम लेते रहते हैं। वह मुझे कुछ नहीं बताता। कह कर गया था कि दस रोज के लिए मिशन पर जा रहा हूँ। इसलिए अब थोड़ा चैन है, वरना जहाँ भी कार्यक्रम करने जाती हूँ, वहीं मेरे साथ जाता है। सभी कलाकारों के सामने मेरी बेइज्जती करता है। जिन्दगी नर्क बन कर रह गई है। मुझे तुम वापस हिन्दुस्तान ले चलो। यहाँ तो सभी मर्द एक जैसे हैं। सभी एक बेल का तूमड़ा हैं।"

मैंने सलमा से कहा—"मर्द तो पूरी दुनिया में एक जैसे होते हैं।"

वह बोली—"बगड़ में तो ऐसे मर्द नहीं थे।"

मैंने कहा—"तुझे क्या पता?"

उसने कहा—"मुझे कुछ नहीं पता। बस, मुझे यहाँ नहीं रहना।"

मैंने उसे समझाया—"पाकिस्तान हो या हिन्दुस्तान, सारी दुनिया में अरबाज जैसे लोग भी होते हैं और अच्छे लोग भी होते हैं।"

मैंने सलमा से उसके बच्चों के बारे में पूछा तो उसने बताया कि उसका एक बेटा है। अरमान नाम है उसका। इन दिनों वह पत्तोकी में रहता है और किसी ढाबे में काम करता है। घर में झगड़ों से तंग आ कर उसने हमारा घर ही छोड़ दिया और कभी मिलने भी नहीं आता। मेरी मार-पिटाई उससे देखी नहीं जाती थी। वह तो बहुत छोटा है, कुछ नहीं कर सकता, लेकिन फिर भी कई बार गुस्से में बाप पर हाथ उठाने की कोशिश करता तो उसकी जूतों से पिटाई होती।

मैंने माहौल को हल्का-फुलका करने के लिए बातचीत का विषय बदलते हुए कहा—"यार, सलमा एक बात कहूँ?"

"कहो।"

"तू गाती बहुत अच्छा है। सच पूछो तो आज शाम को जब तेने अपनी मधुर आवाज में गाना शुरू किया तो मेरी तेने जान ही निकाल ली।"

"हम्बे...।" वह हँसी। फिर बोली—"हमारे वा खैबा करें न—कमाना जाटनी का, गाना मेवनी का और रोना खानजादी का।"

"अरे वाह, क्या बात है। अल्लाह करे तू मेवनी ही बनी रहे, खानजादी कभी ना बने।"

"हम्बे।" वह फिर हँस दी।

हमें बातें करते हुए काफी देर हो गई थी। सलमा जाने लगी तो मैंने उसे रोक लिया। मैंने हाथ पकड़ कर उसे बिस्तर पर खींचा और वह धड़ाम से कटे पेड़ की तरह मेरे ऊपर आ कर गिरी। सलमा का गोरा, गदराया जिस्म मेरे शरीर से छुआ तो मुझे बगड़ के जंगल याद आ गए, जहाँ हम गुत्थम-गुत्था होते थे। सलमा की गर्म साँसें मुझे एसी की ठंडक में जैसे गुनगुने पानी से नहला रही थीं। सलमा ने मुझे अपने

बाहुपाश में जकड़ लिया था। मैं काले, घने अँधेरे जंगलों को पार करते हुए कहीं जन्नत की सैर पर निकल गया।

तड़के एसी की ठंड लगी तो आँखें खुल गईं। मैंने बिस्तर पर पलट कर देखा तो सलमा वहाँ नहीं थी। शायद रात को ही वह चली गई थी। रात की खुमारी अभी बाकी थी। मैं एक बार फिर सो गया।

बाद में महेन्द्र ने आ कर दरवाजे पर बेल बजाई, तब मेरी आँख खुली। उसने बताया कि नीचे सब मेरा नाश्ते की टेबिल पर इन्तजार कर रहे हैं। मैं सीधा बाथरूम भागा और तैयार होने में जुट गया। नहा कर आया तो तेज भूख लग आई। मुझे याद आया, चाईजी कहती थीं—'हिन्दू नहाया, गजब ढाया।' तैयार होकर नीचे सीढ़ियाँ उतर रहा था तो श्वेता सिंह मिल गई। उसने मेरे साथ सीढ़ियाँ उतरते-उतरते पूछा—"मधुकरजी, क्या चल रहा है?"

"कुछ नहीं"—मैंने कहा।

"कुछ तो चल रहा है।" वो मुस्कराई।

"आप बताओ, क्या चल रहा है?" मैंने पूछा।

"आपको शायरी का शौक है। राजस्थान के एक शायर हुए हैं—मिलापचन्द राही। आपने पढ़ा है कभी उनको?"

मैंने कहा—"हाँ।"

श्वेता ने कहा, "उनका एक शे'र है—

खुदा करे कि तू बामे ऊरूज पे जाकर
किसी को देख सके सीढ़ियाँ उतरते हुए।"

और वह खिलखिला कर हँस दी।

सीढ़ियाँ उतरते ही सामने इरशाद अमीन दिखाई दिए। बात अधूरी रह गई। मैं काफी देर तक सोचता रहा कि श्वेता कहना क्या चाहती थी, लेकिन कुछ समझ में नहीं आया। दो पंक्तियों के बीच श्वेता के बिना कहे शब्दों के अर्थ मैं ढूँढ़ता रहा।

आज का कार्यक्रम हमें पहले ही बता दिया गया था। सुबह नाश्ते के बाद हमें रहीमयार खान में ही आमों की एक प्रदर्शनी देखने जाना था, जिसे नाम दिया गया था—'मेंगो फेयर'।

हम नाश्ते की टेबिल पर आ कर बैठे तो इरशाद अमीन ने बताया—"रहीमयार खान पाकिस्तान का ऐसा जिला है जहाँ अलग-अलग तरह की भौगोलिक स्थितियाँ

हैं। इसके नदी तट का इलाका सिन्धु नदी के दक्षिण में पड़ता है। रहीमयार खान के उत्तर में नहर से सींचे जाने वाला हरा-भरा क्षेत्र है। वहीं दक्षिण में रेत के धोरों वाला रेगिस्तान है, जो चोलिस्तान कहलाता है। यह इलाका भारत-पाक सीमा पर है जो राजस्थान के जैसलमेर से सटा हुआ है।''

सलमा ने मुझे बताया था कि इन्हीं रेत के धोरों के बीच उसका गाँव है—बस्ती मियाँ साहिब। यदि सीमा पार करने की इजाजत हो तो यह इलाका राजस्थान के बहुत नजदीक है और चन्द मिनटों में वहाँ पहुँचा जा सकता है, लेकिन लोहे के तार की बाड़ ने इसकी दूरी को अनन्त बना दिया है, जहाँ जाने के बाद आना बहुत मुश्किल है। सलमा आज भी वहाँ जाने के लिए बेताब है, लेकिन इस दीवार ने ही उसे रोका हुआ है।

हम नाश्ते की टेबिल पर आ कर बैठे तो रात की महफिल का तफ्सरा शुरू हो गया। मोहम्मद यासीन ने मेवात इलाके को बहुत नजदीक से देखा है। उन्होंने मुझसे पूछा—''कल जो सलमा ने मेवाती गीत सुनाया, उसके बारे में कुछ जानकारी है आपको?''

मैंने कहा—''ज्यादा तो जानकारी नहीं है, लेकिन मैं जितना जानता हूँ, मेवात में चौमासों, बारहमासों का प्रचलन है। यह शायद बारामासी था। बारामासी मेवात का एक विशिष्ट छन्द है। इसकी अपनी खास धुन है।''

''बिलकुल सही कहा आपने, यह अली बख्श का प्रसिद्ध बारामासी है, लेकिन देखो सलमा ने इसे रतवाई की धुन में सुनाया। मेवात के लोक संगीत में रतवई धुन का केन्द्रीय महत्त्व है। इसे चरवाहे भी गाते हैं। वे जब इसे पेली (पतली बाँसुरी) के साथ गाते हैं तो लगता है बाँसुरी भी रतवाई के उन शब्दों को गा रही है। बहुत ही सुरीली और मीठी आवाज निकलती है। वैसे मूलत: यह स्त्रियों का बिना वाद्य और संगीत के गाया जाने वाला गीत है, जिसे ऊँचे स्वरों में, काफी उतार-चढ़ाव के साथ गाया जाता है और इसे ठीक से अदा करने के लिए अभ्यास और कौशल की जरूरत होती है। सलमा का करिश्मा ही था, जिसमें रतवाई की धुन ने सीधा दिल को छुआ।''

मोहम्मद यासीन की बातों में सभी साथियों को आनन्द आ रहा था। इरशाद अमीन की भी शायद उत्सुकता जाग उठी और उसने कहा—''मुझे अब कुछ समझ में आ रहा है कि सलमा की आवाज में जो जादू है, वो शायद रतवाई में छुपा है। वैसे मेवात के लोकगीतों की और क्या खासियत है?''

इस पर मोहम्मद यासीन ने फिर बोलना शुरू किया—''मेवात के लोगों का जैसा चरित्र है, वैसा ही उनका संगीत है—खड़ा, खुला, खरा, खुरदरा, सीधा, जीवन्त। जीवन के अनगिनत दुखड़े, गरीबी, अशिक्षा, पारिवारिक झगड़े, नारी की त्रासदियाँ मेवात में भी हैं, लेकिन वहाँ के संगीत की रीढ़ की हड्डी वैसी ही सीधी और

मजबूत है, जैसी वहाँ के लोगों की है। जैसे सौ लोगों के बीच मेव अलग पहचान में आ जाता है, वैसे ही गीतों के बीच मेवाती गीत भी अलग नजर आता है, जहाँ करुण बात भी कड़क कर कही जाती है। सलमा के गीत में ऐसी कड़कड़ाहट कल आपने सुनी होगी। सलमा की गायकी में लोच, फिरत, थिरकन और पैनापन का अनूठा संगम है, जो जादू पैदा करता है।''

मैंने कहा—''मेवात का सांस्कृतिक रूपान्तरण पिछले कुछ सालों में इतनी तेजी से हुआ है कि गायन की कई परम्पराएँ अब खत्म होती जा रही हैं। खास तौर पर मिरासियों का गायन अब सुनने को नहीं मिलता।''

इस बीच सलमा भी पास आ कर बैठ गई थी। मोहम्मद यासीन ने अपना ज्ञान उंडेलना जारी रखा—''मेवात साम्प्रदायिक समरसता के लिए जाना जाता है। कृष्ण, पांडव, भीम और अर्जुन मेवों के लिए बहुत अपने हैं। मिरासी लोग मेवाती लोक महाभारत 'पंडून को कड़ा' गाकर सुनाते थे, जिसमें पांडवों की कथा के तीन कड़े (खंड) होते थे। ये अब सुनाई नहीं पड़ते। मैं आपकी बात की ताईद करता हूँ।''

सलमा ने कहा—''पंडून को कड़ा के कुछ दोहे मुझे याद आ रहे हैं। आप कहें तो एक सुनाऊँ?''

सब ने कहा—''हाँ, हाँ, सुनाओ।''

सलमा ने धीरे-धीरे तरन्नुम में दोहा सुनाया—

के कोई चमकी बीजली
के कोई फटा पखाण
के जोदा सू जोदा भिड़ा
के अर्जन का बाण।

(या तो कहीं बिजली चमकी है, या कोई पहाड़ फटा है, या दो योद्धा आपस में भिड़े हैं, या फिर अर्जुन ने बाण चलाया है।)

''बिलकुल।''—मोहम्मद यासीन ने बात आगे बढ़ाई—''पंडून को कड़ा को गाने की प्रक्रिया दोहा-धानी कहलाती है, जिसे गद्य और पद्य दोनों में गाया जाता है। दोहे को गाते समय ढोलक का प्रयोग नहीं किया जाता, लेकिन गायन का एक खास अंश आने पर सारंगी, ढोलक का द्रुतलय में सुन्दर प्रयोग होता है। दोहे के गाने को दोहा और वाद्यों के प्रयोग को धानी कहते हैं। इसमें भी रतवाई की धुनों का प्रयोग होता है। आपने देखा होगा, सलमा ने भी अभी इसमें रतवाई का तड़का लगाया था।''

मैंने कहा—''यासीन भाई अब तकलीफ की बात यह है पहले होली के गीत हिन्दू-मुसलमान एक साथ गाते थे, लेकिन अब नहीं गाते। धार्मिक उन्माद और राजनीति ने ये हालत कर दी है।''

टेबिल पर नाश्ता लग चुका था। नाश्ते से पहले मेवाती संगीत पर दिलकश चर्चा का आस्वाद सब ले चुके थे।

नाश्ता करने के बाद हम आमों के मेले में पहुँच गए। मैंने सलमा को भी अपने साथ ले लिया था। इरशाद ने बताया—"यहाँ हर साल यह मेला लगता है, जिसमें पूरे पाकिस्तान से अलग-अलग वेरायटी के आम आते हैं।" आमों के मेले में तरह-तरह के आम थे। आमों को लकड़ी की पेटियों में सजाकर कतार से रखा हुआ था। उनके नाम भी बड़े दिलचस्प थे। आमों के बीच उनके नाम की पट्टी लगी हुई थी।"

मैंने सलमा से कहा—"इनमें से एक आम का स्वाद तो मैंने कल ही चखा था।

सलमा ने कहा—"कौन-सा?"

मैंने आमों की एक पेटी में रखी नाम पट्टिका की ओर इशारा किया, जिस पर लिखा था—'लब-ए-माशूक'। सलमा के गाल शर्म से लाल हो गए।

फिर वह बोली—"लेकिन हाँ, बहुत सेहतमंद आम है।"

मैंने कहा—"बिलकुल तेरे जैसा।" उसने मेरी पीठ पर धौल जमाई।

आम की एक नस्ल का नाम लिखा था—'गालिब पसन्दा'। कहीं 'लैला-मजनूँ' तो कहीं 'अनारकली' जैसे नाम भी आमों के रखे गए थे। कुछ आमों के नाम इस तरह थे—नीलम परी, लैला-ए-कतपुर, जहाँआरा, रोशन आरा, सुन्दरी, काला पहाड़। मुझे याद आया, हमारे मेवात के इलाके में भी काला पहाड़ है।

मैंने प्रदर्शनी के एक आयोजक से पूछा—"आपके पास ऐसे-ऐसे नामों के आम हैं, कोई सलमा-सितारे वाले आम नहीं है क्या?" इस पर वह मुस्करा दिया। सलमा शरमा कर दूर चली गई। मेले में आमों की मीठी गलियों से गुजरना एक रसीला अनुभव था। अलग-अलग आकार, अलग-अलग रंग, कोई हरा, कोई पीला, कोई लाल-पीला...करीने से आमों को सजाया गया था।

आमों की प्रदर्शनी देखने के बाद हम लंच के लिए वापस गेस्ट हाउस लौट आए। गेस्ट हाउस में हम लॉबी में बैठे थे। गप-शप चल रही थी। तभी पाकिस्तान के भू-गर्भशास्त्री डॉ. असलम शेर खान ने मोहम्मद यासीन से सवाल पूछा—"आपके यहाँ हिन्दुस्तान में मुस्लिमों की हालत कैसी है?" मोहम्मद यासीन इसका जवाब देते, उससे पहले ही इरशाद अमीन बोल पड़े—"तू हिन्दुस्तान में मुसलमानों की हालत पूछ रहा है, पहले यह तो बता दे कि पाकिस्तान में मुसलमानों की क्या हालत है?" इस पर लोग हँसे। डॉ. असलम शेर खान चुप हो गए।

तभी पाकिस्तान के पुरातत्त्ववेत्ता डॉ. हुमायूँ जहाँगीर बोले—"देखो, भारत में यह तो सुख है कि वहाँ फौजी शासन नहीं होता। हमारे यहाँ फौजी शासन से पाकिस्तान का कोई आदमी खुश नहीं होता, केवल बर्दाश्त करता है।" तभी हमारे साथ गए हरीश मलिक बोले—"हमने अपनी यात्रा में कई लोगों से बातचीत की।

भारत की तरह पाकिस्तान के भी ज्यादातर लोग बँटवारे को गलत बताते हैं और कुछ लोग तो सरहद की दीवार को हटा देने तक की बात करते हैं।'' इस पर डॉ. असलम शेर खान लगभग भड़क उठे—''जी नहीं, यह फालतू की बात है। अब यह मुमकिन नहीं है कि सरहद हटा दें और फिर से एक ही मुल्क बन जाए। ऐसा होना भी नहीं चाहिए। दोनों अब अलग-अलग मुल्क हैं। हर मुल्क अपने हिसाब से अपनी तरक्की करे। बँटवारा तो हो ही चुका है। उसे तो अब मानना ही पड़ेगा।'' हरीश मलिक को मैंने छेड़ा—'दोनों देशों में समाजवाद आ जाए तो ऐसा हो सकता है।' इस पर इरशाद अमीन ने ठहाके लगाए।

मुझे लगा पाकिस्तान में तीन धाराएँ बह रही हैं। एक डॉ. असलम शेर खान की। एक बीच की धारा डॉ. जहाँगीर की। और एक मीठे पानी की धारा इरशाद अमीन की।

बातचीत में डॉ. जहाँगीर से मैंने पूछा—''अमेरिका के रवैये को आप किस तरह देखते हैं?''

डॉ. जहाँगीर बोले—''अमेरिका हिन्दुस्तान से डरा कर पाकिस्तान को दबाना चाहता है और पाकिस्तान का डर दिखा कर हिन्दुस्तान को दाँत दिखाना चाहता है।''

''पिछले दिनों अमेरिका ने पाकिस्तान को काफी मदद दी है जिसमें अस्त्र-शस्त्र भी शामिल हैं। इससे क्या दोनों देशों के सम्बन्ध मधुर हुए हैं?'' मैंने पूछा।

डॉ. जहाँगीर का जवाब था—''देखो भौगोलिक और सामरिक नजरिये से पाकिस्तान एक अहम स्थान रखता है। अमेरिका का अपना भी कहीं स्वार्थ जुड़ा है, इसलिए वह मदद करता है।''

डॉ. जहाँगीर काफी सुलझे हुए आदमी लगे। इसके बाद हम लंच के लिए उठ गए।

लंच लेने के बाद मैं अपने कमरे में चला गया। आज शाम को जिन्ना हॉल में सेमिनार का कार्यक्रम था। तेज गर्मी के चलते सेमिनार का समय शाम 7 बजे का रखा गया था। इसके बाद फिर सलमा के ग्रुप को सांस्कृतिक कार्यक्रम पेश करना था। सलमा ने दिन में ही मुझसे कहा था—''आज आपकी तकरीर है। मैं आपकी कामयाबी के लिए दुआ करूँगी।'' मैंने भी सांस्कृतिक सन्ध्या की सफलता के लिए उसे अग्रिम बधाई दे दी थी।

गेस्ट हाउस के कमरे में मैं शाम के सेमिनार के इधर-उधर बिखरे मुद्दों को मन ही मन एक क्रम में जोड़ता रहा और सोचते-सोचते पता नहीं कब आँख लग गई।

रहीमयार खान का जिन्ना सभागार रोशनी से जगमगा रहा था। मेहमान सभागार में पहुँचने लगे थे। देखते ही देखते पूरा सभागार भर गया। सलमा दूर से ही चमक रही थी। गोरे बदन पर सुर्ख लाल और नीले रंग का सूट जम रहा था। दफन नदी पर

चर्चा शुरू हुई। लोगों ने पर्चे पढ़े। ज्यादातर विशेषज्ञों ने नदी की खोज की जरूरत बताई ताकि नदी की असलियत की तह तक पहुँचा जा सके। पत्तन मुनारा फाउंडेशन के अध्यक्ष इरशाद अमीन ने प्रारम्भ में अपने स्वागत भाषण में कहा कि दोनों देशों के बीच जमीन के भीतर बहने वाली नदी पर वे अपना काम आगे बढ़ाना चाहते हैं। उनका कहना था कि पत्तन मुनारा में जहाँ बन्दरगाह के अवशेष हैं, उनके पास यदि खुदाई कराई जाए तो नीचे सोया हुआ पूरा एक शहर निकल सकता है। वे इसी चीज के लिए जूझ रहे हैं। इरशाद अमीन ने कहा—"यह मसला केवल दोनों मुल्कों में दफन हो चुकी नदी को खोजने का ही नहीं है, बल्कि हम चाहते हैं कि दोनों मुल्कों के बीच प्यार का दरिया भी बहता रहे।" इस पर लोगों ने जम कर तालियाँ बजाईं। मेरी बारी आई तो मैंने भी पर्चा पढ़ा, जिसे मैं बड़ी मेहनत से तैयार करके लाया था। मैंने इकट्ठे किए गए सभी सन्दर्भों के हवाले से बताने की कोशिश की कि निश्चय ही इन प्राचीन नदियों की खोज होनी चाहिए। पर्चा खत्म होने के बाद मैंने सलमा की ओर देखा। वह मुस्करा रही थी। उसकी मुस्कराहट पहाड़ से गिरते किसी झरने की तरह थी। फिर पर्चे से हट कर मैंने बोलना शुरू किया—"आपके यहाँ जैसे फूल खिलते हैं, वैसे ही हमारे यहाँ खिलते हैं। दोनों तरफ एक जैसे ही परिन्दे परवाज करते हैं, जो सरहद के एक तरफ से दूसरी तरफ जाकर बैठ जाते हैं। चोलिस्तान और राजस्थान दोनों चोली-दामन की तरह हैं, लेकिन बीच में कंटीले तार आ गए हैं। इसके बावजूद दोनों के बीच जहाँ रेत के धोरे सरहद बनाते हैं, वहाँ आपकी रेत उड़ कर हमारे यहाँ आती है और हमारी रेत उड़ कर आपके यहाँ पहुँच जाती है। उन्हें सरहद नहीं रोकती। हमारे और आपके सुख, दुख, मुस्कान और आँसू एक जैसे हैं। लेकिन तकलीफ की बात यह है कि इतनी समानता होते हुए भी हम एक-दूसरे से अनजान हैं। बीच में एक ऐसी दीवार है जो हमें आपस में जानने से रोकती है। हमें एक-दूसरे को जानने का मौका पत्तन मुनारो फाउंडेशन ने दिया, जिसके लिए मैं इसके सदर इरशाद अमीन साहब का दिल से शुक्रगुजार हूँ। जिस तरह राजस्थान की जमीन के नीचे सरस्वती नदी और इससे जुड़े पाकिस्तान में चोलिस्तान की धरती के नीचे हाकड़ा नदी बह रही है, उसी तरह तारबन्दी के बावजूद दोनों देशों के भीतर ही भीतर मोहब्बत की नदी आज भी बह रही है। हम चाहते हैं कि दोनों मुल्कों में दोस्ती की यह नदी बहती रहे। सियासत की नफरत के काले और डरावने तारों की दीवार इसे बहने से रोक नहीं पाए।" मैं सामने देख रहा था। सलमा की आँखों में आँसू थे। मुझे लगा, प्यार की एक दफन नदी की खुदाई शुरू हो गई है। न जाने कब पानी के सोते फूट पड़ें।

सेमिनार खत्म होने के बाद सलमा का लोक कलाकारों का समूह स्टेज पर आया। सलमा के ग्रुप में एक हिन्दू भी था—किशनलाल। वह कमाल का इकतारा

बजाता था। और भी कई लोक कलाकार थे—मोहम्मद हनीफ, खालिद जावेद, हसीना खानम, शाजिया तालिब, गुलाम हुसैन, साबिर हुसैन आदि। इन सबसे सलमा मेरा परिचय पहले ही करा चुकी थी। ये सब इस बात से खुश थे कि इनके हुनर को देखने हिन्दुस्तान से मेहमान आए हैं।

सभी लोक कलाकार रंगबिरंगे कपड़ों से सजे-धजे थे। सभी वाद्य यंत्रों पर भी चटख रंगों की कपड़ों की पट्टियाँ बँधी थी या रंगबिरंगे फुंदने झूल रहे थे। सभी वाद्य यंत्रों को रंगबिरंगे कपड़ों के टुकड़ों से या कपड़ों की रिबननुमा पट्टियों से सजाया गया था। पाकिस्तान में यह रंग प्रेम अनूठा था। पाकिस्तान में जैसे तरह-तरह के रंगों से ट्रकें और बसें सजाई जाती हैं, वैसे ही सभी वाद्य यंत्र भी रंगबिरंगे नजर आ रहे थे। मोहम्मद हनीफ बहुत अच्छा तबला बजा रहा था। लोगों से उसे काफी दाद मिली। तबले के चारों ओर भी रंगीन रिबन झूल रहे थे।

सलमा ने अलाप ही लिया था कि सभागार तालियों की गड़गड़ाहट से गूँज उठा। सलमा ने पहले पंजाबी मिश्रित मारवाड़ी में एक लोकगीत सुनाया। हनीफ का तबला दिल में सीधा उतर रहा था। तबले की थाप सलमा की आवाज का साये की तरह पीछा कर रही थी। सधी हुई अँगुलियाँ तबले पर मचल रही थीं। किशन का इकतारा भी कई वाद्य यंत्रों के बीच साफ सुना जा सकता था। इन सब के बीच सिरायकी में सलमा ने एक गीत बेहद मधुर आवाज में पेश किया, जिसे लोगों ने बहुत पसन्द किया। विरह की पीड़ा का यह अद्‌भुत गीत था, जिसे सलमा ने डूब कर गाया—

जिन्दड़ी लुट्टी तें यार सजन
कदी मोड मुहारा ते आ वतन

रोही दी अजब बहार दिसे
जित्थे मैं नुमानी दा यार बसे
हो उत्थे आशिक लख ते हजार बसे
इक मैं मुसाफिर बे-वतन

रोही दे कन्डे ते डालियाँ
मेरी दुख करांदिया वालियाँ
असां रातां दुखन दिया जलियाँ
इक मैं निमानी दूजा बे-वतन
जिन्दड़ी लुही तें यार सजन

आ वे आ, कदी आ वे आ
मेरी उजडी जोक वसा वे आ
मैं रोन्दी नूँ गल्ल ला वे वा
सढ़ गया ताती दा तन बदन
हो जिन्दड़ी लुट्टी तें यार सजन
कदी मोड मुहारा ते आ वतन

मोहे पिया मिलन की आस वा
लगी अंखियाँ तो तेरी प्यास रा
हाय रुकने लगी साँस वा
कहे लगा अधूरी ही ये लगन
हाय जिन्दड़ी लुट्टी तें यार सजन
कदी मोड़ मुहारा ते आ वतन

सलमा ने यह गीत खत्म किया तो पूरा सभागार तालियों की गड़गड़ाहट से गूँज उठा।

सलमा के साथ ही बाकी लोक कलाकारों ने भी स्टेज पर लोक रंग जीवित कर दिए और देर रात तक लोग संगीत के रस में डूबे रहे। यह एक यादगार शाम थी।

रहीमयार खान में आज हमारी आखिरी रात थी। कल दोपहर को हमें यहाँ से निकलना था। मैंने सेमिनार से लौट कर इरशाद से सलमा के पासपोर्ट और वीजा के बारे में बात की। सलमा इस बारे में कुछ भी नहीं जानती थी कि पासपोर्ट और वीसा कैसे बनते हैं। सलमा ने मुझे बताया था कि जब भी वह विदेशों में कार्यक्रम के लिए जाती थी तो आयोजक ही उसे वीजा आदि बनवा कर दिया करते थे। मैंने इरशाद से इसमें मदद करने के लिए कहा। उन्होंने मंजूर कर लिया और यह जिम्मेदारी अपने ऊपर ले ली।

इरशाद अमीन मूलत: पत्रकार हैं और सलमा की लोक गायकी को लेकर कई अखबारों में रिपोर्ट्स लिख चुके हैं। सलमा को मीडिया के जरिये सबसे पहले इरशाद ने ही लोगों तक पहुँचाया था, जिससे उसे प्रसिद्धि मिली। इसलिए वह इरशाद का दिल से सम्मान करती थी। इरशाद नेक दिल इनसान हैं और उन्होंने न केवल सलमा का वीजा बनवाने बल्कि उसे बॉर्डर तक छोड़ने की जिम्मेदारी भी ले ली थी।

रात काफी गहरा चुकी थी। मैं अपने कमरे पर जाने के लिए पहली मंजिल पर पहुँचा तो सलमा बाहर ही खड़ी मिल गई। शायद वह मेरा इन्तजार कर रही थी। मैंने कहा—"चलो आज ऊपर छत देखते हैं।" हम ऊपर छत पर आए। आसमान से चाँदनी झर रही थी। कई दिन बाद आकाश में चाँद और भरपूर तारे देखे। मैंने सलमा को बाहों में भर लिया। दोनों के होंठ आपस में टकराए। इस बीच मेरे गाल पर उसके आँसू छलक कर गिरे तो मैंने उसका चेहरा दोनों हाथों में ले लिया। मैंने उससे मजाक किया—"इतनी देर से तो नदी जिन्ना सभागार में बह रही थी, जिसमें नहाते-नहाते मैं थक गया, अब यह नदी तुम्हारी आँखों में आ गई।" वह मुस्कराई। मुझसे पूछा—"फिर तुम मुझे बगड़ छोड़ दोगे?" मैंने कहा—"बगड़ भी आखिर तुम कितने दिन रहोगी? मैं तुम्हें अपने साथ रखूँगा। हम बाकायदा शादी करेंगे। बाद में बगड़ तो तुम्हारी जब इच्छा हो, जाती रहना।" वो चौंकी—"हेंऽऽऽ! मधु, तुम अब भी मुझे चाहते हो।" मैंने कहा—"हाँ, सलमा तुम मेरी जिन्दगी का पहला और आखिरी प्यार हो। तुम्हें नहीं पता, मैं जब भी कभी परिवार के साथ किसी मन्दिर में जाता तो तुम्हें पाने की ही दुआ माँगता था।"

मैंने सलमा को बताया—"मैं ना तो कभी घर पर पूजा-पाठ करता हूँ और न ही अकेला कभी मन्दिर जाता हूँ, लेकिन जब भी किसी के साथ मन्दिर जाने का मौका मिलता तो बस एक ही दुआ माँगता था।"

"क्या माँगते थे?"

"मैं कहता था, इस जन्म में तो नरगिस मुझे नहीं मिल पाएगी, पर अब अगले जन्म में जरूर उससे मिलवा देना। मुझे क्या पता था तुम मुझे इसी जन्म में ऐसे मिल जाओगी?" उसने मेरे कन्धे पर अपना सिर रख दिया। मेरा कन्धा जैसे बारिश की बूँदों से भीगने लगा था। भीतर तक मन भी भीग रहा था। लगा, जिस्म के साथ रूह भी भीग रही है।

सुबह अभी हुई ही थी, लेकिन धूप बहुत प्रचंड हो गई थी। नाश्ते पर जाने लगे तो महेन्द्र मिल गया। बोला—"कल रात को कल्चरल प्रोग्राम बहुत शानदार था। सलमा की आवाज में गहरी कशिश है। वैसे रोहन की प्रतिक्रिया क्या थी, वह भी बताऊँ क्या?"

मैंने कहा—"बताओ।"

महेन्द्र बोला—"रोहन कह रहा था कि इससे अच्छा तो हमारे गाँवों में मिरासी गाते हैं।"

मैंने कहा—"हमारे मिरासी क्या होते हैं ? सलमा हमारी नहीं है क्या ? पाकिस्तान तो यह अब आई है।"

महेन्द्र ने कहा—"अरे, आप भी जानते हैं। वो आप और सलमा की दोस्ती से जलता-भुनता रहता है। इसलिए वह कुछ भी कह सकता है। उसे कोई गम्भीरता से लेने की जरूरत नहीं है। मैंने तो आपको केवल बात बताई है, जो एक मजाक से ज्यादा कुछ नहीं है।" इसके बाद रोज की तरह हम डाइनिंग हॉल में नाश्ते पर आ गए।

इरशाद अमीन ने हमें बताया—"नाश्ते के बाद हम यहाँ के एक एफ.एम. स्टूडियो में चलेंगे।"

मैंने पूछा—"वहाँ क्या मसला है ?"

इरशाद मुस्कराए और बोले—"अच्छा तो आपने भी हमारा यह लफ्ज पकड़ लिया है। मसला यह है कि पाकिस्तान का एक मशहूर एफ.एम. है—एफ.एम. मस्त। वहाँ आप लोगों के साथ एक इंटरव्यू रखा गया है। उसमें श्रोता भी आपसे सवाल पूछेंगे।"

मैंने कहा—"ठीक है।"

फिर मैंने इरशाद से सलमा के साथ उसकी अलग टेबिल पर बैठने की इजाजत माँगी तो वे बोले—"कोई मसला नहीं जी। कित्थे भी बैठो।"

मैं और सलमा दूर कोने की एक टेबिल पर जाकर बैठ गए। सलमा ने अपने कलाकारों को सुबह जल्दी ही वापस रवाना कर दिया था। वह मेरी वजह से ही रुक गई थी। उसके पास अपनी टैक्सी थी, जिससे उसे वापस लौटना था। सलमा ने मुझसे कहा—"रात को मैंने आप से पूछा नहीं। यह तो बताओ कल कल्चरल ईवनिंग आपको कैसी लगी ?"

मैंने कहा—"बहुत शानदार। मैंने ही नहीं, सब ने उसकी तारीफ की, केवल एक बन्दे को छोड़ कर।"

उसने पूछा—"कौन ?"

मैंने कहा—"छोड़ो यार, रोहन ईर्ष्या में कुछ भी बोल देता है। उसे तवज्जो देने की जरूरत नहीं है।"

वो बोली—"मैं समझ गई। इन बातों से कुछ नहीं होता। उसने मुझसे फ्लर्ट करने की कोशिश भी की थी, लेकिन मैंने उसे पास नहीं फटकने दिया।" फिर मेवाती में एक टिप्पणी फेंकी—"भोत ओगणगारो है।"

मैंने सलमा से कहा कि "सिरायकी लोक गीत सुनने में तो बहुत अच्छा लगा, लेकिन कुछ समझ में आया, कुछ नहीं आया। उसको थोड़ा खोलकर समझाओ।"

सलमा ने बताया—"यह बिरहड़ा गीत है। इसमें एक 'रोही' शब्द आता है। पाकिस्तान में पंजाब के जुनूब[1] में दूर तक फैला रेगिस्तान है, जिसे रोही कहते हैं। लड़की का प्रेमी बाहर रोही में रहता है और लड़की कह रही है कि घर आ जाओ, अपने वतन आ जाओ। वह प्रेमी से कह रही है कि तुम्हारे बिना मेरे जीवन का कोई मतलब नहीं है और तुम्हारे बिना मैं नहीं रह सकती। उसका प्रेमी रेगिस्तान में रहता है, इसलिए उसे रेत में भी बहारें दिख रही हैं और वह कह रही है कि अकेले अब नहीं रहा जाता, वापस वतन आ जा और गले लगा ले, बाँहों में भर ले। ऐसा ही कुछ गीत है। इसे मेहदी हसन ने भी गाया है, अताउल्लाह खान ने भी गाया है और भी कई लोगों ने गाया है।"

मैंने कहा—"बहुत खूब। तुमने बड़े दर्द भरे स्वरों में गाया था यह गीत।"

सलमा ने कहा—"शुक्रिया। अपने मेवात में भी खूब बिरहड़ा हैं। आप कहो तो सुनाऊँ?"

मैंने कहा—"हाँ, सुनाओ।"

सलमा ने रतवाई की धुन में ही अलाप लेते हुए धीमी आवाज में सुनाया—

नार सुहागन सेज पे भुरअत है दिन-रैन
लगतई साढ़ मास पिया मोहे आवन कह गयो ऐन
सावन कह गयो ऐन, नैन भर लाऊँ आँसू
मेरी नणदण मोसू अड़े, लड़े पिया बिन सासू
तड़प रही हूँ सेज देख घबड़ावे जिया
तेरी बाट रही हूँ ताक, हाल बगदो[2] न पिया
साढ़ गयो साँसो भयो, मेरो बेकल भारी जीव
सावण सेज सुहाग की, जो घर बगदे मेरो पीव

सलमा की आवाज में गहरी कसक थी। मैंने उसे दाद दी—"वाह क्या बात है।"

मैंने सलमा को बताया कि नाश्ते के बाद स्थानीय एफ.एम. पर हम लोगों का लाइव इन्टरव्यू है जिसमें श्रोता भी हमसे सवाल पूछेंगे। उसके बाद लंच लेकर हम रवाना हो जाएँगे।

कल तक सलमा का जो चेहरा खिला हुआ था, वह अब मायूस होने लगा था। वह बोली—"मुझे अभी अपने साथ ले चलो। वो जालिम आ गया तो मुझे फिर जाने नहीं देगा।" मैंने उसे समझाया कि वीजा के बिना यह सम्भव नहीं है। वह रुआँसी हो गई। मैंने कहा—"तू नहीं समझेगी यार...।"

1. जुनूब : दक्षिण
2. बगदनो : लौट कर आना

वह धीरे से मुस्कराई। फिर बोली—"अब तक तो इतने दिन निकल गए, लेकिन अब नहीं रहा जाता। तुम्हारे बिना मैं अब नहीं रह सकती। लगता है, जैसे एक बुझती हुई आग को आपने फूँक मार कर फिर से सुलगा दिया।"

मैंने उसे समझाया—"चिन्ता मत कर, जल्दी ही सब कुछ ठीक हो जाएगा।" टेबिल पर नाश्ता लग गया था। हमने साथ नाश्ता किया।

एफ.एम. के स्टूडियो में केवल दो लोगों को ही बैठना था। इनमें मेरा और रोहन का चयन किया गया। स्टूडियो में श्रोताओं से एक महिला एंकर ने कहा—"हिन्दुस्तान से आए दो मेहमान आज हमारे स्टूडियो में हैं। श्रोता इनसे सवाल पूछ सकते हैं।" उसने हम दोनों का परिचय कराया। कार्यक्रम में श्रोताओं से सवाल-जवाब के बाद बीच-बीच में कोई गाना लगा दिया जाता था। एक श्रोता ने पहला सवाल मुझसे ही किया—"पाकिस्तान आकर आपको कैसा लगा?" मैंने जवाब में कहा—"पाकिस्तान के कुछ शहरों, कस्बों के नाम मैं बचपन से ही अक्सर अपनी माताजी से सुनता रहता था—पत्तोकी, जडाँवाला, मिन्टगुमरी, रिनाला खुर्द, ओकाड़ा... जब मैं सचमुच इन शहरों से गुजरा तो मुझे इनसे एक लगाव पैदा हुआ कि यह मेरी माँ की जमीन है। मुझे मेरी माँ की बहुत याद आई। वे अभी जिन्दा हैं। मैं जानता हूँ कि मैं उन्हें जाकर जब यह सब बताऊँगा तो वे मुझसे खोद-खोदकर पूछेंगी कि अब कैसा है रिनाला खुर्द, कैसा हो गया ओकाड़ा और उनकी आँखें नम हो जाएँगी।"

इसी श्रोता ने फिर पूछा—"आपकी माँ की यादें पाकिस्तान से कैसे जुड़ी हैं?" मैंने बताया—"मेरी माँ, जिन्हें हम चाईजी कहते हैं, वे रिनाला खुर्द में रहती थीं। आप सब जानते हैं, बँटवारे में जब लोग इधर से उधर भागे तो भागदौड़ में लोगों का बहुत सा सामान और जायदाद छूट गई थी। मेरी माँ तब बहुत रोई थीं। वे बार-बार अपना एक बक्सा लेने भागती थीं, लेकिन नानाजी उनका हाथ पकड़ कर वापस खींच लेते थे। वे रोती रहीं कि मुझे अपना बक्सा लेने दो, लेकिन भगदड़ में इतना समय ही नहीं था। वह बक्सा यहीं छूट गया। उनको लगता था कि वे बक्सा नहीं, कोई खजाना यहाँ छोड़ गई थीं। इस खजाने में उनके अफसाने थे, शायरी थी। आज भी इस सन्दूक के बहाने वे अक्सर ही पाकिस्तान की यादों के सन्दूक खोल कर बैठ जाती हैं।"

एक श्रोता ने पूछा—"आपको हमारे यहाँ के आम कैसे लगे?" इसका जवाब रोहन ने दिया—"यहाँ के लोग जितने मीठे हैं, उतने ही मीठे आम हैं। हमने यहाँ तरह-तरह के आम खाए।" फिर रोहन ने हँसकर कहा—"आपके यहाँ आमों के

नाम भी बहुत दिलचस्प हैं। हमने एक आम तो ऐसा खाया, जिसका नाम था लब-ए-माशूक। यहाँ के आम के बाग तो हम अपने साथ नहीं ले जा सकते, लेकिन इनकी मीठी खुशबू और ऐसी ही मीठी आपकी यादें हम अपने साथ लेकर जाएँगे।''

एक श्रोता ने सवाल किया—''हमारे यहाँ की संस्कृति, लोक गीत आपको कैसे लगे?''

मैंने कहा—''आपके यहाँ सलमा नाम का एक चमकता कोहनूर है, जिसने चोलिस्तान के लोक गीतों को दूसरे देशों तक पहुँचाया है। संगीत दोनों देशों को जोड़ता है। जितने प्यार से आप मेहदी हसन और गुलाम अली को सुनते हैं, उतने ही प्यार से हिन्दुस्तान में लोग उन्हें सुनते हैं, सम्मान देते हैं। मैं आपको बताना चाहूँगा कि आपके यहाँ की गायिका परवीन शाकिर के इन्तकाल की जब खबर मिली तो मैं एक पेड़ से चिपक कर रोया था। हमें पाकिस्तान में लोगों से बेइन्तिहा मोहब्बत मिली है और वही सरमाया हम अपने साथ लेकर जाएँगे जो आप लोगों की निशानी के तौर पर हमारे दिलों में महफूज रहेगा।''

एक श्रोता ने रोहन से सवाल पूछा—''हिन्दुस्तान और पाकिस्तान में मोहब्बत कैसे बढ़ सकती है?''

इस पर रोहन ने कहा—''इसका जवाब मुझे आपके यहीं की एक बूढ़ी अम्मा ने दिया, जो हमसे मिलने आई थीं। उनका कहना था कि दोनों देशों को डिफेन्स का बजट नहीं बढ़ाना चाहिए, मोहब्बतों का बजट बढ़ाना चाहिए। मैं इस बात से पूरी तरह इत्तिफाक रखता हूँ और मैं समझता हूँ कि आपके सवाल का इससे खूबसूरत कोई जवाब हो नहीं सकता।''

ये वाकिआ है तेरे शहर से गुजरते हुए
हरे हुए हैं कई जख्म दिल के भरते हुए
मुझे खबर है किसे इन्तिजार कहते हैं
कि मैंने देखा है लम्हात को ठहरते हुए

—मिलाप चन्द 'राही'

उन्हीं रास्तों से गुजरते हुए

एफएम स्टूडियो से हम गेस्ट हाउस लौटे तो मैं सीधे अपने कमरे में चला गया। पलंग पर लेट कर मैं सुस्ता ही रहा था कि किसी ने अचानक दरवाजा थपथपाया। दरवाजे की थाप से ही मैं समझ गया कि यह सलमा होनी चाहिए। वैसे बाहर घंटी का स्विच भी था, लेकिन सलमा हमेशा दरवाजा ही थपथपाती थी। उसकी थाप को मैं अब पहचानने लगा था।

मैंने दरवाजा खोला तो सामने सलमा खड़ी थी। उसके हाथ में एक बड़ा सा कार्टन था। उसने अन्दर आ कर कार्टन को टेबिल पर रख दिया। मैंने आश्चर्य से पूछा—"इसमें क्या है?" उसने बताया—"इसमें मिशेल कम्पनी का पूरा एक पैकेज है। जैम है, जैली है, अचार है, केचअप है, फ्रूटी है, चॉकलेट है, फ्रूट पाउडर है, टॉफी है, सॉस है...और भी कई चीजें हैं। यह मेरी तरफ से चाईजी के लिए तोहफा है। इसमें हर सामान पर लिखा है—रिनाला खुर्द। चाईजी को यह दिखाना। हाँ, इसमें जाम-ए-हयात भी है।"

मैंने कहा—"यह क्या होता है?"

सलमा बोली—"जाम-ए-हयात माने जिन्दगी का जाम।" फिर हँसते हुए कहा—"यह रूह-आफजा जैसी चीज है।"

मुझे याद आया—चाईजी को रूह-अफजा बहुत पसन्द था और गर्मियों में मेहमानों के लिए वे अक्सर इसे मँगा कर घर में रखती थीं। मैंने कार्टन को देखा, उसमें एक जगह मिशेल का सूत्र वाक्य अंग्रेजी में लिखा था—'हम ब्रेकफास्ट

पर आपकी डाइनिंग टेबिल को गरिमा प्रदान करते हैं।' मैंने सलमा से कहा—"ये सब मुझे लेना तो था, लेकिन मैंने सोचा जब रिनाला खुर्द जाएँगे तब लेंगे।" उसने बताया—"रिनाला खुर्द में मिशेल की फैक्ट्री है। सामान नहीं बिकता। सामान तो पूरे पाकिस्तान में मिलता है। मैं यहीं से टैक्सी से जाकर सामान ले आई।" मुझे उस पर प्यार आ गया। मैंने पूछा—"पैसे?" वह बोली—"मुझे इस तरह बेइज्जत ना करें। यह मेरी तरफ से है चाईजी के लिए।" मैंने कहा—"अच्छा, ठीक है।"

सलमा फिर अचानक बोली—"मैंने गेस्ट हाउस के रेडियो पर आपका कार्यक्रम सुना था। आप बहुत अच्छा बोले। अच्छा एक बात बताओ, जब परवीन शाकिर मरी तो क्या आप सचमुच पेड़ से लिपटकर रोए थे?"

मैंने कहा—"हाँ।"

उसने कहा—"अच्छा, फिर मैं मरूँगी तो आप कैसे रोओगे?"

मैंने कहा—"ऐसी बात नहीं करते।"

वो बोली—"नहीं, मैं मरूँ तो भी पेड़ से चिपक कर ही रोना। इनसानों से ज्यादा अच्छे हैं पेड़। इनसान तो दूसरों के प्रेम को, दुखों को समझते ही नहीं। उनके सामने आँसू बहाने से कोई फायदा नहीं।" यह कहते ही उसकी आँखें नम हो गईं। मैंने उसके कन्धे पर हाथ रखा। उसने अपना सिर मेरे सीने पर रख लिया। मैं देर तक उसकी काली, लम्बी जुल्फों में अँगुलियाँ घुमाता रहा।

दोपहर को लंच लेकर हमें निकलना था—बहावलपुर के लिए। बहावलपुर में दो दिन रुकने का कार्यक्रम था। वहाँ दूसरे दिन चोलिस्तान डेवलपमेंट कौंसिल की ओर से सांस्कृतिक सन्ध्या का कार्यक्रम था, जिसमें हमें भाग लेना था। मैंने जब सलमा को यह बात बताई तो वह चौंकी। वह बोली—"इस सांस्कृतिक सन्ध्या में तो मेरा भी कार्यक्रम है। मुझे भी वहाँ जाना है।" मैंने कहा—"ठीक है। फिर साथ चलते हैं।" सलमा ने मुझे सुझाव दिया कि आप आज अपने साथियों को जाने दें। वो मेवाती में बोली—"अपन रात कू यहीं रुकेंगा और धैरे[1] ई बहावलपुर पहोंच जाएँगा। हूँनी कार्यक्रम तो रात कू है।"

मैंने इरशाद भाई से माफी के साथ एक दिन और रहीमयार खान में ही रुकने की इजाजत माँगी तो वे राजी हो गए। वे बोले—"कोई मसला नहीं जी, तुसी आराम नाल रुको।" हमारे साथी मुझे छेड़ते रहे, लेकिन उनसे भी अब कुछ छुपा

1. धैरे : कल

नहीं था। रोहन जरूर ईर्ष्या से भर उठता था। मैंने उसकी परवाह नहीं की। लंच के लिए जब हम जाने लगे तो रोहन ने मुझे रोक लिया। हम दोनों लॉबी में ही कुर्सियों पर बैठ गए। रोहन ने मुझसे कहा—

"अरे यार, ये तो बताओ कि क्या खुदाई हो गई?"

"तुम तो ऐसे पूछ रहे हो, जैसे तेरी कुड़माई हो गई? देख नहीं रहा मेरे गाल पर लाल निशान?" मैं हँसा।

"अरे यार, मैं तो दोस्ती में ही पूछ रहा हूँ।"

"मैं भी दोस्ती में ही बता रहा हूँ। ऐसा है, हमारे मेवात में एक कहावत होती है—'मेव जाणे अपनी सी टेव।' यानी मेव की जो अपनी आदत होती है, वैसी ही आदतें वह सभी की मान कर चलता है। खुदाई तो तुम जैसे भू-गर्भ विज्ञानी करते हैं। खुदाई मशीनों से होती है। इनसान नहीं करते। तुम तो खुद मुझे चलती-फिरती खुदाई की मशीन नजर आते हो। हम मशीन नहीं, दिल से काम लेते हैं। दिल से खुदाई नहीं होती, प्यार होता है। मुझसे फिर कभी ऐसी बातें मत करना।" यह कहते ही मैं उठ गया।

"अरे यार, तुम तो बुरा मान गए।" उसने कहा और मायूस चेहरा लिए डाइनिंग हॉल की ओर बढ़ गया। मैं भी लंच के लिए चल दिया। एक टेबिल पर सलमा मेरा इन्तजार कर रही थी। लंच के बाद सभी साथी बहावलपुर के लिए निकल गए। मैं और सलमा रह गए।

हम जब से रहीमयार खान आए थे, रोज शाम को मदिरा का इन्तजाम हो जाता था। दोस्तों से गपशप होती थी और जगमगाती शामों में जाम छलक जाते थे। इरशाद भाई और साथियों के जाने के बाद मुझे ध्यान आया कि आज शाम को क्या होगा? मैंने यह समस्या सलमा के सामने रख दी।

सलमा ने कहा—"कुप्पी पी लोगे क्या?"

"यह कुप्पी क्या होती है?"

"यहाँ डाकू लोग कुप्पी ही पीते हैं। यह हाथ का बना देसी ठर्रा है। अरबाज भी अक्सर यही पीता है।"

"डाकू? यहाँ डाकू भी होते हैं?"

"हाँ, यहाँ अपने धौलपुर जैसे बीहड़ भी हैं और डाकू भी।"

"भिखारियों की कोई पसन्द नहीं होती। कुछ भी चलेगा। लेकिन तुम कुप्पी लाओगी कैसे?"

"सब हो जाएगा। आपको लंच के बाद सोने की आदत है। आप आराम करो। तब तक मैं बाजार होकर आती हूँ।"

सलमा उठी तो जैसे उसके लिबास ने एक करवट ली। सरसराहट की आवाज के साथ वह दरवाजे तक पहुँची ही थी कि मैंने वापस बुला लिया—"सुनो, एक मिनट इधर आओ।" सलमा आई तो मैंने उससे कहा—"पता नहीं यह क्या जादू है, तुम्हारे लिबास की सरसराहट हमेशा मेरे आस-पास रहती है।" उसने पास आ कर मेरे गाल पर हलकी सी एक चपत लगाई। फिर मेरी लुंगी की ओर इशारा करके बोली—"तुम्हारो या तहमद देख के मोकू एक सिंगलवाटी टप्पो याद आ गयो। तुम कहो तो सुणाऊँ।"

"अरे, सुनाओ ना यार।" मैंने कहा।

सलमा ने तरन्नुम में मेवाती टफा सुनाया—

अरे बीरा और भी घिसड़वां[1]
तहमद बाँध, मरेगी दुनिया जल-जल के।

"वाह, वाह क्या खूबसूरत टप्पा सुनाया। लगता है आजकल लड़के-लड़कियों ने नीचे खिसकती हुई पैंट पहनना शायद इसीलिए शुरू किया है। लोगों को जलाने के लिए।" मैंने कहा।

उसने हँसते हुए कहा—"हमारे मेवाती में 'गन्दा' गीत भी भोत हैं।"

"गन्दा? ये क्या होता है?"

सलमा ने कटीली मुस्कान फेंकते हुए कहा—"तुम सब समझो हो। रहबा दो। सुणा के बताऊँ?"

"हाँ, सुणा।"

सलमा ने मेवाती धुन में गीत का मुखड़ा और एक अन्तरा सुनाया—

अरां, बड़ग्यो मेरी मांई,
बड़ग्यो मेरी मांई री
सरकंडो बेरी खूसनी[2] *में*
बड़ग्यो मेरी मांई री...

मैंने कुर्सी पर बैठे-बैठे हैरानी से अपनी आँखें चौड़ी कीं, तो वो हँस पड़ी। लगा फूल झड़ कर मेरे गालों पर गिरे हैं। "अच्छा अब मैं चलती हूँ।" उसने हाथ हिलाया और चली गई। लगा जैसे मेरा दिल झपटा मार कर अपने साथ ले गई।

---

1. घिसड़वां : नीचे खिसकता हुआ
2. खूसनी : सलवार

शाम को सलमा आई तो पता चला कि वह अपने गाँव होकर आई है। उसका गाँव बस्ती मियाँ साहिब कुछ ही दूरी पर था। सलमा बोली—"मैंने सोचा घर से निकले कई दिन हो गए, बीच में घर भी सँभाल आऊँगी, इसलिए टैक्सी लेकर गाँव हो आई। सलमा ने अपने बैग से बोतल निकाली तो मैं चौंका। यह स्कॉच थी—'ब्लैक डॉग'। मेरी पसन्द की स्कॉच। मैंने सलमा से कहा—"यह काला कुत्ता मुझे बहुत पसन्द है।" वह हँसी। मैंने कहा—"पहले मैं 'बूढ़ा सन्त' का दीवाना होता था।"

सलमा ने पूछा—"यह क्या होता है?"

"पहले मैं 'ओल्ड मंक' का शौकीन था, लेकिन बाद में मैंने रम पीना छोड़ दिया और व्हिस्की पर आ गया।"—मैंने कहा।

सलमा की फिर हँसी छूटी। उसने बताया—"एक बार मैं विदेश में कार्यक्रम देने गई तो और लोगों की देखा-देखी मैंने भी हवाई अड्डे से 'ब्लैक डॉग' खरीद ली थी। खरीदी तो अरबाज के लिए थी, लेकिन बाद में उसे दी नहीं। शायद इस पर आपका नाम लिखा था।"

मैंने कहा—"अरे वाह! जहे नसीब। शायद दिन ठीक आ गए हैं। आजकल मुझे अपनी पसन्द की चीजें मिल रही हैं।"

"क्या पसन्द की चीजें मिल रही हैं?"—उसने पूछा।

मैंने कहा—"जैसे तुम।" सलमा शरमा गई।

मैंने कमरे में ही अपना पैग बनाया तो एक स्मॉल पैग सलमा का भी बना दिया। उसने मना किया—"नहीं, मैं नहीं लूँगी।" मैंने पूछा—"पहले कभी नहीं ली?" उसने कहा—"नहीं। शायद एक बार अरबाज ने जबरदस्ती एक पैग दिया था, लेकिन उसके बाद कभी नहीं ली।" मैंने कहा—"आज मैं अकेला हूँ। अकेला पीना अच्छा नहीं लगता। मेरा साथ देने के लिए बस एक छोटा पैग ले लो। धीरे-धीरे लेती रहना।" सलमा मेरी मनुहार मान गई। बातचीत के दौरान धीरे-धीरे सलमा पर नशे का असर तारी होने लगा था। उसकी आँखों में शराब छलकती हुई नजर आ रही थी।

अचानक वह बोली—"एक बात कहूँ तो बुरा तो नहीं मानोगे?"

मैंने कहा—"नहीं। तुम्हारी किसी भी बात का मैं कभी बुरा मान ही नहीं सकता।"

वह लजाते हुए बोली—"मुझे आपके दोनों गाल बहुत पसन्द हैं। बचपन से ही। मैंने कभी कहा नहीं। मेरा मन होता है कभी तुम्हारे दोनों गाल पकड़ कर जोर से किस करूँ।"

मैंने कहा—"करो ना। मना किसने किया है?"

फिर उसने कहा—"लेकिन एक शर्त है।"

मैंने पूछा—"क्या?"

वो बोली—"जब मैं आपको किस करूँ तो आप आँखें बन्द कर लेना।"

मैं हँसा। मैंने कहा—"वो तो अपने आप बन्द हो जाएँगी।"

सलमा ने वैसा ही किया। दोनों गाल पकड़कर उसने मुझे जोर से झिंझोड़ा। किस करते समय उसकी तेज साँसों से छूटती फुहारें मेरे तन-मन को भिगो रही थीं। उसने अपना चेहरा पीछे हटाया और मेरी तरफ देखा। फिर बोली—"आँखें बन्द करो ना।"

मैंने कहा—"वह तो उस समय बन्द की थीं। अब फिर करूँ?"

उसने कहा—"हाँ।" मैंने आँखें बन्द कर लीं। उसने मेरी कलाई पकड़ी और हाथ पर कुछ बाँधा। आँखें खोलीं तो हाथ पर एक विदेशी घड़ी बँधी हुई थी। उसने बताया—"एक बार पेरिस कार्यक्रम देने गई थी, तो वहाँ से खरीदकर लाई थी अरबाज के लिए। देखिए, शायद इस पर भी आपका ही नाम लिखा था।" चौड़े डायल की, भूरे चमड़े के पट्टे वाली यह शानदार घड़ी थी। मैंने सलमा को अपनी ओर खींचा और गले से लगा लिया। उसके गाल सुर्ख होकर दमकने लगे। मैंने उसे अपने पास पलंग पर बैठा लिया। सलमा ने बताया—"दरअसल, ये दोनों चीजें विदेश से इसलिए खरीदी थीं कि किसी अच्छे दिन अरबाज को ये दूँगी, लेकिन हाय री किस्मत, जिन्दगी में कोई अच्छा दिन अब तक आया ही नहीं।"

मैंने मेवाती में कहा—"अरे बावली, चिन्ता मत करे। अब अच्छा दिन आ जाएँगा।"

सलमा जब हिन्दुस्तान लौटेगी तो हम क्या-क्या करेंगे, इन्हीं सपनों में हम देर तक डूबे रहे। सलमा ने मुझसे पूछा—"मैं जब हिन्दुस्तान आऊँगी तो अपन क्या करेंगे?"

मैंने कहा—"करेंगे क्या, एक तो हिन्दुस्तान आते ही मैं तुम्हारा नाम फिर से नरगिस रख दूँगा। मुझे वही नाम अच्छा लगता है।" वह बोली—"कितने अच्छे होंगे वे दिन, जब मुझे अपनी जमीन मिल जाएगी, अपना नाम वापस मिल जाएगा। और कुछ नहीं तो जुल्म और यातना की एक जिन्दगी से तो छुटकारा मिलेगा।" वह फिर भावुक होने लगी थी। मुझे मजाक सूझा। मैंने सलमा से कहा—"तू जब वहाँ आ जाएगी, तब एक काम और करूँगो।"

"कहा करोगा?"

"तोलू नेवरी गढ़वाऊँगो।"

"हम्बे।" सलमा ने कहा और हँस पड़ी। आँखों में शरारत लाते हुए बोली—"फिर तुम या गीत गाजो—

कड़ा के ऊपर नेवरी[1] सजे,
मोटी जाँघन पे सजे है सलवार।

मैं उसकी गोद में सिर रख कर लेट गया। गोद की गर्माहट से जैसे प्रेम की भाप निकल रही थी। बड़ा सुकून मिल रहा था। जी करता था हमेशा ऐसे ही लेटा रहूँ। मैंने ऐसा कुछ कहा नहीं, लेकिन सलमा ने जैसे मेरे मन की बात सुन ली। वह बोली—"मन करता है आप हमेशा मेरे पास ऐसे ही लेटे रहो। मुझे बहुत अच्छा लग रहा है। आप सचमुच बहुत प्यारे इनसान हो। ऐसे लोग मैंने देखे नहीं।" उसकी आँखें भर आई थीं। मैंने कहा—"सलमा मेरी तारीफ मत किया करो। मैं शर्मिन्दा होने लगता हूँ।"

हम काफी देर तक बातचीत करते रहे। मैंने उसे बताया कि मेरे पापाजी पाकिस्तान में कसूर में रहते थे। वह चौंकी—"अच्छाऽऽ... ? तभी आप सुरीले हैं।"

मैंने कहा—"क्या मतलब ? मैं समझा नहीं।"

उसने बताया—"मल्लिका-ए-तरन्नुम नूरजहाँ भी कसूर की ही रहने वाली थीं। लाहौर के पास है कसूर, जो अब जिला बन चुका है।"

मैंने कहा—"हाँ, चाईजी ने मुझे एक बात और बताई थी कि सूफी सन्त बुल्लेशाह भी कसूर में ही रहते थे और उन्होंने आखिरी साँस भी कसूर में ही ली थी। नूरजहाँ तो कसूर की थी ही।"

"जी, मुझे मालूम है। बुल्लेशाह का जन्म बहावलपुर के पास 'उछ' गाँव में हुआ था, लेकिन बाद में उनकी पढ़ाई कसूर में हुई और आखिरी समय तक वे कसूर में ही रहे। वहाँ उनकी मजार भी है। लोग उनकी मजार पर फूल चढ़ाने आते हैं। वारिस शाह भी कसूर में रहे थे। और आपको बताऊँ..." सलमा ने मुस्करा कर कहा—"बड़े गुलाम अली भी कसूर के थे।"

"अरे वाह, इसका मतलब कसूर तो पाकिस्तान का बहुत सुरीला शहर है।"

"जी, कसूर बहुत खूबसूरत शहर भी है। लोग उसे मिनी लाहौर कहते हैं।"

मुझे अफसोस हो रहा था कि कसूर का वीजा नहीं होने के कारण इतने खूबसूरत शहर को मैं नहीं देख पाऊँगा। खासतौर से अपने पिताजी के शहर को। शायद इसके लिए एक बार फिर मुझे पाकिस्तान आना पड़ेगा।

मुझे नूरजहाँ याद आई, फरीदा खानम याद आई, फरीदा खानम की एक गजल याद आई—'आज जाने की जिद ना करो, यूँही पहलू में बैठे रहो।' मैंने सलमा को यह बात बताई तो वह बोली—"सुनाऊँ क्या ?" मैंने कहा—"अरे वाह, सुनाओ ना।"

---

1. नेवरी : पैरों में कड़े के ऊपर पहने जाने वाला गहना

इसके साथ ही सलमा ने इस नज़्म के सुर छेड़े तो जैसे गहराती शाम में मादकता भर गई। सलमा की मधुर गायकी ने शाम को सचमुच रंगीन बना दिया था। क्या अदायगी थी! आखिरी बन्दिश में जब उसने 'रोक लो आज की रात को' के सुर लगाए तो जैसे रात ठहरती नजर आई। मुझे लगा काश! ये रात आज यहीं रुक जाए। ये वक्त आज यहीं थम जाए। गज़ल की पंक्तियाँ दिमाग में गूँज रही थी—'हुस्न और इश्क की आज मेराज हैं...।' एक खूबसूरत शाम धीरे-धीरे करवट लेते हुए रेशमी रात में बदल चुकी थी। लगा मैं एक मखमली दरिया में तैर रहा हूँ।

अगले दिन हम टैक्सी से बहावलपुर के लिए रवाना हुए। सलमा कार में पहले ही बैठ चुकी थी। मैंने पीछे की सीट पर उसके साथ टैक्सी में बैठते हुए कहा—"अलविदा रहीमयार खान, तुमने मुझे यार से मिलवा दिया मेरे खान, तुम्हारे इस रहम के लिए बहुत-बहुत शुक्रिया मेरे रहीम।" यह सुनते ही सलमा के चेहरे पर मुस्कान दौड़ गई।

कार चल पड़ी। मैंने सलमा से कहा—"मुझे यात्रा बहुत अच्छी लगती है। खास तौर पर सुबह तैयार होकर कार में सामान रखना और चल पड़ना। ऐसी सुबह बहुत सुन्दर होती है। दफ्तर जाते समय रास्ते में पड़ने वाले जो नजारे अक्सर उबाऊ लगते हैं, यात्रा के समय वो भी अच्छे लगने लगते हैं, क्योंकि कुछ दिन के लिए वे भी पीछे छूट रहे होते हैं।"

सलमा बोली—"यात्रा तभी अच्छी लगती है, जब साथ में एक अच्छा हमसफर हो। यात्राएँ तो मैं भी कार्यक्रमों के सिलसिले में बहुत करती हूँ, लेकिन जिस यात्रा में अरबाज साथ होता है, उसमें सारा मजा किरकिरा हो जाता है।" लगता था अरबाज के व्यवहार से सलमा अन्दर तक आहत हो चुकी है। उसने एक किस्सा सुनाया—"एक बार डेरा गाजी खाँ में एक कार्यक्रम था। मेरे साथ एक तबला बजाने वाला था मोहम्मद हनीफ, जो अभी रहीमयार खान में भी मेरे साथ था।"

मैंने बीच में ही टोका—"हाँ, वह तबला बहुत अच्छा बजाता है।"

सलमा बोली—"हाँ, वही। अब कई बार क्या होता है कि आप यदि गा रहे हैं और कोई संगतकार बहुत अच्छा साज बजा रहा है तो आप गाते-गाते उसकी ओर सिर हिला कर इशारा कर देते हैं कि—बजाए चल, बहुत अच्छे। बस, मैंने इतना ही किया था। कार्यक्रम खत्म होते ही अरबाज ने मेरी क्लास ले ली। बोला—"क्या इशारा कर रही थी हनीफ की तरफ?" मैंने कहा—"बजाने के लिए ही इशारा किया था। सबके सामने स्टेज पर मैं उसे और क्या इशारा कर सकती थी?" बस वह तो उखड़ गया। बोला—"हाँ, हाँ, मैं समझ गया। बजाने के लिए इशारा किया

था ना? ले मैं तुझे बजाता हूँ।'' और मेरे ऊपर लात-घूँसों से पिल पड़ा। शराब में धुत था। मुझे बाल पकड़कर इधर से उधर घसीटता रहा।'' सलमा की आँखें भर आई थीं। मुझे भी लगा कि यह तो सचमुच ज्यादती है। मैंने सलमा का हाथ अपने हाथ में लेकर चूमा।

सलमा बोली—''मेड्डा सांई'' ने बहुत दुख दिए हैं।

मैंने पूछा—''यह मेड्डा सांई क्या होता है?''

उसने बताया—'' 'मेरे देवता', या 'मेरे भगवान' को सिरायकी में मेड्डा सांई बोलते हैं।'' मुझे याद आया, तहमीना दुर्रानी की किताब 'माई फ्यूडल लॉर्ड' का सिरायकी में अनुवाद 'मेड्डा सांई' नाम से ही हुआ है।

सलमा ने कहा—''हम जब छोटे थे तो गाँव में एक गीत सुनते थे। मुझे वो कई बार याद आता है।''

''अच्छा, सुनाओ तो।''

सलमा ने सुनाया—

अरी हो रोडला ने मारी, हम्बै रोडला ने मारी
तू तो ले चल मोहे गाम लू
चिमटा सूँ मारी, पलटा सूँ मारी
चुटिया पकड़ दे मारी
बाबा ले चल मोहे गाम लू

कभी न मैंने गहने पहरे,
कभी न पहनी नेवरिया।
कभी न मैंने खाई मिठाई
कभी न खाया घेवरिया॥
बाबा ले चल मोहे गाम लू।

गीत गा कर सलमा बोली—''तू तो यार मोये गाँव ले चल।''

इस बीच ड्राइवर ने कहा—''या तो मेवाती गीत है।''

''हम्बे, मेवाती ही है। तोलू कैसे पतो?''

''मेरा पुरखा भी मेवात सू ही हींनी आया हागा।''

''अच्छो...।'' सलमा ने कहा।

मैंने सलमा से कहा—''इस गीत में घेवर का जिक्र आया है। तुझे घेवर पसन्द है?''

''हम्बे पहले खूब खाबा करा। बाबो अलवर सू लाबो करो।''

''हींनी पाकिस्तान में नांय मिलें घेवर?''

''हींनी नांय मिलें।''

''तू जब आएगी तो तोकू जयपुर का एलएमबी का मशहूर घेवर खिलाऊँगो। वहाँ पनीर का भोत जायकेदार घेवर बणे हैं। नेवरी की तो मैं पहले कह ही चुको हूँ।''

सलमा बोली—''आज तो मोलू बाबा की भोत जोर की याद आरी है।'' फिर उसने एक मेवाती टप्पा सुनाया—

अरे निकर सुनियो बाबा
बेटी की आवाज
पहाड़ में चढ़ के हेलो मारूँ।

सलमा ने तरन्नुम में यह गाया तो लगा जैसे उसका दर्द उभर कर पहाड़ जैसा खड़ा हो गया है।

मैंने सलमा से कहा—''मैं इतने दिन से तुम्हारे अलग-अलग रंग के गीत सुन रहा हूँ। तुम्हारी आवाज से कभी उदासी की झील बनती है, कभी उल्लास के झरने बहने लगते हैं, कभी उम्मीद की रोशनी जगमगाती है तो कभी निराशा का अँधेरा घेर लेता है।''

''इन सब रंगों को मिला कर ही तो संगीत बनता है।''—सलमा ने कहा।

''वो तो ठीक है, लेकिन तुम्हारी आवाज से जब ये सब चीजें शक्ल लेती हैं, तो सीधे दिल पर चोट करती हैं।''

''वो तो फिर अल्लाह का फजल है। मेरा इसमें कुछ नहीं।''—सलमा ने कहा।

मैंने घड़ी देखी। दोपहर के डेढ़ बज रहे थे। मैंने ड्राइवर को बोला कि रोड साइड ढाबे पर ही लंच लेंगे। कोई अच्छा सा ढाबा आए तो गाड़ी रोक लेना। ड्राइवर ने बताया कि थोड़ी देर में अहमदपुर आएगा। वहाँ अच्छा खाना मिलेगा। मैंने मन ही मन सोचा—'क्या खाक अच्छा खाना मिलेगा?' मैंने सलमा से कहा—''यार, पाकिस्तान में मैं सूखी दाल खाते-खाते पक गया हूँ। दाल ऐसे बनाते हैं जैसे दलिया हो। तरी तो उसमें बिलकुल भी होती ही नहीं है। चाईजी के हाथ की जो माँ की दाल खाई है, वैसी तो कहीं मिलती ही नहीं।''

सलमा ने कहा—''हम घर पर बिलकुल बगड़ जैसा ही खाना बनाते हैं। मैं दाल भी बहुत अच्छी बनाती हूँ। कभी मौका मिला तो आपको बनाकर खिलाऊँगी।'' मैंने कहा—''देखो, अल्लाह कब ऐसा दिन दिखाता है।'' सलमा ने अपने पैर से मेरा पैर दबा दिया। मैं हँसा।

मैंने कहा—''हाँ, चौंले की फली की लगान तो तू अच्छी बनाती है। एक बार बगड़ के डहर में अपन ने जब साथ खाना खाया था, उसका स्वाद आज भी मेरी जुबान पर है।''

''कभी अल्लाह ने मौका दिया तो वो भी खिलाऊँगी।''—सलमा ने कहा।

थोड़ी ही देर में अहमदपुर आ गया। सड़क पर बोर्ड दिखाई दे रहा था—'अहमदपुर ईस्ट'। ड्राइवर ने सड़क किनारे एक ढाबे पर गाड़ी रोक ली। हम ढाबे में आए तो हमारे ड्राइवर ने ढाबे वाले को बोल दिया—"ये हिन्दुस्तान से मेहमान आए हैं। ढंग से, अच्छा खाना खिलाना।" ढाबे वाला बोला—"तुसी फिकर ना करो जी। ढंग का ही खाना खिलाएँगे।" वह मेरे पास आया और पूछा—"तुसी की खाना चाहोगे जी?" मैंने कहा—"यार हमें तो दाल-रोटी ही अच्छी लगती है, लेकिन दाल भी तुम सूखी, दलिये जैसी बनाते हो।" उसने कहा—"हाँ, जी, दाल तो हमारे यहाँ ऐसी ही बनती है।"

मैंने उससे पूछा—"आपका क्या नाम है?"

उसने बताया—"सुलेमान।"

मैंने कहा—"सुलेमान भाई, ये मेरे साथ सलमा है। अगर तुम्हारी रसोई में जाकर सलमा खाना बनाए तो तुम्हें ऐतराज होगा? पैसे आप जितने चाहोगे, उतने आपको हम दे देंगे।"

उसने कहा—"कोई गल नहीं जी। ठीक है, तुसी अपनी पसन्द दा खाना बना लो। सानू कोई परेशानी नहीं है।" यह सुनकर सलमा भी खुश हो गई। मैंने सलमा से कहा—"तड़के वाली दाल बनाईं।"

वो बोली—"तुसी वेक्खो तो सही। मेनूँ सब पता है थ्वानूँ की पसन्द है।" सलमा अन्दर रसोई में चली गई और अपना काम शुरू कर दिया। सुलेमान उसे दाल बनाते हुए देख रहा था। साथ ही कह रहा था—"मैं भी आपसे सीख लेता हूँ जी। फिर कोई हिन्दुस्तानी मेहमान आएगा तो हम उसे ऐसी ही दाल बना कर देंगे।"

सलमा ने साबुत माँ की दाल बनाई। उसमें अदरक डाला। धनिया डाला। लाल मिर्च और मक्खन से तड़का लगाया तो रसोई से खुशबू बाहर तक आ गई। सलमा रसोई से बाहर निकली तो पसीने-पसीने हो रही थी। थोड़ी देर पंखे के नीचे बैठी, फिर खुद ही खाना परोस कर ले आई। आज सचमुच दाल-रोटी खाने में मजा आ गया। बिलकुल चाईजी के हाथ की बनी दाल लग रही थी। रेशमा की मोहब्बत का स्वाद दाल में बदल गया था।

हम जब पाकिस्तान आए तो शुरू में तो ब्रेकफास्ट और लंच से लेकर डिनर तक में चिकन और मटन ही हमें खाने को मिलता था। दो दिन बाद ही हमने इरशाद भाई से कह दिया कि हमें रोज नॉनवेज खाने की आदत नहीं है। कभी-कभी खाते हैं और वह भी रात को। सुबह-सुबह नाश्ते में तो हड्डियाँ देखी भी नहीं जाती। हालत यह थी कि ज्यादातर होटलों पर शाकाहारी खाना मिलता ही नहीं था। मिलता भी तो बेस्वाद। आज बहुत दिनों बाद ऐसी दाल मिली तो खाना कुछ ज्यादा ही खा गया। फिर भी काफी दाल बच गई थी। सुलेमान ने वह दाल हमें पैक करके दे दी।

बोला, "आगे आपके काम आएगी।" सलमा ने बाद में बताया कि सुलेमान से बात करके उसने जानबूझ कर ज्यादा दाल बनाई थी, ताकि डिनर में भी काम आ सके।

आश्चर्य हमें तब हुआ जब सुलेमान ने खाने के पैसे लेने से ही इनकार कर दिया। बोला—"नहीं, जी। तुहाड़े कोलों पैसे नहीं लांगा। तुसी साड्डे मेहमान हो।" मैंने बहुत जिद की, लेकिन उसने पैसे नहीं लिए। बोला—"मेरे पिताजी-माताजी भी बँटवारे में हिन्दुस्तान से आए थे। वे आज भी वहीं की बातें करते रहते हैं। वे यूपी के मुजफ्फर नगर से आए थे। वे अपनी उस जमीन को कभी भूले नहीं और अपने गाँव, अपने खेतों को याद करते रहते हैं। आपने जो खाना खाया, आपने खुद बनाया। हमने तो कुछ भी नहीं किया। इसे अपने गरीब भाई की तरफ से छोटा सा तोहफा मान लें। पैसे आपसे मैं नहीं लूँगा।" मेरी आँखें नम हो आईं। मैंने सुलेमान को अपने गले लगाया और हाथ जोड़ कर उससे विदा ली। मैं सोच रहा था, सरहद के तारों ने हमें अलग-अलग किया हुआ है, लेकिन लोहे का पर्दा हटा तो लगा जैसे मोहब्बत के खूबसूरत चेहरे से घूँघट उठ गया।

मुझे याद आया कि लाहौर से आते समय जब एक जगह हम गाड़ी में पेट्रोल डलाने के लिए रुके थे तो पेट्रोल पंप के मालिक ने भी पेट्रोल के पैसे लेने से मना कर दिया था। उसे जब पता चला कि हम हिन्दुस्तान से आए हैं तो उसने तत्काल हमारे लिए चाय-नाश्ता मँगाया। वो भी यही कहता रहा—'तुसी साड्डे मेहमान हो।' हालाँकि बाद में इरशाद अमीन ने यह कह कर पेट्रोल के पैसे दिए कि पैसे उसी को देने हैं और वह हिन्दुस्तान का नहीं, पाकिस्तान का ही है। मैं समझ नहीं पा रहा था कि दोनों देशों के बीच दीवार खिंच जाने के बाद भी मोहब्बत की नदी कैसे इधर से उधर बह रही है?

ढाबे से हम रवाना हुए तो अचानक मुझे ड्राइवर की बात याद आई। मैंने उससे पूछा—"क्या नाम है तुम्हारा?"

"समेदीन।"

सलमा ने कहा—"हाँ, ई तो मेवन को सो ही नाम है।"

"तो तुम्हारे पुरखे मेवात से कहाँ से आए थे?"—मैंने पूछा।

"फिरोजपुर झिरका सू आया हागा।"

"अरे...।" मैं चौंका। मैंने उसे बताया—"मेरा और सलमा का गाँव रामगढ़ तहसील में है और हरियाणा का फिरोजपुर झिरका रामगढ़ तहसील के बिलकुल भिड़वां ही है।"

"सा'ब फिर तो या मेरी बहाण हुई।" मुझे मालूम था, गाँव में ऐसे ही रिश्ते बनते हैं।

सलमा ने कहा—"तो तू अब भाई को फर्ज निभाजो।"

उसने कहा—"जरूर निभाऊँगो।" सलमा भी यह सुनकर बहुत खुश हुई।

कार में हमारा सफर फिर शुरू हो चुका था। सलमा मेरे पास बैठी थी। अचानक ही मेरे मन में यह बात आई कि मेरे परिवार का मेवों के साथ कुछ ज्यादा ही मधुर रिश्ता रहा है। मुझे अचानक लड्डो की याद आई और मेरा मन उड़ कर बगड़ गाँव में जा पहुँचा। लड्डो कैसे हमारे परिवार का एक अभिन्न अंग बन गई थी!

पापाजी की गोठड़ी गाँव में ताँबे की खान में नौकरी लगी थी। खान में ताँबा निकला नहीं और परियोजना बन्द हो गई। इसके बाद पापाजी ने बगड़ को ठिकाना बनाया और खेती शुरू की। एक बार पापाजी गोठड़ी से एक बैलगाड़ी में बगड़ आ रहे थे। तभी की यह घटना है। वह एक सर्द सुरमई शाम थी। कच्चे रास्ते पर बैलगाड़ी हिचकोले खाते हुए चल रही थी। पीछे रेत उड़ रही थी। शाम ढलने वाली थी। काले पहाड़ के पीछे सूरज लुढ़कने की तैयारी में था। बैलगाड़ी में दो हाली[1] भी साथ थे। गाड़ीवान मेवाती गीत गाते हुए गाड़ी हाँक रहा था—"एड़ी नीचे थाणो, मेरी ठोकर में सिपाही रे...।' तभी रंगबिरंगे सलवार-कुर्ते में दुपट्टे से घूँघट निकाले एक महिला दिखाई दी जो रोते हुए कच्चे रास्ते से थोड़ी दूर एक कुएँ की ओर बढ़ रही थी। गाड़ीवान फजरू चिल्लाया—"अरे, या कांई कर री है?" उसने चौंककर पापाजी से कहा—"बाबूजी ऐसो लगे या तो कुआ में पड़बा जारी है।"

पापाजी ने दूसरे हाली कालू को दौड़ाया—"अरे भाग, देख तो ये क्या कर रही है?" कालू बैलगाड़ी से कूदकर भागा। महिला कुएँ के पनघट पर पहुँच गई थी। अचानक वह पेड़ की शाख की तरह कुएँ की ओर लहराई, लेकिन दूसरे ही पल कालू ने उसका हाथ पकड़कर जोर से खींच लिया। वह जमीन पर गिर गई। बैलगाड़ी से उतरकर सब लोग वहाँ पहुँच गए। महिला सुबक रही थी और काँप रही थी। पापाजी ने पूछा—"बेटी ये क्या कर रही थी?"

उसने रोते हुए बताया—"कुआ में पड़बा जारी हीगी।"

पापाजी ने पूछा—"क्यों?"

उसने जवाब दिया—"ससुराल वालान ने मारपीट के घर सू निकाल दियो।" पापाजी ने उसे ढाढ़स बँधाया—"ऐसा नहीं करते, चल तू मेरे साथ चल। आज से तू मेरी बेटी है। अब ऐसा काम कभी मत करना।" पापाजी ने उसे गले लगाया तो वह बुक्का फाड़ कर रो पड़ी।

अँधेरा घिर चुका था। वह बैलगाड़ी में काफी देर तक घूँघट निकाले सुबकती रही। बैलगाड़ी में पूरे रास्ते वह अपने आप में सिमटी हुई मूर्ति की तरह बैठी रही।

1. हाली : मजदूर

यह लड्डो थी। अगले दिन पापाजी ने गोठड़ी गाँव में आदमी भेज कर लड्डो के ससुराल वालों और गाँव के प्रमुख पंचों को बुलवाया। वे आ गए। पापाजी का आस-पास के गाँवों में अच्छा प्रभाव था और दूर-दूर तक सब उन्हें बाबूजी के नाम से जानते थे। चुनावों में आस-पास के गाँवों के वोटों के लिए नेताओं और मंत्रियों को हमारे घर आना पड़ता था। तब चाईजी का सारा दिन रसोई में पकवान बनाने में बीत जाता था। गोठड़ी से पंच आए तो चाईजी उनका खाना बनाने में जुट गईं। बगड़ गाँव के प्रमुख पंच भी आ गए। बहुत देर तक बातें होती रहीं। अन्ततः गोठड़ी के लोगों ने हाथ जोड़ कर माफी माँगी। पापाजी ने उनको समझा दिया—''आज से यह मेरी बेटी है। इसका खयाल रखना।'' पापाजी ने लड्डो को घर से वैसे ही विदा किया जैसे बेटी को करते हैं। पैसे भी दिए। दाल, जीरा, धनिया और न जाने किस-किस सामान की पोटलियाँ बाँध कर साथ भिजवाईं। तब से वह हमारी 'लड्डो भैंण' हो गई, जो हर साल राखी पर हमें राखी बाँधने आती थी। होली-दीवाली भी आती थी। खेत के कामों में मदद करने भी अपने परिवार के साथ आ जाती थी। महीने-महीने तक पूरा परिवार हमारे यहाँ रहता। लड्डो जब भी आती तो वो और उसकी बेटियाँ सिर पर खारी[1] रखकर लाती थीं। इसमें उनके कपड़े-लत्ते और दूसरा सामान होता था। हम उनकी खारी का इन्तजार करते थे। इसकी वजह यह थी कि इस खारी में से मीठे बेर भी निकलते थे, जो लड्डो रास्ते में झाड़ियों से तोड़ कर हमारे लिए लाती थी। गाँव में शादियाँ बहुत जल्दी हो जाती हैं। यही वजह है कि मुझसे बड़ी उम्र के लड्डो के बच्चों का मैं बचपन से ही मामाजी बन गया था। थोड़ा और बड़ा हुआ तो इन बच्चों के बच्चों का नानाजी बन चुका था।

मैं अभी इतना बड़ा नहीं हुआ था कि शादी हो जाती, लेकिन मेरी रिश्ते में पोती यानी लड्डो की पोती की शादी में शामिल होने मैं गोठड़ी गया। उस शादी की कुछ यादें आज भी मेरे जेहन में हैं। कच्चे रास्ते में बैलगाड़ियाँ और बेहलियाँ[2] धूल उड़ाती भाग रही हैं। रंगबिरंगी छत से ढकी बेहली को खींच रहे बैलों को भी सजाया गया है। बैलों की पीठ पर रंगीन झूल पड़ी हैं और उनके सींगों पर फेंटे बाँधे गए हैं। बेहली का कोचवान जैसे ही बैल के पुट्ठों पर 'आर'[3] लगाता, बैल तेजी से भागने लगते। उनका गोबर भी निकल जाता। मुझे याद आया, एक बार रफ्तार का मजा लेने के लिए पेर[4] से घर तक मैं बैलगाड़ी दौड़ाता हुआ लाया तो पापाजी ने मुझे डाँटा था।

1. खारी : सरकंडों और तूलियों से बना चैकार टब
2. बेहली : शादी-ब्याह में काम आने वाली एक तरह की बैलगाड़ी
3. 'आर' : पतली छड़ी, जिसके एक छोर पर कील लगी होती है
4. पेर : खलिहान

मैं तब समझ नहीं पाया था कि पापाजी को कैसे पता चला कि मैं बैलों को दौड़ा कर लाया था। बाद में पता चला कि बैलों की पूँछ के नीचे गोबर की धार के लम्बे निशाना देखकर उन्होंने अन्दाज लगा लिया था कि मैंने बैल भगाए थे।

हमारी बेहली में पापाजी नहीं थे, वर्ना शायद वे आज भी उसे भगाने नहीं देते। पापाजी को हमारे चलने के कुछ देर बाद घर से निकलना था। इस बेहली में चाईजी थीं और हम बच्चे लोग थे। बेहली हाँक रहे सरवण को हम बैलों को भगाने के लिए उकसाते। बैल भागते तो उनके गले में बँधी घंटियाँ और घूघरे भी जोर से बजने लगते। बाद में चाईजी डाँटती तो सरवण बैलों को फिर धीरे कर लेता। धीरे करते ही बैलों की घंटियों की आवाज भी धीमी हो जाती। हम फिर सरवण से जिद करते—"बैलन कू भगा।" वह कहता—"या भीतरली[1] थोड़ी ढीली है। भगे नांय।"

हम गोठड़ी पहुँचे तो शाम ढल चुकी थी। लड्डो के घर में गैस के हण्डे[2] जल रहे थे। हण्डों की रोशनी आँगन में लगे नीम के पेड़ की झूमती टहनियों और पत्तों पर टप्पे खा रही थी। अन्दर से औरतों के गीत गाने की आवाज आ रही थी। हमें भूख लग आई थी। खाने के लिए हमें मिट्टी की एक-एक ढूमरी[3] दी गई, जिसमें चावल थे, बूरा था और उसके ऊपर देसी घी। लड्डो ने आ कर मेरी ढूमरी में और भी देसी घी डाल दिया। मीठे चावलों की यह मिठास मेरे साथ हमेशा जुड़ी रही। ईद की मीठी सेवइयाँ भी लड्डो से हमने खूब खाईं। वह बड़ी बहन की तरह हमें ताजिये दिखाने जाती, मेलों में साथ ले जाती। मेलों में बिसाती से काले धागे की कनगती खरीदती और मेरे हाथ पर बाँध कर कहती—"जा, अब तोलू निजर नांय लगेगी।"

मैं सोच रहा था कि लड्डो को पापाजी ने अत्याचारों से मुक्ति दिला दी थी और उसे अपने परिवार का सदस्य बना लिया था, क्या मैं सलमा के साथ ऐसा कर पाऊँगा?

लड्डो हमारे साथ दीवाली भी मनाती थी और फुलझड़ियाँ भी चला लेती थी। सलमा के साथ भी बगड़ में हमने खूब फुलझड़ियाँ चलाई थीं और पटाखे फोड़े थे। मैंने पास बैठी सलमा से पूछा—"यहाँ पाकिस्तान में भी कहीं दीवाली मनती है क्या?" उसने बताया—"जो हिन्दू परिवार हैं, वे मनाते हैं। मेरे लोक कलाकारों के ग्रुप में कई हिन्दू हैं। उनके साथ हम भी दीवाली मना लेते हैं।" मैंने सलमा से

1. भीतरली : बैलगाड़ी में जोते जाने वाले बैलों की जोड़ी में बाईं तरफ वाले बैल को भीतरली और दाईं ओर के बैल को बाहरली बोलते हैं। दोनों बैलों को एक-दूसरे की जगह लगा दें, तो उनका चलना मुश्किल हो जाता है।
2. गैस के हण्डे : पेट्रोमेक्स
3. ढूमरी : गमले जैसे आकार का मिट्टी का बर्तन

पूछा—"तुझे बगड़ की दीवाली याद है?" वो मुस्कराई—"हाँ, याद है।" फिर सलमा ने कहा—"दीवाली पर एक मेवाती दोहा कहा जाता था—

कातक आई दिवाली
हाँ मावस की रात
दिल में दिवला बाल[1] *तू*
कर भीतर परभात

मैंने बेसाख्ता टिप्पणी की—"वाह! क्या बात कही है। दिल के अन्दर दीया जला कर भीतर रोशनी कर। मेवाती दोहों में भी कितनी गहरी बात होती है।"

मैंने पास बैठी सलमा के सिर पर हाथ रखा। उसने कहा—"क्या हुआ?" मैंने कहा—"देख रहा था कि एक बार दीपावली पर बगड़ में तुम्हारे सिर पर मेरी कुलिया गिर गई थी। उसका कोई निशान तो नहीं रह गया।"

सलमा ने बताया—"हाँ, निशान है। एक जगह मामूली बाल जल गए थे। बालों को हटाओ तो एक टीका जैसा नजर आ जाता है। वैसे बाहर से दिखता नहीं।" फिर वह हँसने लगी। बगड़ की बचपन की कई शरारतें भी उसे याद हो आईं। एक बार हम खेत में टींट तोड़ने गए, जिनसे कैर का अचार बनता था। सलमा ने टींट के एक गुच्छे पर पत्थर उछाला तो वह मेरी नाक पर आ कर पड़ा। नाक से खून निकलता देख सलमा तो तब रोने ही लग गई थी। घर पर आ कर मैंने बताया कि भागते-भागते पत्थर पर गिर गया था। कार में पास बैठी सलमा ने इस घटना का जिक्र किया और मेरी नाक पर हाथ लगाया।

मैंने कहा—"उसका कोई निशान नहीं है। बाद में घाव ठीक हो गया था। हाँ, ठोड़ी पर एक निशान जरूर रह गया था। एक बार जब हम खेत में सरसों के फाँसे तोड़ने गए थे तब ऊपर-नीचे लोटपोट होने से ठोड़ी पर चोट लग गई थी, जहाँ टाँके लगे थे। उसकी खरोंच का निशान आज भी है।" मैंने सलमा को बताया कि दस्तावेजों में जब पहचान का निशान लिखना होता है, तो मैं इसे ही लिखता हूँ—'स्कार ऑन चिन'। सलमा मुस्कराई। सामने ड्राइवर तेजी से गाड़ी चला रहा था। सलमा ने अपने हाथ से मेरी ठोड़ी पकड़कर उसे चूम लिया और कान के पास आकर कहा—"यह मेरे प्यार की निशानी है।" मैंने कहा—"हाँ, हमारा प्यार जंगल में ऐसे ही फूटा था। जंगली फूलों की तरह, जो बिना खाद, पानी के ही खिल उठते हैं।"

हमारी कार हाईवे पर तेजी से भागी चली जा रही थी। कार के शीशों से खेतों, गाँवों, दरख्तों के दृश्य दिखाई दे रहे थे। बगड़ और दीवाली की यादों में गया तो मुझे एक किस्सा याद आ गया जो मैंने सलमा को सुनाया। मैंने उसे बताया कि "चाईजी दीपावली पर घर में एक कमरे की दीवार पर पूजा के लिए रंगों से

1. बाल : जला।

लक्ष्मीजी बनाती थीं। दीवार पर पहले एक बड़ा सारा चौकोर चौखाना बनातीं। इस चौखाने के ऊपर बीचोबीच लक्ष्मीजी की गर्दन और मुँह बनातीं। चौखाने की नीचे वाली आड़ी लाइन पर दो पैर बना देती थीं। यानी चौकोर पेट वाली लक्ष्मी। इस पेट में फिर छोटे-छोटे कई चौखाने बनाये जाते। इन छोटे चौखानों में सब बहन-भाइयों के, परिवार के सदस्यों के नाम लिखे जाते। एक चौखाने में लड्डो का भी नाम लिखा जाता था। चाईजी की हस्तलिपि बहुत सुन्दर थी। मैं तब छोटा था। मैंने एक बार चाईजी से कहा—'एक खाने में नरगिस का नाम भी लिख दो।' इस पर चाईजी ने मुझे घूरकर देखा और पूछा—'क्यों?' मैंने कहा—'नरगिस भी तो अपने गाँव की है।' चाईजी ने कहा—"चल हट यहाँ से। इसमें क्या मैं पूरा गाँव लिखूँगी?" यह किस्सा सुनकर नरगिस खूब हँसी। कार अभी भी दौड़ी जा रही थी।

बहावलपुर में पहुँच कर मैंने इरशाद अमीन को फोन किया और हम उसी होटल में पहुँच गए जहाँ सब ठहरे थे। मुझे छोड़ कर सलमा चोलिस्तान कौंसिल चली गई, जहाँ उसे रात के सांस्कृतिक कार्यक्रमों की तैयारी करनी थी। सलमा ने जाते वक्त मुझसे कहा—"आज बुल्ले शाह सुनाऊँगी। समय पर आ जाना।"

मैंने कहा—"ठीक है।"

होटल में सब लोग इरशाद अमीन के कमरे में बैठे थे। मुझे देखते ही रोहन बोला—"आइए, जनाब आइए। हमारी यात्रा के हीरो तो आप ही हैं।"

मैंने मजाक किया—"तो फिर आप क्या विलेन हैं?" इस पर सब लोग जोर से हँसे।

इरशाद ने कहा कि "अब सब अपने-अपने कमरे में आराम कर सकते हैं। शाम को 7 बजे सांस्कृतिक कार्यक्रमों में चलेंगे।"

मैं महेन्द्र के साथ एक कमरे में आ गया। मुझे चाय की तलब लगी थी। कमरे से इन्टरकॉम पर मैंने चाय का आदेश दिया। तभी हमारे कमरे में श्वेता आ गई। वह बोली—"मधुकरजी आपने चाय पी ली क्या?"

मैंने कहा—"अब पिएँगे।"

उसने कहा—"मेरी चाय का भी ऑर्डर दे दो, मैं आपके खाने के लिए कुछ लाती हूँ।" इसके साथ ही वह कमरे से चली गईं। मैंने एक और चाय का ऑर्डर दे दिया। महेन्द्र बोला—"यार आप में क्या बात है? आपके लिए श्वेता खाने के लिए कुछ ला रही है। हमारे लिए तो कभी नहीं लाई।"

मैंने कहा—"उसे मालूम है, आप भी यहाँ बैठे हो, तो आप नहीं खाओगे क्या? अकेले मेरे लिए थोड़े ही कुछ ला रही है।"

इसी बीच श्वेता आ गईं। वह घर से बनाई हुई मठरियाँ लाई थी। एक अन्य पैकेट में नमकीन भुजिया थी। मठरियाँ बहुत स्वादिष्ट थीं। श्वेता बोली—''मैं घर से खुद बनाकर लाई हूँ।''

मैंने कहा—''मठरी वास्तव में बहुत खस्ता और स्वादिष्ट है। इसके लिए आपको शुक्रिया।''

श्वेता ने कहा—''वेलकम मधुकरजी। इट्स एनटायरली माई प्लेजर।''

श्वेता को हमने देखा था कि खाने में हर सब्जी के लिए बार-बार पूछती थी—''इसमें क्या है, इसमें क्या है?'' नॉनवेज से वो डरती थी।

मैंने उससे कहा—''आज रात को डिनर पर मैं भी आपको सरप्राइज दूँगा।''

वो बोली—''क्या?''

मैंने कहा—''बता दिया तो फिर सरप्राइज क्या रहा? रात को ही पता चलेगा।''

चाय पीने के बाद श्वेता चली गई। हम बिस्तर पर लुढ़क गए।

रात को हम सांस्कृतिक कार्यक्रम में पहुँचे तो हमारा ढोल-नगाड़ों से स्वागत किया गया। माइक पर घोषणा की गई कि हिन्दुस्तान के कुछ खास मेहमान इस कार्यक्रम को देखने आए हैं। लोक कलाकारों ने तरह-तरह के रंग-बिरंगे कार्यक्रम पेश किए। फिर सलमा का नम्बर आया। सलमा ने पहले वारिस शाह का एक शे'र सुनाया तो हीर और रांझा के इश्क का जुनून सिर पर चढ़ कर बोला—

वारिस शाह मथानी है हीर जेही
इश्क दही दा घयी नितारना ई

(हीर एक मथानी की तरह है, जो इश्क की दही को बिलो कर घी निथार रही है)

इसके बाद सलमा ने कहा—''बहावलपुर बुल्लेशाह की नगरी है। इसी धरती पर उनका जन्म हुआ था। आज उन्हें सुन लीजिए।''

सलमा ने पहले बुल्लेशाह का एक दोहा सुनाया—

मन्दिर ढहा दे
मस्जिद ढहा दे
ढहा दे सब कुछ
जो भी ढहंदा
इक किसे दा
दिल न ढहावीं
रब्ब दिलां विच रहंदा।

इस पर सबने तालियाँ बजाईं।

रिनाला खुर्द

इसके बाद हारमोनियम के स्वर तेज होने लगे। ढोलक गरजने लगी। इकतारा से निकले सुर नदी की धारा की तरह बहने लगे और सलमा ने बुल्लेशाह के एक गीत का तरन्नुम छेड़ा—

कोई केहन्दा 'ओ' दूर वसेन्दा
कोई केहन्दा 'ओ' रहन्दा नेड़े

कोई केहन्दा ओ पत्थरां दे विच
कोई कहे विच बोले मेरे

कोई केहन्दा ओ जंगल मिलदा
कोई कहे विच मिलदा हनेरे

बुल्लेशाह मेरा यार तां ऐसा
ओ दिसदा चार चुफेरे

(कोई कहता है कि 'वह' दूर बसता है, कोई कहता है तुम्हारे करीब ही रहता है, कोई कहता है वह पत्थरों में है, कुछ कहते हैं कि वह मेरे अन्दर ही है, कोई कहता है वह जंगल में मिलता है, कोई कहता है कि वह अँधेरे के भीतर रहता है, बुल्लेशाह कहते हैं, मेरा यार तो ऐसा है, जो सब जगह रहता है, चारों तरफ दिखता है।)

लोगों ने बुल्लेशाह के इस सूफी गायन पर जम कर तालियाँ बजाईं। उदात्त प्रेम का रस लोगों को अन्दर तक भिगो गया था। सलमा ने चोलिस्तान के लोकगीत गाए और खूब तालियाँ बटोरीं। फिर उसने कहा—"हमारे चोलिस्तान के ठीक पीछे राजस्थान का रेगिस्तानी इलाका है, जहाँ से रेशमा पाकिस्तान आई थीं। अब उनका एक गीत सुनाती हूँ जो हमारे मेहमानों की नज़्र है।" सलमा ने बहुत मधुर और खनकती आवाज में सुनाया—'अंखियाँ नूँ रेहण दे, अंखियाँ दे कोल-कोल।' मुझे याद आया कि इन्हीं पंक्तियों से राजकपूर की फिल्म 'बॉबी' में हिन्दी गाना बना था—'अंखियों को रहने दे, अंखियों के आस-पास।' देर रात तक कार्यक्रम चलते रहे।

सांस्कृतिक कार्यक्रम खत्म होने के बाद जब हम लॉन में एक जगह आ कर कुर्सियों पर बैठे, तो तेरह-चौदह साल का एक लड़का मेरे पास आया। लड़के ने मुझसे कहा—"आप इंडिया से आए हो?"

"हाँ"—मैंने कहा, और उसे अपने पास एक कुर्सी पर बैठा लिया।

उसके हाथ में एक बड़े आकार की कॉपी थी। वह बोला—"यह मेरी ड्राइंग शीट है। आपको मैं अपने कुछ चित्र दिखाना चाहता था।"

"दिखाओ"—मैंने कहा।

उसने ड्राइंग शीट मेरे हाथ में थमा दी। मैंने उसके पन्ने पलटने शुरू किए—पहले पेज पर पेन्सिल और रंगों से बनाया जवाहरलाल नेहरू का पोर्ट्रेट था। फिर अमिताभ बच्चन की तसवीर। महात्मा गांधी भी थे। एक तसवीर में लहलहाते खेत थे और दूर एक झोंपड़ी नजर आ रही थी। आगे एक और पन्ना पलटा तो मैं चौंका। एक लड़की का चीर हरण किया जा रहा था। द्रौपदी की तरह। ब्लाउज की बाजू फट गई थी। एक आदमी लड़की के बाल पकड़कर खींच रहा था। आस-पास भीड़ में कुछ लठैत भी थे, जो शान्त खड़े देख रहे थे।

मैं आगे बढ़ा। अगले पन्ने पर एक बूढ़ा आदमी था। खिचड़ी बाल। मैले-कुचैले कपड़े। बंडी और धोती। हाथ में पत्थर लिए हुए था। आगे कुछ सामान्य तसवीरें थीं।

मैंने लड़के से पूछा—"तुम्हारा नाम क्या है?"

उसने बताया—"हसन ठुकराल।"

मैंने कहा—"ठुकराल तो हमारे यहाँ हिन्दू पंजाबी होते हैं।"

वो बोला—"हम हिन्दू हैं।"

"तो फिर हसन नाम क्यों रखा।"

"ऐसे नाम रखने से यहाँ जीना आसान हो जाता है।"

"घर में कौन-कौन हैं?"

"मैं और मेरी माँ।"

"और कोई नहीं है?"

"मेरी एक बहन थी, जिसकी तसवीर आपने देखी।"

"क्या हुआ उसे?"

"गुंडे घर आए थे। उसको बालों से पकड़कर घसीटते हुए एक गाड़ी में बैठाकर ले गए। मेरी बहन बहुत सुन्दर थी।" उसकी आँखों में पानी आने लगा था।

"फिर?"

"फिर उसकी लाश ही मिली। इस घटना के बाद पिताजी पागल हो गए। बाद में एक दिन उनकी मौत हो गई।"

"माँ क्या करती है?"

"घरों में काम करके मुझे पढ़ा रही है।"

"आप यहाँ कैसे आए?"

"मैंने अखबार में पढ़ा था कि इंडिया से कुछ मेहमान आज सांस्कृतिक कार्यक्रम में आएँगे। इसलिए यह ड्राइंग शीट लेकर आ गया। हम बहावलपुर के पास एक छोटी सी बस्ती में रहते हैं।"

"अब वापस कैसे जाओगे?"

"मेरे गाँव के कई लोग यह कार्यक्रम देखने आए हैं। उनके साथ पैदल वापस जाऊँगा।"

"हम से आप क्या मदद चाहते हैं?"

"कुछ नहीं।"

उसने अपनी ड्राइंग शीट एक थैले में डाली और चल दिया।

मैंने उसे बुलाया—"सुनो तो।"

वह वापस लौटा।

मैंने कहा—"कुछ पैसे ले जाओ, काम आएँगे।"

"नहीं, वो नहीं चाहिए।"

वो दोनों आँखों से आँसू पोंछते हुए निकल गया।

यह लड़का नदी की शान्त लहरों की तरह मेरे पास आया था, लेकिन जब गया तो सवालों के तूफान पीछे छोड़ गया। मैं समझ नहीं पा रहा था कि मुझे क्या करना चाहिए। मेरे पास बैठे सभी साथी आपस में गुफ्तगू में व्यस्त थे।

इरशाद ने मुझसे पूछा—"क्या मसला था?"

मैंने इरशाद को बताया तो उसने कहा—"हाँ, ऐसे अपराध भी होते हैं। मानव अधिकार संस्थाएँ इनके खिलाफ काम करती हैं, लेकिन अपराध रुकते नहीं हैं।"

जगमग रोशनी और रंग-बिरंगे लिबासों से सजा लॉन अब उजड़ चुका था। लोग जा चुके थे और लॉन वीरान हो गया था। एक तरफ तन्दूर जल रहा था। खाना बनाने वाले और कैटरिंग के कर्मचारी ही बचे थे। वे अपने खाने की तैयारी में जुटे थे। हम उनके पास आ गए। हमने वहीं कुर्सी-टेबलें लगाईं और खाना खाने बैठ गए। मैंने तन्दूर में अपने साथ लाई दाल तड़का गर्म कराई और लोगों के बीच बाँट दी। सब लोग दाल की तारीफ कर रहे थे, लेकिन रोहन से नहीं रहा गया। उसने मेरे ऊपर तंज कसा—"क्या यार, पाकिस्तान में आकर भी घास-फूस खा रहे हो।"

इस पर हरीश मलिक बोला—"नहीं यार बड़ी चंगी माँ दी दाल है।"

श्वेता बोली—"इसमें अदरक का फ्लेवर जबरदस्त है।"

तब महेन्द्र ने रोहन पर दहला मारा—"वो तो सब ठीक है, लेकिन बन्दर क्या जाने अदरक का स्वाद।"

इस पर सन्नाटे भरे लॉन में सबके ठहाके गूँजे। रोहन मायूस बना बैठा रहा।

सुबह हमें बहावलपुर में एक-दो स्थान देखकर मुल्तान के लिए रवाना होना था। बीकानेर के पिछवाड़े बसे बहावलपुर में हमें यह देखकर अच्छा लगा कि वहाँ एक गेट का नाम बीकानेर गेट था। हालाँकि कुछ साल पहले इसका नाम बाबा

फरीद गेट रख दिया गया था, लेकिन ज्यादातर लोग अब भी इसे बीकानेर गेट ही कहते थे। मुझे लगा, पुराने नाम आसानी से मिटते नहीं हैं। दूसरी खुशी हमें तब हुई, जब एक उद्घाटन पत्थर पर 'इंडिया' लिखा हुआ देखा। यह बहावलपुर की सेन्ट्रल लाइब्रेरी थी, जिसमें एक लाख से ज्यादा पुस्तकें हैं। इसकी उद्घाटन शिला पर लिखा था—'फाउंडेशन स्टोन लेड बाई एच.ई. सर रूफस डेनियल इसाक्स, वायसराय एंड गवर्नर जनरल ऑफ इंडिया ऑन 8 मार्च, 1924।'

इस लाइब्रेरी में एक पुस्तक के कवर पेज पर डाक विभाग का मोहर लगा एक ऐसा लिफाफा छापा गया था, जिस पर जिन्ना का अंग्रेजी में पता लिखा था—'मि. मोहम्मद अली जिन्ना, 10, औरंगजेब रोड, नई दिल्ली।' जिन्ना के पत्रों को लेकर हाकिम मोहम्मद के सम्पादन में यह किताब छपी थी, जिसे शीशे की एक अलमारी में डिसप्ले किया हुआ था। पाकिस्तान में इंडिया और नई दिल्ली का लिखा हुआ देखना सुखद लगा।

सलमा ने सुबह ही ऐलान कर दिया था कि उसके पास अभी कुछ दिन कोई काम नहीं है और वह मुझे लाहौर बॉर्डर तक छोड़ कर आएगी। हमारे मेजबान इरशाद अमीन ने इसकी इजाजत दे दी। सलमा ने मुझसे कहा—''मैं घरे जाके भी कांई धन-धन कर लूँगी? मेरो इकल्ली को वैसे ही मन नांय लगे।'' हमें मुल्तान होते हुए लाहौर पहुँचना था।

मैं और सलमा टैक्सी में ही सफर कर रहे थे। बहावलपुर के पास ही हड़प्पा है। हम वहाँ गए तो सिन्धु घाटी की सभ्यता ने हमारा बाँहें फैला कर स्वागत किया। खुदाई का यह विशाल क्षेत्र था, जिसमें बड़े-बड़े नगर दिखाई देते थे। यहाँ घूमना किसी प्राचीन शहर की दाएँ-बाएँ मुड़ती गलियों में घूमने जैसा ही था। हर गली के बाद एक नया मोहल्ला। वीरान, मानवविहीन मोहल्ला। जैसे अभी-अभी कुछ लोग मोहल्ले छोड़कर कहीं चले गए हैं, और पीछे रह गई श्मशान जैसी शान्ति। खुदाई में मिले अवशेषों से स्पष्ट था कि कभी यहाँ की इमारतें बेहद बुलन्द थीं। मुझे लगा, भारत-पाक के बाशिन्दों की रही-सही स्मृतियाँ भी एक दिन इसी तरह मिट्टी के टीलों में दफन होकर रह जाएँगी। मौजूदा पीढ़ी में फिर भी एक-दूसरे देश से लोग अपनी स्मृतियों से जुड़े हुए हैं, लेकिन आने वाली पीढ़ी इन भावकुताओं से आजाद हो जाएगी, तब क्या होगा? अभी तो हालत यह है कि हड़प्पा में इंजमाम हुसैन नाम के एक शख्स मिले तो वे बोले—''मेरे पिता लाहौर में थे और मेरी माँ पटियाला से शादी के बाद यहाँ आई थीं। विभाजन के बाद मेरा ननिहाल वहीं रह गया। यह मेरे बाप की जमीन है, वो मेरी माँ की जमीन है। फर्क क्या है?'' अपनी कल्पना

में मैं इन भावनाओं को हड़प्पा में तब्दील होते देख रहा था। पेड़ों से छन कर आने वाली धूप कमजोर होने लगी थी।

बहावलपुर से चले हमें कोई दो घंटे हो गए थे। मुल्तान आने वाला था। सामने सड़क पर लगे एक संकेत बोर्ड पर मैंने कोट अद्दू का नाम देखा। मैंने सलमा से पूछा—''सामने देख, ये कोट अद्दू का रास्ता है। कुछ याद आया? कोट अद्दू का नाम सुना है?''

''हाँ कुछ याद आ रहा है। नाम तो सुना है।''

''शेर-ए-पंजाब कहलाने वाले पंजाब के मुख्यमंत्री रह चुके मुस्तफा खर का यह पैतृक गाँव है। उनकी पत्नी तहमीना दुर्रानी ने अपनी किताब 'माई फ्यूडल लॉर्ड' में लिखा है कि मुस्तफा खर ने उसके दोनों बच्चों का लन्दन से अपहरण कर उन्हें अपने इसी गाँव कोट अद्दू में ला कर छोड़ दिया था। तुमने इस किताब के बारे में कभी सुना है?''

''हाँ, सुना है। आपको मैं बता दूँ कि यह किताब छपने के बाद पाकिस्तान में अब कोई लड़की बगावत करती है तो उससे कहा जाता है—'तू क्या तहमीना दुर्रानी बनना चाहती है?' एक बार अरबाज ने भी मुझसे कहा था—'तू तहमीना दुर्रानी बनने की कोशिश कर रही है क्या?' तब मैंने उससे कहा था—'बनना तो चाहती हूँ लेकिन बन नहीं पा रही। मैं तहमीना दुर्रानी हूँ या नहीं, लेकिन तू मुस्तफा खर जरूर है।' इस पर उसने मेरी खूब पिटाई की। पाकिस्तान में आज भी घर-घर में न जाने कितनी तहमीना दुर्रानी जुल्मो सितम की जिन्दगी जी रही हैं और अपने वजूद की लड़ाई लड़ रही हैं।''

मैंने कहा—''सलमा, राजनेता अपने घर के मसलों को भी किस तरह राजनीति में बदल देते हैं इसकी यह एक बेहतरीन मिसाल है। बच्चों के अपहरण के बाद जब तहमीना दुर्रानी तब के राष्ट्रपति जिया उल हक से मिलीं तो मुस्तफा खर ने अखबारों में बयान दिया—'मैं बच्चों को इसलिए पाकिस्तान लाया हूँ ताकि वे पश्चिमी देशों की खराब आदतें नहीं सीखें बल्कि पाकिस्तान में रह कर अपने मादरे वतन की तालीम और तहजीब सीखें।' इसके बाद जिया उल हक ने भी हाथ पीछे खींच लिए थे।''

सलमा ने कहा—''अच्छा, यह बात मुझे पता नहीं थी।''

मैंने कहा—''कोट अद्दू का एक दिलचस्प वाकया मुझे याद आया। अपन तो गाँव में ही पैदा हुए हैं, लेकिन उनकी सोचो, जो बच्चे लन्दन में पढ़ते थे, उन्हें अचानक एक छोटे से गाँव में ला कर पटक दिया तो उन पर क्या बीती होगी?

"तहमीना दुर्रानी ने अपनी किताब में लिखा है कि बच्चों से उनकी केवल एक बार उनके जन्मदिन पर टेलीफोन से बात कराई गई, तब बच्चे कह रहे थे—मम्मी हम कहाँ आ गए, यहाँ मक्खियाँ बहुत हैं।"

सलमा ने हँसते हुए कहा—"हाँ, शहर का आदमी तो गाँव की मक्खीन में नांय रह सकें।"

"दरअसल तहमीना दुर्रानी पाकिस्तान में पुरुष प्रतिरोध की प्रतीक बन गई थी, लेकिन सलमा जैसी बहुत सी स्त्रियाँ पाकिस्तान में आज भी दोजख की जिन्दगी जीने को मजबूर हैं। हमारे देश हिन्दुस्तान में ही महिलाओं पर कौन से कम अत्याचार होते है?"

मैंने कार में बैठे-बैठे एक सैनिक के सेल्यूट करने की मुद्रा में अपने हाथ का पंजा मस्तक पर लगाया और सलमा की तरफ देखा।

सलमा ने कहा—"मुझे सेल्यूट क्यों कर रहे हो?"

मैंने कहा—"मैं तुम्हें ही नहीं, पाकिस्तान की हर संघर्षशील स्त्री को सलाम करता हूँ।" सलमा की आँखों में पानी तैरने लगा था।

मुल्तान आने वाला था। गरमी अपने परवान पर थी और रास्ते में धूल उड़ रही थी। सलमा ने मुझे बताया—"मुल्तान को सूफी सन्तों की नगरी कहा जाता है। मुल्तान के बारे में मशहूर है—

मुल्तान एमा वजन्नते आला
बराबर अस्त, आहिस्ता पा बने
कि मुलक सिजदा मी कुनद

मैं चौंका—"ऐं, ये कौनसी भाषा बोली सलमा?"

"ये सिरायकी है।"

"अरे वाह! यार सलमा, तेने तो कमाल कर दित्ता। क्या मतलब है इसका?"

इसका मतलब है—"ये मेरी जन्नत की धरती है, यहाँ धीरे-धीरे पैर रखना, क्यों कि फरिश्ते सजदा कर रहे हैं।"

"ओहो, क्या बात है। यह सुनकर तो मजा आ गया। तो हम एक पवित्र शहर में जा रहे हैं।"

इसी बीच थोड़ा आगे चले तो मुझे सलमा से एक मजाक करना सूझा। मैंने उससे कहा—"तुम्हारी बहन आने वाली है।"

वो चौंकी—"कौन-सी बहन?"

"तुम नहीं समझोगी, यार।"

"तो समझाओ ना फिर।"

"मुल्तान के पास चिनाब नदी बहती है, वह आने वाली है।"

"तो मेरी बहन कहाँ है?"

"तुम्हें देखकर मुझे हमेशा पंजाबी गीत की यह पंक्ति याद आती है—'जदों टुर दी, चनाब वंगो वग दी...।' तुम जब चलती हो तो चिनाब नदी की तरह बहती नजर आती हो। फिर चिनाब तुम्हारी बहन हुई कि नहीं?"

"हम्बे।" बहुत दिनों बाद बगड़ का यह शब्द सुना। इस मजाक पर सलमा ने मेरे हाथ पर जोर से अपना हाथ मारा।

मुल्तान के एक तरफ सतलुज नदी बहती है जो मुलतान से बहावलपुर को अलग करती है और दूसरी ओर चिनाब नदी बहती है।

मैंने सलमा से कहा—"यार, नदी कोई भी हो, चाहे टेम्स नदी ही क्यों न हो, ये शहरों को एक दूसरे से अलग कर देती हैं, बाँट देती हैं। ये बड़ी तकलीफ की बात है। मुझे नदियाँ जुदाई के गीत की तरह लगती हैं।"

इस पर सलमा ने कहा—"नहीं, ऐसा नहीं है। नदियाँ तो सुकून देती हैं। नदी को पार किया जा सकता है। नदियाँ बाँटने का काम नहीं करती, बाँटने का काम कंटीले तारों की बाड़ करती है। नदियों में तो तैर कर भी एक तरफ से दूसरी तरफ हम जा सकते हैं, लेकिन लोहे के काँटों की बाड़ को तैर कर पार नहीं किया जा सकता। बाड़ के काँटे दिल में चुभते हैं।"

मुझे लगा सलमा सही कह रही है। नदी को काँटों की बाड़ भी नहीं रोक सकती। लोहे की यह दीवार सलमा को दुश्मन की तरह लग रही थी, जो उसे उस पार जाने से रोकती है। मैंने सलमा से कहा, "तुम ठीक कहती हो। लोहे की बजाय पानी की दीवार ज्यादा अच्छी है। शीतल और पारदर्शी दीवार। लोहे के पार तो झाँक भी नहीं सकते।"

मुल्तान जब आने लगा तो हमें सड़क से ही आमों के बड़े-बड़े बाग दिखाई देने लगे। पेड़ों पर आम लटक रहे थे। कुछ ही देर में मुल्तान शहर आ गया। हम एक होटल में पहुँचे। वहाँ संयोग से हमारी मुलाकात एक इतिहासकार डॉ. जहूर बख्श धरेजा से हुई। उनके साथ हमने होटल में ही बैठक जमाई। बातचीत शुरू हुई तो जहूर बख्श बोले—"कभी मुल्तान-दिल्ली ग्रांट रोड दुनिया का सबसे बड़ा रोड होता था। इस सड़क के रास्ते को फिर से खोला जाना चाहिए। मुल्तान कोई तीन हजार साल पुराना शहर है, जो दुनिया के चन्द प्राचीन शहरों में से एक है। शहर में आज भी कई पुरानी इमारतें मौजूद हैं। लोग उन दिनों को याद करते हैं जब मुल्तान में बन्दरगाह होता था और दरिया में जहाज चलते थे।" डॉ. जहूर बख्श हमारे सामने मुल्तान के इतिहास के पन्ने खोल रहे थे। उन्होंने बताया—"यहाँ चन्द्रगुप्त मौर्य का शासन था। पाणिनी इसी धरती का था और चाणक्य भी इसी बेल्ट का था। राम ने जहाँ वनवास काटा, उसमें यहाँ की धरती भी शामिल है। महाभारत युद्ध के समय यहाँ कटोच्छ

राजाओं का शासन था और यह जिगार्ता राज्य की राजधानी थी। कटोच्छ राजाओं के एक गोत्र 'कश्यप' पर इसका नाम पहले कश्तपुर होता था। यहाँ 1817 में नवाब मुजफ्फर खान को महाराजा रणजीत सिंह की सेना से युद्ध में अपने सात पुत्रों की जान गँवानी पड़ी थी और बाद में खुद युद्ध में मारे गए थे। इसके साथ ही मुल्तान में मुस्लिम शासन समाप्त हो गया था। बाद में बँटवारे में यह पाकिस्तान के हिस्से में आया।''

मैंने डॉ. जहूर बख्श से कहा—''मुल्तान का भूगोल कुछ ऐसा है कि यह चिनाब जैसी नदी के किनारे बसा है, कई नहरें बहती हैं, आमों के हरे-भरे बगीचे हैं, फिर भी यह शुष्क क्षेत्र है, तेज गर्मी पड़ती है, रास्तों में धूल उड़ती रहती है। जब यहाँ बन्दरगाह था, तब किस तरह का भूगोल रहा होगा? इस भौगोलिक बदलाव पर कुछ रोशनी डालेंगे?''

डॉ. जहूर बख्श ने कहा—''जुग्राफिया मुझे नहीं आता जी।''

इस बीच श्वेता आई। उसने पूछा—''क्या चल रहा है?''

इरशाद ने कहा—''इतिहास और भूगोल की मुलाकात हो रही है।''

इसके बाद हम मुल्तान शहर में घूमने निकल गए। मुल्तान में हमने एक ध्वस्त मन्दिर देखा। भक्त प्रहलाद का यहाँ कोई ढाई हजार साल पुराना एक मन्दिर था। बरसों से यह मन्दिर एक मस्जिद के पास था, लेकिन जब भारत में बाबरी मस्जिद का विध्वंस हुआ तो यह मन्दिर भी मलबे में बदल गया। जीर्ण-शीर्ण मन्दिर और मलबे को हमने देखा। मन्दिर के नाम पर केवल टूटी-फूटी दीवारें बची थीं। मलबे का ढेर अभी भी पड़ा था।

मुल्तान में हम एक सड़क से गुजरे तो वहाँ देखा कि पिंजरे में कैद तोते और चिड़ियाएँ बेची जा रही थीं। इनमें जावा और इंडोनेशिया की चिड़ियाएँ भी थीं। ताहिर नाम का एक युवक 150 से 300 रु. जोड़ी चिड़िया बेच रहा था। सलमा बहुत देर तक वहाँ खड़ी होकर चिड़ियाओं को देखती रही। शायद उसे पिंजरे में कैद चिड़ियाओं का दर्द सता रहा था। बाद में शहर में घूमघाम कर हम वापस होटल आ गए।

शाम को मैं अपने कमरे से होटल की लॉबी में आया तो सामने ही श्वेता मिल गई। बोली—''और मधुकर जी क्या हाल हैं?''

मैंने कहा—''लगभग ठीक हूँ।''

''लगभग क्यों?''

''मेरे खयाल से इस दुनिया में सम्पूर्ण रूप से तो कोई भी ठीक नहीं होगा?''

श्वेता खिलखिला कर हँसी। फिर हम लॉबी में ही सोफों पर बैठ गए। श्वेता बोली—''आपके लिए चाय मँगाऊ?''

मैंने कहा—''मँगा लो। पीते हैं।''

श्वेता ने मजाक किया—"हाँ, वैसे भी अभी तो चाय पीने का ही समय है। रात को तो पता नहीं आप क्या-क्या पीते हो?" इसके साथ ही श्वेता ने चाय का ऑर्डर दे दिया।

मैंने कहा—"रात को आप भी आ जाया करो।"

"आपके पास फुरसत ही कहाँ होती है?"—वह बोली।

"अरे आप आइए ना। आपके लिए फुरसत ही फुरसत है।"

"रहने दीजिए।"

"रहने दिया।"

"क्या रहने दिया?"

"क्या रहने दूँ?"

श्वेता हँसी। फिर बोली—"आपकी हालत तो बीएसएनएल जैसी हो गई है।"

"क्या मतलब?"

"जब डायल करो, तब एक ही आवाज आती है—इस रूट की सभी लाइनें व्यस्त हैं।"

"ऐसा कुछ नहीं है।"

"आप हमारी तरफ ध्यान ही नहीं देते।"

"नहीं, मैं ध्यान रखता हूँ।"

"थोड़ा सा!" श्वेता की आँखों में थोड़ी शरारत थी और थोड़ा प्यार। उसके चेहरे पर मुस्कान थी और मैंने घूर कर देखा तो वह खिलखिलाहट में बदल गई।

मैंने कहा—"आपने कैसे नापा-थोड़ा सा। आपकी नापने वाली मशीन गड़बड़ है।"

"मैं रोज नापती हूँ।"

"यही तो दिक्कत है। यह रोज नापने की चीज नहीं है।"

मैं जोर से हँसा। हमने चाय पी ली थी। तभी सामने से सलमा आती दिखाई दी। श्वेता ने मेरे कान के पास आ कर कहा—"चलिए अब। आपकी फेविकोल आ गई।"

मैं कुछ कहना चाहता था, लेकिन वहाँ से उठ गया। इरशाद ने सलमा के लिए अलग कमरा दिला दिया था। रात को हमने होटल में ही खाना खाया और सो गए। अगले दिन हमने शहर के कुछ ऐतिहासिक स्थल देखे और लाहौर के लिए रवाना हो गए। मुल्तान में केवल इतना ही वक्त गुजरा।

इस सफर में सलमा के साथ बीत रहे दिन मेरे जीवन के अब तक के सबसे यादगार क्षण थे। मेरे लिए जीवन का यह सबसे बड़ा उपहार था। सलमा की मौजूदगी मेरे

लिए उस संगे मील की तरह थी, जिन्दगी के सारे रास्ते जिससे होकर गुजरते हैं। बचपन में जो मैं सपना देखता था, वह इस तरह पूरा होगा, कभी सोचा नहीं था। मैं अब सलमा को खोना नहीं चाहता था, लेकिन यह कैसे होगा, समझ नहीं पा रहा था। सलमा भी इसी उधेड़बुन में थी। अरबाज का खयाल आते ही उसकी रूह काँपने लगती थी।

हाई-वे पर हमारी गाड़ी दौड़ रही थी और दूर तक दिखने वाले खेत, दरख्त बहुत अच्छे लग रहे थे। कार में एसी होने की वजह से तकलीफ नहीं थी, लेकिन बाहर बहुत तेज गर्मी थी। झुलसा देने वाली गर्मी। ड्राइवर ने मेरे कहने से मुलतान से हिन्दी फिल्मों के पुराने गानों और गजलों की सीडी खरीद ली थीं, जो वहाँ बड़ी आसानी से मिल गई थीं। मैंने ड्राइवर से सीडी लगाने को कहा तो कार में संगीत की स्वर लहरी बह निकली। यह जगजीत सिंह की गजल थी—'तुम को देखा तो ये खयाल आया, जिन्दगी धूप तुम घना साया...।' मुझे लगा बाहर बहुत तेज धूप हमारे साथ चल रही थी, लेकिन भीतर मेरे साथ सलमा का साया था। पेड़ की शीतल छाँव की तरह सुकून देने वाला साया। सलमा का साथ गर्मी के इस मौसम में ठंडी फुहार की मानिन्द लग रहा था। तभी सलमा बोली—''आपके लिए मैं एक गाना सुनाती हूँ।''

मैंने कहा—''अरे, वाह। सुना यार।'' मौके का कोई गाना शायद उसे याद आ गया था। मैंने ड्राइवर से म्यूजिक सिस्टम बन्द करने को कह दिया।

सलमा ने एक छोटा सा अलाप लिया और शुरू हो गई—

तू जहाँ-जहाँ चलेगा, मेरा साया साथ होगा
मेरा साया, मेरा साया...
मैं अगर बिछड़ भी जाऊँ, कभी मेरा गम ना करना
मेरा प्यार याद करके, कभी आँख नम ना करना
तू जो मुड़ के देख लेगा, मेरा साया साथ होगा
मेरा साया...मेरा साया...।

सलमा की मधुर और कशिश भरी आवाज ने गाने को सीधे दिल तक पहुँचा दिया था। गाना खत्म होते-होते उसकी आँखें नम हो गई थीं। मेरे दिल-दिमाग पर भी एक उदासी सी छा गई। बहुत देर तक हम दोनों चुप बैठे रहे। उदासी की छाया में गुमसुम।

मैं भविष्य के सपने बुनने में लगा था। सलमा भी शायद ऐसा ही कुछ सोच रही थी। उसने पूछा—''मैं हिन्दुस्तान आई तो अपन कहाँ रहेंगे?''

''जयपुर में ही रहेंगे।''

''फिर मेरी सिटिजनशिप का क्या होगा?''

"पता कर लेंगे। वैसे शादी के बाद तो सिटिजनशिप मिल जानी चाहिए। फिर तुम तो वैसे भी बगड़ की हो।"

"मैं फिर जयपुर में क्या करूँगी?"

"मैंने इस बारे में सोचा था। तुम कोई संगीत संस्था भी चला सकती हो।"

सलमा ने कहा—"मैं कुछ और सोच रही थी।"

मैंने पूछा—"क्या?"

सलमा बोली—"मैं बेशक कम पढ़ी-लिखी हूँ, लेकिन चाहती हूँ कि अपने मेवात में लड़कियों की पढ़ाई के लिए कुछ किया जाये। संगीत उसका एक हिस्सा हो सकता है। मेवात में लड़कियाँ तो पढ़ती ही नहीं हैं। मैं सोचती हूँ कि यदि तहमीना दुर्रानी पढ़ी-लिखी नहीं होती तो वह अपने वजूद और इज्जत की लड़ाई जीत ही नहीं सकती थी।"

मैंने कहा—"अरे वाह! तुम ऐसा सोच सकती हो, इसका तो मुझे अन्दाज भी नहीं था। मेरे दिल में तुम्हारे लिए अब इज्जत और बढ़ गई है। बिलकुल यही करेंगे।"

मैं अब नये धागों से पुराने सपने फिर से बुनने लगा था। यह सपना खुली आँखों से बुना जा रहा था।

"चलो देखते हैं, इस पटपड़े[1] में क्या लिखा है?" सलमा ने एक आह भरी। फिर बोली—"हमारे यहाँ ऊ कहा करे हैं न अक मेव मरो जब जाणियो, जब चालीसो[2] हो जाए।"

मैंने कहा—"सब ठीक हो जाएगा चिन्ता मत करो।"

सलमा जैसे शून्य में कहीं खो गई। वह कुछ सोच में डूबी हुई लग रही थी।

मैंने सलमा से कहा—"पाकिस्तान हो या हिन्दुस्तान सब जगह सभी तरह के लोग होते हैं। तुम अरबाज की बात कर रही थीं, तुम्हें लड्डो का किस्सा पता है?"

"हाँ, आपने एक बार सुनाया था—वो कुएँ में गिरने जा रही थी।"

"क्यों जा रही थी?"

"यह मुझे नहीं पता।"

"मुझे भी नहीं पता था, लेकिन बचपन के उस दृश्य को मैं कभी भूलता नहीं था। बाद में, शायद तब मैं कॉलेज में आ गया था और एक बार छुट्टियों में बगड़ गया तो मैंने लड्डो से पूछा था—'लड्डो भैंण एक बात बता, अब तो या बात कू जमानो बीत गयो, पर वा टेम तू कुआ में पड़बा क्यूँ जा री हीगी?'

"फिर कांई बतायो वानै?"—सलमा ने उत्सुकता से पूछा।

---

1. पटपड़े : माथे
2. चालीसा : मरने के बाद चालीसवें दिन की रस्म (फातिहा) यानी मेव को मरा हुआ तब समझना चाहिए जब चालीस दिन पूरे हो जाएँ, वर्ना वह फिर जिन्दा हो सकता है

लड्डो मुझसे बोली—"अरे, भोत पुराणी बात हो गई। तू खे तो सुणाऊँ वा किस्सो ?

मैंने कहा—"हाँ, सुणा।"

लड्डो ने बताया कि उसकी रिश्ते में एक फूफी थी। लड्डो उस समय छोटी थी। फूफी जब भी घर आती तो लड्डो शैतानी करती, उसे छेड़ती। एक बार फूफी ने कहा—"तू आएगी तो मेरे ई घर। तब तोकू देखूँगी।"

लड्डो ने जवाब में कहा—"तेरे घर तो नांय आऊँ, चाहे मर जाऊँ।" संयोग कुछ ऐसा हुआ कि बाद में फूफी के घर से पैगाम आया और निकाह की बात पक्की हो गई। लड्डो ने आगे की कहानी कुछ इस तरह सुनाई—"मैंने घर वालान सू खूब मनो करो, पर वे नांय माना। निकाह की टेम मौलवी आ गयो। वाने मोसू कही—बोल बेटी, निकाह कबूल है ? मैंने कही—मोकू कबूल ना है या निकाह। मेरो तो या खेबो हो, घर में जैसे पहाड़ टूट के पड़ो। मौलवी ने कह दी—'या निकाह ना हो सके। मैं हूँनी सू उठ गई। पाछे मेरा बाप ने मेरे ऐसो झन्नाटेदार थप्पड़ मारो अक पहले तो आँखन के सामने तारा चमका और फिर अँधेरो सो छा गयो। मेरा बड़ा भाई ने भी मेरे खूब डुक्का मारा और मेरी बुरी तरह पिटाई कर दी। फिर मोकू मौलवी के सामने ले गया। पिटाई सू मेरो सारो शरीर दुख रो होगो। कसाइन की तरह मोकू मारो। आँखन में आँसू आ रा हागा। मौलवी ने फिर मोसू पूछी—बोल बेटी, निकाह कबूल है ? मैंने कही—मारा पीटी की कबूल है। मौलवी बोला—या निकाह नांय हो सके। मेरा बाप ने कही—क्यूँ नांय हो सके ? निकाह तो कबूल कर लियो न। मारा पीटी को होय चाहे कैसो भी होय।

मौलवी ने कहा—तुम खे रा हो तो ठीक है। और मेरो निकाह हो गयो। अब मोसू बदलो ले बा के मारे ससुराल वालान ने मेरे ऊपर जुल्म ढाबा शुरू कर दिया। मेरी रोज बात-बात पे धुनाई करता। फिर एक दिन जब मेरा आदमी ने मोलू पीटबा कू मेरे ऊपर हाथ उठायो तो मैंने जोर सू वाको हाथ गट्टा सू पकड़ लियो...।"

मुझे लड्डो की यह कहानी सुनते समय हावर्ड फास्ट का नायक स्पार्टकस याद आ गया। लड्डो का काला, लेकिन विश्वास से भरा चेहरा मुझे स्पार्टकस में बदलता नजर आ रहा था। मुझे लगा मेवों में आदि विद्रोह लड्डो ने शुरू कर दिया था।

"मैंने लड्डो से पूछा—'फिर कांई हुयो ?'

"वो बोली—फिर या हुयो अक मेरा आदमी को हाथ पकड़ के मैं दहाड़ी—अबके तेने मेरे ऊपर हाथ उठायो तो नूँ समझ ले, मैं तोए कच्चो ही चबा जाऊँगी। इसके बाद सब घर वालान ने मोकू मारपीट के घर सू निकाल दियो और कह दी कि चाहे कहीं कुआ खल्लड़ में जा के पड़ जा, पर अब घर मत आ जो। मैंने सोची पीहर जाऊँगी तो बाप भी मोकू नांय रखेगो। या नर्क सू तो अच्छो है कुआँ में जा

के पड़ जा। या मारे मैं कुआँ में पडबा जारी हीगी। लड्डो हँसी। अब आतंक की कोई लकीर उसके चेहरे पर नहीं थी।

"लड्डो ने कहा—बाद में तो दारीका बाबूजी का डर के मारे सूदा[1] हो गया। पाछे ससुराल में मोसू कोई ने कुछ नांय कही।" जमाना बीत चुका था। दर्द वक्त की तहों के नीचे दब गया था। इसलिए दुख भरी कहानी सुनाने के बावजूद लड्डो हँस रही थी। मैं सोच रहा था, क्या सलमा भी कभी ऐसे हँस पाएगी?

मैंने सलमा से कहा—"तुम पाकिस्तान के मर्दों की बात कर रही थीं न, इसलिए यह किस्सा मैंने सुनाया। सारी दुनिया में मर्द तो सभी एक ही बेल का तूमड़ा हैं।"

सलमा ने तुरन्त कहा—"नां, या बात नां है। सभी जगह सभी तरह के लोग हैं। तुम तो वा बेल का तूमड़ा ना हो।"

"मैं तो बगड़ की बेल को तूमड़ो हूँ।"—मैंने कहा तो सलमा जोर से हँसी। मैंने कहा—"यही तो मैं कह रहा था। दुनिया में सभी तरह के लोग होते हैं। अरबाज जैसे लोग पाकिस्तान में ही नहीं बसते, सभी जगह मिल जाएँगे। सभी जगह अच्छे लोग बिछड़ जाते हैं बुरे संग पड़ जाते हैं। सभी जगह अपने दूर हो जाते हैं पराए संग पड़ जाते हैं।"

सन्नाटा छा गया। गुमसुम बैठे रहे हम।

---

1. सूदा : सीधा

दूर तक यादें ही यादें हैं यहाँ तो आबाद
जाने क्या सोच के आ बैठे हैं वीराने में

—राजेश रेड्डी

खो गई जो मंजिलें

हम मुल्तान से चले तो पहले खनेवाल आया। हाई-वे के दोनों ओर दुकानें, कीचड़ देखकर एक बार तो लगा कि हम दिल्ली-जयपुर हाई-वे के कोटपूतली से गुजर रहे हैं। फिर मियाँ चन्नू आया। इसके बाद साहीवाल। मुझे सलमा ने बताया कि पहले इसका नाम मांटेगुमरी था जो अब साहीवाल हो गया। चाईजी से यह नाम मैं अक्सर सुनता था। मुझे याद आया कि फैज अहमद फैज को मांटेगुमरी की जेल में भी रखा गया था। मैंने सलमा से कहा—''फैज साहब ने मांटेगुमरी जेल में कुछ शे'र लिखे थे, जो बाद में काफी मशहूर हुए।''

सलमा ने कहा—''कुछ याद हैं तो सुनाओ।''

मैंने कहा—''हाँ, एक-दो शे'र मुझे याद हैं। सुनिये—

तेरे होंठों के फूलों की चाहत में हम
दार की खुश्क टहनी पे वारे गए
तेरे हाथों की शम्ओ की हसरत में हम
नीम-तरीक राहों में मारे गए

सलमा के हाथों ने मेरे कन्धे को हलके से छू दिया। मुझे ऐसा महसूस हुआ जैसे उसकी आँखों ने मेरे चेहरे का चुम्बन ले लिया। अपना मुँह कान के पास ला कर वह बोली—''आपको इतना याद रहता है?''

मैंने कहा—''कभी, कुछ याद रह जाता है।''

मांटेगुमरी के बाद अब रिनाला खुर्द आने वाला था। वही रिनाला खुर्द, जो ऐसा तोता था, जिसमें चाईजी की जान बसती थी। रिनाला खुर्द की यादें उनके दिल से कभी निकलती नहीं थीं। मिशेल का बाग उनकी यादों को हरा-भरा करता रहता था। ऐसा नोस्टेलजिया मैंने पाकिस्तान में भी बहुत देखा।

उनके किस्से सुन-सुन जिस मिशेल बाग के मुझे सपने आते थे। हम उसकी राह में थे। यादों की धूल उड़ती जा रही थी। चाईजी की बहुत याद आ रही थी।

हम रिनाला खुर्द तो पहुँच गए, लेकिन यह बताने वाला कोई नहीं था कि यहाँ चाईजी कहाँ रहती थीं। अभी यह कस्बे जैसा लगता था। चाईजी के समय तो यह गाँव जैसा ही रहा होगा। मुझे सलमा ने बताया कि अब यह ओकाड़ा जिले का तहसील मुख्यालय बन चुका है। काफी ढूँढ़ने से भी चाईजी के कोई निशान हमें वहाँ नहीं मिले। मिशेल का बाग देखने लायक था। मीलों तक फैला हुआ था। उसकी विशालता और भव्यता देखते ही बनती थी। इसे देखकर ही समझ में आया कि चाईजी को यह बाग क्यों याद आता था। बाग में मीलों तक फैले दरख्तों के विशाल कुंजों पर नजर पड़ी तो लगा फलों से लदे-फदे कम्बख्त यही वो पेड़ हैं जो चाईजी की यादों को झिंझोड़ते रहते हैं। अब तो वहाँ एक बड़ी फैक्ट्री लग गई थी, जिसमें फलों के तरह-तरह के उत्पाद बनते थे। अचार, मुरब्बे और पता नहीं क्या-क्या। हमें वहाँ फैक्ट्री में एक अफसर ने बताया—"ब्रिटिशकाल में 1933 में इसकी स्थापना फ्रांसिस जे. मिशेल नाम के एक अंग्रेज ने की थी। अब इसे पाकिस्तान सरकार चलाती है, और इसका नाम हो गया—मिशेल्स फ्रूट फार्म्स लिमिटेड। इससे हर साल करोड़ों रुपये का राजस्व प्राप्त होता है। यह करीब 8 किमी क्षेत्र में फैला है।"

मुल्तान में जब मैंने बताया था कि मैं अपनी माँ की जमीन देखने के लिए थोड़ी देर रिनाला खुर्द रुकूँगा तो हमारे एक साथी हरीश मलिक ने मुझे एक किस्सा सुनाया था। उसने कहा—"दिल्ली में मेरे पड़ोस में मोहिन्दर मिन्हास नाम के एक 80 साल के वृद्ध रहते हैं। वे जब 18 साल के थे तब रिनाला खुर्द छोड़कर हिन्दुस्तान आ गए थे। उन्हें जब पता चला कि मैं पाकिस्तान जा रहा हूँ तो वे रिनाला खुर्द के बारे में बहुत सी बातें बताते रहे। वह अपने खेतों के चक याद कर रहे थे। मुझसे कहा कि वहाँ जरूर जाना और लौट के आओ तो मुझे बताना कि रिनाला खुर्द अब कैसा है? मुझे उसकी बहुत याद आती है। रिनाला खुर्द को बोलना कि मिन्हास तुझे याद करता है। बूढ़े की आँखों से आँसू आ गए थे।"

हरीश ने मुझसे कहा—"अपन लाहौर में मिलेंगे। तुम मुझे लाहौर पहुँच कर रिनाला खुर्द के हाल बताना। तुम्हारी आँखों से देखा हुआ रिनाला खुर्द मैं भी उसे दिखा दूँगा। वह बहुत खुश होगा। वह अक्सर ही पाकिस्तान की बातें करता रहता है। उसने मुझसे कहा था कि मेरा भी पाकिस्तान का वीजा बनवा दो। मैं भी मरने से पहले एक बार अपनी जन्मभूमि देखना चाहता हूँ।"

मैं उस बूढ़े का दर्द समझ सकता था। चाईजी को मैंने ऐसी ही यादों में उतरते अक्सर देखा था।

मिशेल के बाग से हम चलन लगे तो मैंने सलमा से मजाक किया—"मेरा मन तो हो रहा है कि मैं हनुमान जी होता और मिशेल के बाग को अपने साथ उठा कर ले जाता। चाईजी बहुत खुश होतीं ?" सलमा की हँसी छूट गई। बाग तो साथ नहीं ले जा सकता था, लेकिन यहाँ की खुशबू मैं अपने साथ लेकर निकला। ताजा और मीठे फलों की खुशबू, जिनमें चाईजी की यादों की महक भी थी।

चाईजी ने बताया था कि रिनाला खुर्द में नानाजी सर गंगाराम के बनाए एक बिजलीघर में इंजीनियर थे। हमने लोगों से पूछा तो उन्होंने बिजलीघर का रास्ता बता दिया। हम वहाँ पहुँचे तो देखकर चकित रह गए। यह हाइडल पावर स्टेशन था। मुख्य द्वार के ऊपर ही ऊपर लिखा था—1925। जाहिर है कि यह 1925 में बनाया गया था। मेहराबदार दरवाजे पर मेहराब की गोलाई में नीले रंग की पट्टी पर लाल रंग से लिखा था—'रिनाला हाईडल पावर स्टेशन, रिनाला खुर्द।'

यहाँ हमें एक इंजीनियर मोहम्मद अशरफ मिल गए। मैंने जब उन्हें अपने नानाजी के बारे में बताया तो उन्होंने घूम-घूमकर हमें पूरा पावर स्टेशन दिखाया। पानी के हौजों के ऊपर आने-जाने के लिए छोटे-छोटे पुल बने हुए थे। बगल में रेलवे प्लेटफार्म जैसी लम्बी बिल्डिंग थी। उसके अन्दर मशीनों पर पट्टे घूम रहे थे। हौजों की मोरियों से उछल कर पानी नहर में पहुँच रहा था।

मोहम्मद अशरफ ने हमें बताया कि 1925 में बने इस बिजलीघर से आज भी लोगों को फायदा मिल रहा है। इसमें पाँच टर्बाइन यूनिट हैं जिनमें प्रत्येक से 22 किलोवाट बिजली पैदा होती है। कुल 1.1 मेगावाट बिजली का उत्पादन हो रहा है। इससे और ज्यादा बिजली मिल सकती है, लेकिन इसे कभी अपग्रेड नहीं किया गया।

उन्होंने हमें बताया—"सर गंगाराम सिविल इंजीनियर थे। उन्होंने सरकार से 50 हजार एकड़ जमीन लीज पर ली जो करीब 200 वर्ग मील में फैली थी। इस बंजर जमीन पर उन्होंने मुस्कान ला दी। यह जमीन कोई 15-20 फुट ऊँची थी, जिस पर नहरों का पानी पहुँचता नहीं था। इसके लिए उन्होंने यह हाईडल पावर स्टेशन बनाया और अपने खर्चे से हजारों नहरों का जाल बिछा कर खेतों में पानी पहुँचाया। यह अपने आप में बड़ा अद्भुत कारनामा था सर गंगाराम का।"

पानी यादों की तरह उछल रहा था। उसमें कभी भरे हुए लाल गालों पर मूँछों वाली नानाजी की तसवीर दिखती तो कभी चाईजी नजर आतीं। माँ की इस जमीन पर दिल भी पानी की तरह उछालें मार रहा था। मैंने सलमा से कहा—"यह मेरा ननिहाल है। मन हो रहा है कि मैं भी मेहदी हसन की तरह नहरों के पानी में लोट-पोट हो जाऊँ।"

मैं अचानक भावुक हो उठा। मैंने जमीन पर घुटने टेक कर हाथ में मिट्टी ली और मिट्टी से जैसे बात करने लगा—"तुझे आज भी मेरी माँ याद करती है। बेशक अब

उसकी जड़ें यहाँ नहीं बची हैं, लेकिन फिर भी वह तुझे ही अपना मानती है, यादों के बादलों की तरह उड़ कर तुम्हारे पास आ जाती है। तुम्हें मेरा सलाम।'' और यह कह कर मैंने हाथ की मिट्टी अपने माथे पर पोत ली। मेरी आँखों से कुछ आँसू टपके। सलमा की आँखों में भी झील नजर आ रही थी। नासिर काजमी का शेर याद आया—

रफ्गां का निशां नहीं मिलता
उग रही है जमीं पे घास बहुत।

मुझे सआदत हसन मन्टो की एक कहानी याद आई, जिसमें विभाजन के समय का एक अद्‌भुत दृश्य था। लाहौर में सर गंगाराम की मूर्ति लगी थी और दंगों में कुछ लोग सारे हिन्दू नाम मिटा देना चाहते थे। लोगों ने पहले तो मूर्ति पर पथराव किया और फिर तारकोल से उसका मुँह काला करके जूतों की माला पहनाई। तभी पुलिस आई और फायरिंग की। जो लड़का जूतों की माला पहना रहा था, वह भी नीचे गिरकर घायल हो गया। तब लोग चिल्लाए—''अरे, इसे जल्दी से सर गंगाराम अस्पताल ले जाओ।''

पावर हाउस के इंजीनियर हमें बता रहे थे—''सर गंगाराम को आधुनिक लाहौर का जनक कहा जाता है। लाहौर में उनकी समाधि भी है।''

चाईजी की यादों के निशान ढूँढ़ने के लिए मैं रिनाला खुर्द अभी और रुकना चाहता था, लेकिन शाम ढलने को थी और रात को हमारे रुकने का इन्तजाम लाहौर में ही था।

हम यादों की पोटली बाँध कर वहाँ से चल दिए। रिनाला खुर्द में हम कमला चौक से गुजरे। शहर से बाहर निकलने के बाद हमें घोड़ों का एक स्टड फार्म दिखाई दिया। बाहर पत्थर की एक बड़ी शिला पर लिखा था—'प्रोबीनाबाद स्टड फार्म, 1864'। बाउंड्री के पीछे कुछ घोड़े भी दिखाई दे रहे थे। मैंने जब यह सलमा को दिखाया तो वह बोली—''घोड़ों के मामले में रिनाला खुर्द इंटरनेशनल लेवल पर मशहूर है। यहाँ के घोड़े डर्बी रेस में अव्वल आते हैं।''

मुझे याद आया, जब मैं छोटा था, तब कई बार चाईजी मुझे प्यार से आवाज देती थीं—''अरे, ओ मधु दे घोड़े।''

मैंने सलमा को बताया कि रिनाला खुर्द के बाद मेरे नानाजी ओकाड़ा चले गए थे जहाँ वे सतलुज कॉटन मिल में इंजीनियर थे। ओकाड़ा में ही चाईजी की शादी हुई थी और वहीं मेरे बड़े भाई का जन्म हुआ। रिनाला खुर्द के बाद ओकाड़ा आने ही वाला था। हमारी कार तेज रफ्तार से दौड़ रही थी।

ओकाड़ा में एक कॉटन मिल मिल गई, लेकिन यह सतलुज कॉटन मिल नहीं थी। आस-पास पूछने पर कोई भी सतलुज कॉटन मिल का अता-पता नहीं बता

पाया, लेकिन संयोग से एक बूढ़ा मजदूर मिल गया, जो कभी इसी मिल में काम करता था। उसने बताया—"इसी मिल का नाम पहले सतलुज कॉटन मिल था। उसके बाद यह छह-सात बार बिक चुकी है और इतनी ही बार इसके नाम बदल चुके हैं।" अभी इसका नाम 'टेक्सटाइल मिल' था जिसका बोर्ड वहाँ लगा था। इस वृद्ध मजदूर को जब मैंने अपने नानाजी के यहाँ से जुड़े रिश्ते की बात बताई तो वह मुझे और सलमा को अपने घर ले जाने की जिद करने लगा। वह बोला—"सामने ही सड़क पार मजदूर कॉलोनी है। आप मेरे घर चलिए, खाना खाइये।"

मैंने कहा—"नहीं, अभी हमारे साथ और लोग भी हैं जो आ रहे हैं।"

वह बोला—"जितने भी लोग हैं, सब आ जाओ जी। तुसी सभी साड्डे मेहमान हो।"

मैंने हाथ जोड़कर उनका शुक्रिया अदा किया। बहुत मुश्किल से वह माने, वर्ना हमें अपने घर ले जाने पर आमादा ही हो गए थे। वे प्यार से विह्वल थे और उनकी विह्वलता से मैं विह्वल था। चाईजी का गाँव रिनाला खुर्द पीछे छूटा जा रहा था।

हम लाहौर की ओर बढ़ रहे थे। शाम ढलने को थी। सलमा ने सुझाव दिया—"पत्तोकी में चाय पिएँगे। वहाँ अच्छी चाय मिलेगी।" उसने ड्राइवर को भी बोल दिया—'पत्तोकी आन्दयांई गड्डी रोक लेवीं।' सलमा अच्छी पंजाबी भी बोल लेती थी। सिरायकी भी सीख गई थी। पश्चिमी राजस्थान के लोकगीत भी उसे आते थे। सूफी गायन भी अच्छा जानती थी। हमें पाकिस्तान आ कर लगा कि उर्दू तो केवल सरकारी भाषा है। पंजाब में पंजाबी बोली जाती है, सिन्ध में सिन्धी, पख्तून में पख्तो और पाकिस्तान के मध्यवर्ती इलाके में सिरायकी बोली जाती है, जिसका केन्द्र मुलतान है।

पत्तोकी में एक बड़े ढाबे पर हमारी कार रुकी। हम उतरे तो एक दस-ग्यारह साल का लड़का हमें देखकर तेजी से भागा। सलमा ने भी उसे देख लिया। वह चौंककर बोली—"अरे, यह अरमान था।" अरमान अपनी माँ को देखकर भाग गया।

सलमा ने ढाबे वाले से पूछा—"ये अरमान आपके यहाँ काम करता है?"

वो बोला—"आहो जी।"

"कि करदा ए?"

"लोंगा नूँ चाय पिलान्दा है। खाना खिलान्दा है। बरतन साफ करदा है। ऐत्थे ही रहन्दा है। बड़ा चंगा मुंडा है। दिल नालों काम करदा है। ऐने कदी वी शिकायत दा मौका नहीं दित्ता। तुसी ओदी की हो?"

"मैं ओदी माँ हूँ। जरा बुलाओ तो उस नूँ।"

ढाबे के मालिक का नाम इस्माइल था। इस्माइल ने इधर-उधर देखा, लेकिन अरमान कहीं नजर नहीं आया। वह बोला—"पता नहीं, कित्थे नस गया।"

हम एक टेबिल पर आ कर बैठे। सलमा की आँखों से आँसू छलक आए थे। मैंने उसके दुपट्टे से आँसू पोंछे। उसे ढाढ़स बँधाया। हमने तय किया कि हम उसका इन्तजार करेंगे। शायद कुछ देर बाद वह आ जाए, यह सोच कर कि हम चले गए होंगे। हमने वहाँ चाय पी। इस हाई-वे पर चाय के लिए यह मशहूर ढाबा था, जहाँ वाहनों की लम्बी लाइन लगी थी।

पत्तोकी में हम काफी देर तक रुके रहे, लेकिन अरमान लौट कर नहीं आया। ढाबे के मालिक इस्माइल ने बताया कि "ओदे कोल इक ओक्खा-सोक्खा मोबाइल भी है, लेकिन ओसनू भी ओ ऐत्थे ही छड़ गया है।" इस्माइल ने अरमान का मोबाइल दिखाया। बोला—"उस नूँ बड़ा शौक सीगा मोबाइल दा। मैंने ही ओनूँ ये दिलाया सीगा।" हमने अरमान का मोबाइल नम्बर नोट कर लिया। जब ज्यादा देर होने लगी तो हम वहाँ से निकल लिए।

रास्ते में मैंने सलमा से कहा—"अरमान का भी पासपोर्ट बनवा लो। उसे भी साथ ले आना हिन्दुस्तान। उसे पढ़ाएँगे। यह भी उसकी कोई जिन्दगी है।" इस पर सलमा ने कहा—"लाहौर से लौटते समय मैं किसी भी तरह उसे अपने साथ लेकर जाऊँगी। उसे अब यहाँ नहीं छोड़ूँगी।"

लाहौर पहुँचते-पहुँचते हमें रात हो चुकी थी। हमें बस कल एक दिन और रुकना था। यानी दो रातें। आज और कल। उसके बाद वतन वापसी। होटल में सलमा को एक अलग कमरे में ठहरा दिया गया था। मेरे साथ महेन्द्र था। सलमा को लेकर महेन्द्र मुझसे मजाक करता रहा। महेन्द्र बोला—"यार, सब लोग टापते रह गए और आप सलमा को ले उड़े। आप में कोई करामात है। रोहन को तो आपने रोने लायक भी नहीं छोड़ा।" उसने ठहाका लगाया।

मैंने कहा—"महेन्द्र, एक बात बता, सलमा मेरी बचपन की दोस्त है। गाँव में हम साथ-साथ खेलते थे। मैंने कभी सपने में भी नहीं सोचा था कि मैं पाकिस्तान आऊँगा और सलमा मुझे मिल जाएगी। तुम उसकी पीड़ा को समझो और मेरा भी दर्द समझो। मुझे बताओ, इसमें कोई मजाक की बात है क्या?"

महेन्द्र ने कहा—"सॉरी, मेरा मकसद आपको आहत करने का नहीं था। मैं हर तरह से आपके साथ हूँ। मैंने बस छेड़ने के लिए यूँ ही मजाक कर दिया था।" मैंने महेन्द्र को बचपन से लेकर अब तक की कहानी बताई तो वह भी गम्भीर हो गया। देर रात तक हम बातें करते रहे। अगले दिन सुबह नाश्ते की टेबिल पर ही हमें बता दिया गया

कि आज दिन भर लाहौर में घूमने का कार्यक्रम है। लाहौर में पंजाब की विधानसभा देखने जाएँगे। कुछ और स्थल देखेंगे। इसके बाद शॉपिंग भी की जा सकेगी।

हम पंजाब विधानसभा पहुँचे तो उस समय वहाँ सत्र नहीं चल रहा था। विधानसभा के सचिव हमें विधानसभा दिखा रहे थे। अन्दर से सदन बहुत खूबसूरत था। हालाँकि राजस्थान विधानसभा के मुकाबले मुझे यह सदन बहुत छोटा लगा। पूरी इमारत में बड़े-बड़े कक्ष थे। सेन्ट्रल हॉल में गए तो वहाँ दीवारों पर ऊपर चारों तरफ पंजाब के पूर्व मुख्यमंत्रियों की तसवीरें लगी थीं। तसवीरों में नीचे पूर्व मुख्यमंत्रियों के नाम उर्दू में लिखे थे, जो हमारी समझ से परे थे। मैंने विधानसभा सचिव से पूछा—"इनमें मुस्तफा खर कौन से हैं?"

इस पर सचिव मुस्कराए। वे बोले—"आपने शायद 'माई फ्यूडल लॉर्ड' पढ़ ली है?"

मैंने भी मुस्करा कर कहा—"हाँ।"

उन्होंने एक फोटो की ओर इशारा किया तो मुझे याद आया कि तहमीना दुर्रानी ने अपने पहले ही अध्याय में मुस्तफा खर की कटीली मूँछों का जिक्र किया था, जो यहाँ फोटो में दिखाई दे रही थीं।

तभी इरशाद अमीन ने वहाँ लगी एक तसवीर की ओर इशारा किया। बोले—"पंजाब के अभी ये मुख्यमंत्री हैं—शहबाज शरीफ। प्रधानमंत्री नवाज शरीफ के छोटे भाई। तहमीना दुर्रानी ने अब इनसे निकाह कर लिया है।"

"ओहो!"—मैं चौंका। यह हमारे लिए एक नई जानकारी थी।

लाहौर में हम मशहूर अफसाना निगार सआदत हसन मन्टो का घर देखने गए तो उनका घर ढूँढ़ने में बहुत परेशानी हुई। उनका लक्ष्मी मेंशन में मकान था। वहाँ कई लोगों से मन्टो का घर पूछा, लेकिन कोई बता नहीं पाया। सामने एक पढ़ा-लिखा दिखने वाला आदमी नजर आया। मैंने उनसे पूछा—"भाई साहब, क्या आप बता सकते हैं, सआदत हसन मन्टो जी का मकान कहाँ है?"

"कौन हैं ये मन्टो? क्या करते हैं?"

"बड़े अफसाना निगार थे।"

"पता क्या बताया था?"

"यहीं, लक्ष्मी मेंशन में ही कहीं बताया था।"

"जी, मुझे उनका कोई आइडिया नहीं है।"

जिससे भी मन्टो का घर का पता पूछते तो लोग आश्चर्य से कहते—"कौन मन्टो?" फिर हम मन्टो के बारे में बताते तो उन्हें समझ में नहीं आता। मुझे याद

आया, हिन्दुस्तान में भी चंडीगढ़ के पास मन्टो के जन्मस्थली वाले गाँव पपड़ौदी में लेखिका शायदा पहुँची तो उसे भी मन्टो का घर ढूँढ़ने में ऐसी ही दिक्कत पेश आई थी। हम थोड़ा ही चले थे कि एक पार्क के सामने हमें एक कोठी पर लगी नेम प्लेट दिख गई, जिस पर अंग्रेजी में लिखा था—"सआदत हसन मन्टो, शॉर्ट स्टोरी राइटर।" यह एक खूबसूरत बँगला था। अन्दर शानदार ड्राइंग रूम। ड्राइंग रूम में मन्टो की बड़ी-बड़ी तसवीरें लगी थीं। साइड में एक स्टूल पर पाकिस्तान सरकार द्वारा उन पर जारी डाक टिकट फ्रेम कराकर रखा हुआ था। इस मकान में मन्टो की बेटी रहती थी, जो उस समय घर पर नहीं थीं। मन्टो के दामाद वहाँ थे, लेकिन वे कैंसर की बीमारी से पीड़ित थे। ज्यादा बोल नहीं पाते थे। वे अन्दर कमरे में सो रहे थे। एक काम वाली बाई ने ही हमारा स्वागत किया था। दीवार पर लगी तसवीरों में एक बार तो मन्टो फिल्म अभिनेता देव आनन्द जैसे लगे। श्वेत-श्याम चित्र थे, जिनमें उन्होंने बड़े पौंचे की पतलून पहनी हुई थी। यहाँ आकर पता चला कि मन्टो के दामाद मूलतः कोटा (राजस्थान) के रहने वाले थे और उनकी एक बहन अब भी कोटा में ही रहती है। हम कुछ देर ड्राइंग रूम में बैठे। काम वाली बाई ने हमें पानी पिलाया। चाय के लिए हमने मना कर दिया। फिर हम वहाँ से उठकर आ गए। मुझे ऐसा लग रहा था पाकिस्तान में मन्टो की वैसी कद्रदानी नहीं थी जैसी हिन्दुस्तान में है। यहाँ वे एक बड़े किरदार हैं, वहाँ बस अफसाना निगार।

शाम घिरने लगी थी। लोगों की शॉपिंग नहीं हो पाई थी। तय हुआ कि शॉपिंग कल की जाएगी, क्योंकि कल का पूरा दिन हमारे पास था और दोपहर बाद हमारी रवानगी थी। लेकिन कल का दिन मैं बचाकर रखना चाहता था। इसलिए मैंने इरशाद भाई से कहा कि हमें ज्यादा शॉपिंग नहीं करनी है। रात को दुकानें बन्द होने से पहले हम शॉपिंग कर लेंगे।

मैं और सलमा शॉपिंग के लिए निकले तो रोहन और महेन्द्र भी हमारे साथ हो लिए।

मैंने सलमा से पूछा—"तुम्हारा पूरा लाहौर देखा हुआ है?"

"हाँ, लाहौर को मैं अपनी हथेली की लकीरों की तरह जानती हूँ। यहाँ कई कार्यक्रम दिए हैं मैंने।"

"अच्छा, तो यह भी पता होगा कि हीरा मंडी कहाँ है?"

"क्यों, तुम्हें क्या करना है वहाँ? वहाँ तो तवायफें रहती हैं।"

"कुछ नहीं, बस ऐसे ही, देखना चाहता था।"

"हम्बे। वा कोई देखबा की चीज है कांई? रहबा दो।"

"चल, रहबा दियो।" मैं हँसा।

मैंने कहा—"सलमा, याद है अपने गाँव में नौटंकी आती थी, तब उसमें नाचने वाली औरतें भी आती थीं। तब मैं लोगों से पूछता रहता था—ये वेश्या क्या होती हैं? नाचने वाली औरतें बुरी क्यों होती हैं?" सलमा मुस्कराई और सिर को झटका देकर बनावटी गुस्से में आँखें तरेरीं।

सबसे पहले हम अनारकली बाजार गए। सलमा ने सुझाव दिया—"चाईजी के लिए सूट खरीद लो। यहाँ सूट का कपड़ा अच्छा मिलता है।"

मैंने कहा—"खरीदवा दो।"

वो बोली—"चाईजी के लिए तो अच्छा सूट ही खरीदना चाहिए। महँगा चलेगा ना?"

मैंने कहा—"हाँ, महँगे से भी महँगा।"

चाईजी के लिए हमने एक अच्छा सा सूट का कपड़ा खरीद लिया। कुछ और साथियों ने भी सूट खरीदे। सलवार-कुर्ते के बहुत अच्छे डिजाइन वहाँ उपलब्ध थे। मैंने सलमा से कहा—"चाईजी के लिए साड़ियाँ भी खरीदनी हैं।" सलमा हमें एक साड़ी स्टोर पर ले गई। हमने चाईजी के लिए पाँच साड़ियाँ खरीदीं। कपड़े पसन्द करना मुझे नहीं आता। साड़ियाँ भी सलमा ने ही पसन्द कीं। साथी भी कपड़ा खरीदने से पहले सलमा से राय लेते—"यह कैसा रहेगा?"

रोहन ने एक सूट के लिए राय ली थी तो सलमा ने पलटकर पूछा—"अपनी बेगम के लिए खरीद रहे हो ना?"

रोहन ने कहा—"हाँ।"

इस पर सलमा ने कहा—"फिर ये क्यों खरीद रहे हो? अच्छा सूट खरीदो ना।" सलमा ने उसे भी एक अच्छा सा सूट पसन्द कराया। मैंने एक दुकान से मेहदी हसन, गुलाम अली, फैज अहमद फैज, नूरजहाँ, फरीदा खानम और परवीन शाकिर के कुछ कैसेट्स खरीदे। महेन्द्र ने पठानिया खान के कैसेट्स खरीदे। पठानिया खान को सुनना अपने आपमें एक अद्‌भुत अनुभव है। उनकी एक बड़ी मशहूर गजल हमने कई बार सुनी—'मेंडा इश्क भी तू, मेंडा यार भी तू।' ऐसा डूब कर गाया है कि सुनने वाला अतल गहराइयों में चला जाता है। शॉपिंग के बाद हम वापस होटल आ गए।

लाहौर में आज हमारी आखिरी रात थी। होटल में आखिरी रात का जश्न चल रहा था। जाम छलक रहे थे। लोग बारी-बारी से गा रहे थे। मुझे आश्चर्य हुआ जब शफकत ने दानसिंह की धुन से सजा 'माई लव' फिल्म का पुराना गाना सुनाया—'वो तेरे प्यार का गम, इक बहाना था सनम, अपनी किस्मत ही कुछ ऐसी थी कि

दिल टूट गया...।' श्वेता सिंह भी आ गई थी। लोगों ने श्वेता सिंह से कुछ सुनाने की फरमाइश की तो वो बोली—"हम तो बाथरूम सिंगर हैं। जो असल में गाने वाली है उसे भी तो बुला लेते।" उनका इशारा सलमा की तरफ था। सलमा को भी वहाँ बुला लिया गया। मेरे कहने से एक छोटा-सा पैग सलमा ने लिया। श्वेता भी एक पैग तो ले ही लेती थीं। लोगों के आग्रह पर श्वेता ने अमृता प्रीतम की दर्द से लबरेज, एक रूमानी कविता सुनाई—

मैं तैनु फेर मिलांगी
कित्थे, किस तरहाँ, पता नई।

शायद तेरे ताखियल दी चिणंग[1] बन के
तेरे केनवास ते उतरांगी
या खोरे तेरे केनवास दे उत्ते

इक रहस्यमयी लकीर बण के
खामोश तैनूँ तक दी रहवांगी
मैं तैनु फेर मिलांगी

या खोरे सूरज दी लौ बण के
तेरे रंगा विच घुलांगी
या रंगा दियाँ बाहवां विच बैठ के
तेरे केनवास नूँ वलांगी[2]
मैं तेनु फेर मिलांगी

या खोरे इक चश्मा बणी होवांगी
ते जिवें झरनेयाँ दा पानी उड्ड दा
मैं पानी दियाँ बूँदां बन कर
तेरे पिण्डे ते मलांगी

ते इक ठंडक जयी बण के
तेरी छाती दे नाल लगांगी
मैं होर कुछ नई जाण दी

1. ताखियल दी चिणंग : कल्पनाओं की प्रेरणा
2. वलांगी : बिछ जाऊँगी

पर ऐन्ना जाणदियाँ
कि वक्त जो वी करेगा
ऐ जन्म तेरे नाल तुरेगा

ऐ जिस्म मुकदा ऐ
ते सब कुछ मुक जान्दा ऐ
बस चेतिया[1] दे धागे
कायनात दे कण हुन्दे
मैं ओन्हा कणां[2] नूँ चुनांगी
धाग्याँ नूँ वलांगी
ते तैनु मैं फेर मिलांगी

प्रेम में डूबी इस कविता पर श्वेता सिंह ने खूब दाद बटोरी। बाद में इरशाद अमीन ने कहा—''कल आप अपने वतन चले जाएँगे। आपको एक शे'र सुनाता हूँ।'' सबने एक साथ कहा—''जरूर सुनाइये।'' मैंने कहा—''कोरम तो अब पूरा होगा।''

इरशाद ने कहा—''वैसे मुझे मोहम्मद अल्लामा इकबाल ज्यादा पसन्द नहीं हैं, लेकिन वतन पर उनकी गजल का एक शे'र सुनाता हूँ—

नूह-ए-नबी का आकर ठहरा जहाँ सफीना
रिफअत है जिस जमीं की बाम-ए-फलक का जीना
जन्नत की जिन्दगी है जिसकी फजा में जीना
मेरा वतन वही है, मेरा वतन वही है।

सब लोगों ने जम कर तालियाँ बजाईं। मैंने इरशाद का हाथ थामा और उसे चूम लिया। इसके बाद इरशाद ने कहा—''जनाब कोरम तो तब पूरा होगा, जब आप भी कुछ सुनाएँगे।''

मैंने कहा—''ठीक है, सुनिये। आपको वारिस शाह की कुछ पंक्तियाँ सुनाता हूँ—

श्वेता सिंह ने कहा—''आज पकड़ में आये हैं मधुकर जी।''

श्वेता मुस्करा रही थी।

मैंने कहा—''सुनिये।'' और मैं शुरू हो गया—

की मुक जाणा सी वारिस शाह दा
लिखी रांझे नाम जे हीर हौंदी

---

1. चेतिया : यादों
2. कणां : लम्हे

वख्र रूह नालों रूह नी हो सकदी
नई दिल चो वख तसवीर हौंदी

नशा अख दा इक वारी चढ़ जावे
पूरी इश्क दी फेर तासीर हौंदी
तेरी अख तो ओहले मैं ना हौंदा
माड़ी एन्नी जे ना तकदीर हौंदी।

फिर सलमा का नम्बर आया तो उसने कहा—''पाकिस्तान और हिन्दुस्तान में बहुत सारी चीजें एक जैसी हैं। हमारे यहाँ रवायत है कि जब मौसिकी में, शायरी में किसी का जादू छाने लगता है तो कुछ लोग यह जादू तोड़ने की मुहिम में जुट जाते हैं। आप लोगों के यहाँ भी ऐसा होता होगा। हम लोगों के नसीब में जहाँ गुलो-गुलजार होते हैं, वहीं राह में खार भी आते हैं। हमें दुनियाभर की मुहब्बत मिलती है तो पत्थर भी मिलते हैं। पाकिस्तान में फैज सा'ब भी इस दौर से गुजरे हैं।'' सलमा की आँखों में शराब झाँकने लगी थी। बोली—''हो सकता है, आप में से ही कुछ लोगों को मेरी गायकी पसन्द ना हो।'' तभी कई आवाजें एक साथ उठीं—''नहीं, नहीं, ऐसी कोई बात नहीं है।'' इरशाद ने भी ताईद की—''आप क्या कह रही हैं सलमा। आप बहुत अच्छा गाती हैं।'' मुझे अब लगा, शायद रोहन की बात से सलमा के दिल पर चोट लगी थी।

सलमा फिर बोली—''फिर भी किसी को पसन्द ना आए तो मुझे माफ कर देना। सुर और मात्राएँ गायकी में कई बार इधर-उधर फिसल भी जाती हैं। ऐसी कोई खता हुई तो मैं माफी चाहूँगी और अगर कामयाब रही, तो वह कामयाबी मेरी नहीं है, ऊपर वाले की है। हम तो गाँव के लोग हैं। राजस्थान में भी एक छोटे से गाँव में रहते थे, और पाकिस्तान में भी। आपको फैज सा'ब की ही एक चीज सुनाती हूँ। इसे आप नकल मान कर ही सुन लें। आप लोगों की इजाजत हो तो 'मुझसे पहली सी मोहब्बत मेरे महबूब ना माँग' सुना दूँ? आपने पहले भी सुनी होगी।'' सब ने एक स्वर में कहा—''इरशाद, इरशाद।''

सलमा ने जब गजल शुरू की तो सब साँसें थाम कर बैठ गए। पूरी गजल जैसे सुरूर की तरह दिल और दिमाग पर छाने लगी थी। जब उसने गाया—'अब भी दिलकश है तेरा हुस्न मगर क्या कीजै' तो लगा जैसे दिल पर सीधे कोई तीर आकर लगा है। सलमा ने गजल खत्म की तो सबने तारीफ के पुल बाँध दिए। इरशाद ने कहा—''सचमुच ऐसा लग रहा था, जैसे नूरजहाँ गा रही है।'' निश्चय ही नूरजहाँ ने इसे लाजवाब गाया है, लेकिन पता नहीं क्यों, मुझे सलमा की आवाज में यह ज्यादा अच्छी लगी। हो सकता है, ये मैं नहीं मेरा इश्क बोल रहा हो। या क्या पता ऐसा ही हो।

मैंने इरशाद से कहा—“इरशाद जी, सलमा का एक गाना तो और बनता है।” वे बोले—“जरूर।” मोहम्मद यासीन ने भी कहा—“हाँ, सलमा की आवाज में इतनी कशिश है कि अभी प्यास अधूरी रह गई लगती है। एक और गीत तो होना ही चाहिए।” तब सलमा ने कहा—“ठीक है फिर मदन मोहन जी के संगीत से सजा एक फिल्मी गीत सुन लीजिए। यह गाना मेरे दिल के बहुत करीब है।”

सलमा ने गाना शुरू किया—

लग जा गले कि फिर ये हसीं रात हो ना हो
शायद फिर इस जनम में मुलाकात हो ना हो

सलमा ने जब पहला अन्तरा शुरू किया, तभी उसकी आँखें छलकने लगी थीं—

हम को मिली हैं आज ये घड़ियाँ नसीब से
जी भर के देख लीजिए हम को करीब से
फिर आपके नसीब में, ये बात हो ना हो
शायद फिर इस जनम में मुलाकात हो ना हो

इस गाने का दूसरा अन्तरा समाप्त होते-होते सलमा की रुलाई फूट पड़ी। माहौल गमगीन हो गया। वह अपने दुपट्टे से मुँह ढककर आँसू पोंछ रही थी। श्वेता ने उसे सँभाला और अपने कमरे में ले गई।

जैसे-जैसे हमारे जाने का समय पास आ रहा था, वैसे-वैसे सलमा भावुक होती जा रही थी। उसकी बेचैनी बढ़ रही थी। सच पूछो तो, मैं भी खुद को मुश्किल से ही सँभाल पा रहा था। बस एक उम्मीद थी कि कुछ दिन बाद सलमा हिन्दुस्तान आ जाएगी। इस उम्मीद के दीये से आशंकाओं के अँधेरे को मैं रोशन कर लेता था। रात गहराने के साथ ही पाकिस्तान के सभी दोस्त खाना खाने के बाद एक-एक करके चले गए और जिस कमरे में जश्न चल रहा था, वह वीरान हो चुका था। मैं और महेन्द्र अपने कमरे में आए और लाइट बुझाकर लेट गए। मैं बहुत देर तक सलमा के बारे में सोचता रहा। सलमा को लेकर पता नहीं कब तक सपने बुनता रहा।

कब तक दिल की खैर मनाएँ
कब तक रह दिखलाओगे,
कब तक चैन की मोहलत दोगे
कब तक याद न आओगे।

—फैज अहमद फैज

पीछे उड़ता वजूद

पाकिस्तान में हमारा वीजा आज तक के लिए ही है। शाम तक हमें वाघा बॉर्डर पहुँचना था। इरशाद अमीन को चिन्ता हो रही थी कि हमारे वीजा का आज आखिरी दिन है और पहुँचते-पहुँचते सूरज छिप गया तो हम बॉर्डर पार नहीं कर पाएँगे।

मैंने इरशाद अमीन से कहा कि "दिन भर में हमारे पास इतना वक्त है कि हम रिनाला खुर्द जाकर वापस आ सकते हैं। रिनाला खुर्द यहाँ से 112 किमी है। मैं और सलमा टैक्सी से सुबह-सुबह रिनाला खुर्द जाएँगे और शाम होने से पहले लौट आएँगे। मैं चाईजी का बक्सा ढूँढ़ना चाहता हूँ।"

इरशाद ने कहा—"ठीक है, लेकिन देर मत करना।"

सुबह जल्दी नाश्ता करने के बाद मैं और सलमा टैक्सी से रिनाला खुर्द के लिए रवाना हो गए।

रिनाला खुर्द पहुँच कर हमने चाईजी के पुराने मकान की तलाश शुरू की। मेरे नानाजी कपूर थे। एक दाढ़ी वाले बुजुर्ग से हमने पूछा—"क्या आप बता सकते हैं कि पार्टीशन से पहले यहाँ कपूर साहब कहाँ रहते थे?"

उसने दिमाग पर जोर डालते हुए कहा—"इस सामने वाली गली में खब्बे पासे (बाएँ) जो आखिरी मकान है, वहाँ पूछ लो।" हम वहाँ गए, लेकिन कोई सुराग नहीं मिला। मैंने चाईजी को फोन करके मकान के बारे में पूछा तो उन्होंने बताया—"हमारे पड़ोस के ठीक बगल वाले मकान में रज्जाक मियाँ रहते थे। वे बहुत ही अच्छे इनसान थे। हम जब आए तो वे बहुत रोए थे।"

अब हमने रज्जाक मियाँ की तलाश शुरू की। उधर, इरशाद अमीन के लगातार फोन आ रहे थे कि लौट आओ वर्ना समय पर पहुँच नहीं पाओगे। आखिर रज्जाक मिया का मकान हमें मिल गया। पता चला कि रज्जाक मियाँ का तो इंतकाल हो चुका है, लेकिन वहाँ उनका बेटा आरिफ मोहम्मद रहता है, जो पाकिस्तान का मशहूर शायर है।

आरिफ ने हमारी अच्छी आवभगत की। उसने यह भी बताया कि उसके पिता अक्सर कपूर साहब के बारे में बताया करते थे कि वे नेक दिल इनसान थे। पार्टीशन के समय उन्होंने कपूर साहब को जाने से रोका भी था, लेकिन तब के हालातों ने उन्हें जाने के लिए मजबूर कर दिया था।

आरिफ चाईजी के बक्से के बारे में कुछ नहीं बता पाया, लेकिन वह अपनी लाइब्रेरी में काफी देर तक छानबीन करता रहा। हम उसके ड्राइंग रूम में बैठ थे। वह अन्दर चाईजी के निशानों की तलाश में जुटा था। कोई आधे घंटे की खोज के बाद वह आया और बोला—''मुझे उनकी कुछ किताबें याद आ रही हैं, लेकिन ढूँढ़ने में वक्त लगेगा।'' इसके साथ ही वह फिर अन्दर चला गया। हम बाहर प्रतीक्षा करते रहे। इस बीच इरशाद का फिर फोन आया। उसने कहा कि समय पर वाघा बॉर्डर नहीं पहुँचे तो हम मुश्किल में पड़ जाएँगे। एक तरफ वाघा बॉर्डर पहुँचने की चिन्ता थी और दूसरी तरफ चाईजी की यादें हमें रिनाला खुर्द में ही रोके हुए थीं। कोई एक घंटे की तलाशी के बाद आरिफ जैसे अपने हाथों में खजाना लेकर आया। उसे चाईजी का उर्दू में एक कहानी संग्रह, उर्दू अखबारों की कुछ कतरनें और चाईजी के हाथ की लिखी कुछ कविताएँ मिल गईं। ज्यादातर कविताएँ उर्दू में लिखी थीं, लेकिन जब हिन्दी में चाईजी की कविताएँ देखीं तो मैं उनकी हस्तलिपि तुरन्त पहचान गया। मेरी आँखें नम हो आईं। मुझे लगा कि चाईजी के लिए इनसे बड़ा तोहफा और कुछ नहीं हो सकता। सलमा भी चाईजी के दस्तावेजों को नर्म हाथों से सहला रही थी।

मुझे लगा कि मैंने महान उपलब्धि हासिल कर ली है, लेकिन लाहौर पहुँचने के लिए हमारे पास वक्त बहुत कम रह गया था। ड्राइवर समेदीन ने हमें भरोसा दिलाया—''आप चिन्ता न करें, मैं वक्त पर पहुँचा दूँगा।''

आरिफ मोहम्मद का शुक्रिया अदा कर हम लाहौर रवाना हो गए। रास्ते में यही चिन्ता खाए जा रही थी कि सूरज ढलने से पहले बॉर्डर पर नहीं पहुँचे तो क्या होगा।

हम कोई एक घंटे भी नहीं चले थे कि रास्ते में फूल नगर के पास गाड़ी अचानक पंक्चर हो गई। गाड़ी स्पीड में थी और पंक्चर होने पर वह बुरी तरह लड़खड़ा गई, लेकिन ड्राइवर ने किसी तरह गाड़ी पर नियंत्रण कर लिया और एक बड़ा हादसा टल गया।

ड्राइवर समेदीन गाड़ी का टायर बदलने में जुट गया, लेकिन अब वाघा बॉर्डर समय पर पहुँचने की सम्भावना पूरी तरह क्षीण होती नजर आ रही थी।

इस बीच पुलिस की एक गाड़ी उधर से गुजरी तो हमें देखकर वह रुक गई। उसने ड्राइवर से पूछताछ शुरू की। ड्राइवर ने गाड़ी के सभी कागजात पुलिस को दिखा दिए, लेकिन इस लपेटे में मैं आ गया। मैंने उन्हें बता दिया कि मेरे वीजा की तारीख आज खत्म हो रही है और अब गाड़ी खराब होने की वजह से मैं समय रहते वाघा बॉर्डर तक पहुँच नहीं पाऊँगा।

चार-पाँच पुलिसकर्मियों में एक आदमी पुलिस का बड़ा अफसर नजर आ रहा था। उसके सीने पर नेम प्लेट लगी थी, जिस पर लिखा था—अखलाक मोहम्मद। उसने मुझसे कहा—"आपको अब हमारे साथ चलना पड़ेगा। जब तक आपके वीजा की तारीख नहीं बढ़ जाती, आपको हमारी कस्टडी में ही रहना होगा।"

पुलिस अफसर ने सलमा से पूछताछ की तो वह सलमा को पहचान गया। बोला—"आपका नाम हमने खूब सुना है। रिसालों में भी पढ़ते रहते हैं।" सलमा ने उनसे मेरे लिए अनुरोध किया कि इन्हें छोड़ दें, कल मैं खुद इन्हें वाघा बॉर्डर पार करा दूँगी। लेकिन पुलिस अफसर नहीं माना। उसने कहा—"नहीं जी, हुंण ए नई हो सकदा।"

सलमा को उन्होंने टैक्सी के साथ ही छोड़ दिया। मैंने अपना बैग और अटैची ली और जीप में ठुंस-ठुंसा कर बैठ गया। जीप रवाना हो गई। सलमा को मैंने जाते-जाते बोल दिया कि वह इरशाद अमीन को फोन कर दे।

शाम ढल चुकी थी। हमारी जीप सड़क पर तेज गति से दौड़ी जा रही थी। कोई एक घंटे के सफर के बाद हम लाहौर पहुँचे। गाड़ी रुकी तो सामने एक इमारत के ऊपर लिखा था—'फेजल टाउन पुलिस स्टेशन'। मैं समझ गया कि मेरा रात्रि विश्राम स्थल अब यही है।

थाने में एक गैलरी में कुर्सी रखी थी। पुलिस अफसर ने उधर इशारा करते हुए मुझसे कहा—"आप वहाँ जाकर बैठ जाइए।" मैं गैलरी में आगे बढ़ा और जाकर कुर्सी पर बैठ गया। मैंने मोबाइल से सलमा को फोन लगाने की कोशिश की, लेकिन उसमें लगातार 'नॉट रीचेबल' की आवाज आती रही। इरशाद अमीन का फोन लग गया। उसे मैंने बताया कि मैं फैजल टाउन थाने में हूँ। इरशाद ने बताया कि वह थाने में पहुँच रहा है।

मैं कुर्सी पर बैठा-बैठा भविष्य की आशंकाओं की आहट सुनता रहा। सलमा के बारे में सोचता रहा। कोई आधे घंटे बाद इरशाद अमीन थाने में आ गया।

इरशाद अमीन की पत्रकारिता का प्रभाव पुलिस वालों पर पड़ा और अब तक अकड़ की मुद्रा में दिखाई दे रहे पुलिसकर्मी थोड़े नरम होते हुए लगे। पुलिस

अफसर अखलाक मोहम्मद ने बताया कि फॉरेन रजिस्ट्रेशन ऑफिस में वीजा की अवधि बढ़ाने के लिए अर्जी देनी होगी। इरशाद अमीन ने थाने में ही बैठ कर मेरी अर्जी तैयार कराई और मुझसे हस्ताक्षर कराए। इरशाद ने बताया कि सुबह वह अर्जी लगा देगा।

इरशाद अमीन ने मुझे अपने साथ ले जाने की इजाजत माँगी, लेकिन पुलिस ने इसकी मंजूरी नहीं दी। इरशाद अमीन बाहर से मेरा खाना पैक करा कर लाया और मुझे दे गया। पुलिस वालों ने गैलरी में ही मेरी एक चारपाई लगा दी।

पुलिस थाना मुझे खौफनाक लग रहा था और रात को नींद मेरी आँखों से कोसों दूर थी। करवटें बदलने में ही रात गुजरी। रात के आखिरी पहर में जाकर मेरी आँख लगी।

सुबह उठा तो थाने में हलचल शुरू हो गई थी। अचानक सामने से एक आदमी आता हुआ दिखा, जिससे एक पुलिसवाले ने बड़ी गर्मजोशी से कहा—''आइए, अरबाज मियाँ। बड़े दिनों बाद आपके दीदार हुए।'' उसने पलटकर कहा—''पिछले दिनों काफी मसरूफ रहा, इसलिए मुलाकात नहीं हो सकी।'' दोनों बात करते-करते काफी दूर तक निकल पड़े।

मेरे मन में अरबाज का नाम बार-बार कौंधता रहा। कहीं यह वही अरबाज तो नहीं, जो सलमा का शौहर है? मुझे लगा ऐसा हो भी सकता है और नहीं भी, क्योंकि पाकिस्तान में 'अरबाज' नामों की कोई कमी नहीं होगी। अरबाज कोई साढ़े छह फुट का रहा होगा। उसने खाकी रंग का लम्बा कुर्ता और इसी रंग की सलवार पहनी हुई थी। सिर के ऊपर गोल टोपी थी। घनी दाढ़ी-मूँछों के बीच आँखें लाल अंगारों की तरह दहक रही थीं।

यह एक डरावना चेहरा था। इसके बाद मुझे पूरे थाने का चेहरा बदलता हुआ दिखाई देने लगा। मुझे लगा जैसे थाने में सभी पुलिसवाले मुझे घूर कर देख रहे हों।

डर अलग-अलग रंग में नजर आ रहा था। रंग जैसे बदरंग होकर मेरे चारों तरफ घूम रहे थे। मैं गैलरी के एक कोने में एक कुर्सी पर सिमट कर बैठा रहा। भयभीत आँखों में थोड़ी ठंडक तब पहुँची जब सामने से इरशाद अमीन आते हुए दिखाई दिए। इरशाद अमीन वीजा की अवधि बढ़वा लाए थे। मेरे लिए यह खुशी की बात थी। इरशाद अमीन मुझे साथ लेकर पुलिस अफसर अखलाक मोहम्मद के कक्ष में पहुँचे और वीजा अवधि बढ़ने की सूचना दी। लेकिन अखलाक मोहम्मद का चेहरा सख्त बना रहा। उसने कहा—''इन्हें हम जासूसी के आरोप में गिरफ्तार करने जा रहे हैं।'' इस पर इरशाद अमीन का जैसे खून खौल उठा और दोनों के बीच तेज झड़पें हुईं। इरशाद अमीन ने कहा—''यह आप क्या कह रहे हैं? ये हमारे वैज्ञानिकों के डेलिगेशन में आए हैं।''

"आए होंगे। हमारे पास मुखबिर की पुख्ता सूचना है कि ये जासूसी करने के लिए ही जानबूझकर रुक गए थे।"

"आपकी सूचना गलत है।"

"आप हमारे काम में दखल न दें। गलत-सही का हम पता कर लेंगे।"

इसके साथ ही दूर खड़े पुलिस के दो सिपाहियों को अखलाक मोहम्मद ने कुछ इशारा किया। वे आए और मेरा एक हाथ एक सिपाही ने पकड़ा और दूसरा हाथ दूसरे सिपाही ने। वे मुझे कमरे से बाहर ले आए। इरशाद अमीन के चिल्लाने की आवाज आ रही थी—"मैं देख लूँगा तुम सब को। तुम्हें इस कारिस्तानी की सजा मिलेगी। यह लड़का बेगुनाह है। तुम उसे फँसा रहे हो।"

दोनों सिपाही मुझे पुलिस अफसर के कमरे से काफी दूर लेकर आ गए और एक लॉक-अप का ताला खोल कर उसमें बन्द कर दिया। मैं अब पुलिस के पिंजरे में फँस चुका था। छटपटाने के अलावा कोई चारा नहीं था मेरे पास। मेरा मोबाइल छीन कर पुलिस वाले ले गए थे।

दोपहर को मुझसे खाने के लिए पूछा गया, लेकिन मैंने मना कर दिया, मेरी भूख मर चुकी थी। तभी मुझे अखलाक मोहम्मद के कमरे में ले जाया गया। उसने मुझसे पूछा—"तुम रिनाला खुर्द क्यों गए थे?"

"पार्टीशन से पहले मेरी माताजी वहाँ रहती थीं।"

"वहाँ आप कागज कौन-से तलाश कर रहे थे?"

"मेरी माताजी कहानी-कविताएँ लिखा करती थीं जो रिसालों में छपती थीं। उन्हीं के बारे में पुराने पड़ोसियों से पूछताछ की थी।"

"आप झूठ बोल रहे हैं। सच-सच बताइए, वर्ना हमें फिर दूसरे तरीके इस्तेमाल करने पड़ेंगे।"

"मैंने जो कुछ बताया है, सच-सच बताया है। मैं अपनी माँ की कसम खाकर कह सकता हूँ।"

अखलाक मोहम्मद ने एक सिपाही से मेरी अटैची, मेरा बैग लाने को कहा। उसने बैग का सामान अपनी टेबिल पर निकालना शुरू किया। उसके हाथ में चाईजी की किताब आई तो उसने पूछा—"यह क्या है?"

"यह मेरी माताजी के अफसानों की किताब है।"

"तेरा अफसाना हम बना देंगे।" अखलाक मोहम्मद ने गुस्से में कहा और किताब को ऊपर उछाल किया। किताब जैसे पंछी की तरह फड़फड़ाई और घायल होकर नीचे फर्श पर गिर गई। मैं किताब को उठाने के लिए झुका तो एक सिपाही ने मेरे पीछे लात से तेज ठोकर मारी। मैं फर्श पर औंधा जाकर पड़ा। सिपाही ने आँखें दिखाते हुए मुझसे कहा—"तू यहीं खड़ा रहेगा। यहाँ से हिलेगा नहीं। समझा।"

"जी, समझा।" मैंने कहा। बैग की पूरी तलाशी लिए जाने के बाद एक सिपाही बैग में सामान वापस डालकर उसे अपने साथ ले गया और मुझे फिर से लॉकअप में लाकर बन्द कर दिया गया।

मैं अब बुरी तरह डर गया था। अब साफ लग रहा था कि ये मुझे हिन्दुस्तान वापस नहीं जाने देंगे और सड़-सड़ कर यहीं मरना पड़ेगा।

थोड़ी ही देर में दो पुलिस वाले आए और मुझे लॉक-अप से बाहर निकाला। जीप में बैठा कर वे मुझे कोर्ट ले गए। कोर्ट में मैं जैसे ही कुछ बोलना चाहता, मुझे रोक दिया जाता। मजिस्ट्रेट ने भी मेरी बात सुनने में दिलचस्पी नहीं दिखाई। पुलिस ने जासूसी के आरोप लगाते हुए पुलिस रिमांड की माँग की। मजिस्ट्रेट ने मुझे 15 दिन के रिमांड पर पुलिस को सौंप दिया।

मेरे ऊपर पुलिस का शिकंजा कसता जा रहा था और हिन्दुस्तान लौटना मेरे लिए एक सपना बन चुका था। कोर्ट से ला कर मुझे फिर से लॉक-अप में पटक दिया गया।

दिन भर मैंने कुछ नहीं खाया था। रात को भूख लग आई। मैंने खाने की माँग की तो लॉक-अप में ही मेरा खाना ले आया गया। एक भूसे जैसे कोई सब्जी थी, जिसे मैं पहचान भी नहीं पाया। दलिए जैसी गाढ़ी दाल थी। मैंने दो चपाती खाकर मना कर दिया, लेकिन सिपाही ने एक चपाती और डाल दी। कहा—"खा लो।" उसके स्वरों में कहीं मनुहार नहीं टपक रही थी। उसने फिर एक रोटी डाली तो मैंने मना कर दिया। इस बार उसने डाँट लगाई—"खानी पड़ेगी। खाइये।" मुझे धमका-धमका कर छह-सात रोटियाँ खिला दी गईं।

रात को मुझे लॉक-अप से निकाला गया और खुले में एक कुर्सी पर बैठा दिया गया। मेरे सामने एक कुर्सी पर सिपाही बैठ गया था। उसने बगल में पानी से भरी बाल्टी और मग रखा हुआ था। सिपाही ने मुझसे कहा—"आज की रात आपको इसी कुर्सी पर गुजारनी होगी। और ध्यान रखें आपको सोना नहीं है।"

मोटा सा यह सिपाही मुझे राक्षस जैसा लग रहा था। मैं काफी देर तक जागता रहा, लेकिन बाद में अचानक झपकी आ गई। सिपाही ने बाल्टी से मग में पानी भरा और मेरे चेहरे पर छपाक से फेंक दिया।

रात को जब भी मुझे नींद आने लगती, वह मेरे मुँह पर मग भरकर पानी डाल देता और डाँटता—"तुमसे कितनी बार कहा है, सोना नहीं है।"

मैंने उससे पूछा—"तुम मुझे इस तरह क्यों तंग कर रहे हो? मैंने कुछ भी नहीं किया।"

"यह हमको कुछ नहीं पता। यह सब हमारे बड़े साहब से पूछना। मुझे बस इतना पता है कि तुमको सोना नहीं है।"

मुझे अब समझ आ रहा था कि ठूँस-ठूँस कर खाना इसीलिए खिलाया गया था कि मुझे गहरी नींद आए और ये मुझे सोने ना दें। यह एक भयावह यातना थी। मुझे लगा कि नर्क ऐसा ही होता होगा। नर्क में ऐसे ही दुष्ट लोग रहते होंगे।

रात भर मैं सो नहीं पाया। मेरा माथा चकरा रहा था। मुझे सुबह फिर अखलाक मोहम्मद के कमरे में ले जाया गया। जाते ही उसने मुझसे पूछा—"कैसी तबीयत है?"

मैंने कहा—"हुजूर, मेरी तबीयत ठीक नहीं है। मुझे रात भर सोने नहीं दिया गया। मुझे आप किस बात की सजा दे रहे हैं। मैं सच बोल रहा हूँ, मैंने कुछ भी नहीं किया।"

"देख अब भी तू साफ-साफ बता दे कि तेने कौन-कौन सी इन्फॉर्मेशन इकट्ठी की हैं?"

"मैं सच बता रहा हूँ सर, मैंने कोई इन्फॉर्मेशन इकट्ठी नहीं की।"

अखलाक ने पास खड़े सिपाही से कहा—"ले जाओ इसे। यह ऐसे नहीं समझेगा। लातों के भूत बातों से नहीं मानते।"

इसके साथ ही मुझे फिर लॉक-अप में डाल दिया गया। मैं जैसे ही नीचे बैठने लगा, सिपाही ने मेरी बाजू पकड़ कर झटके से मुझे उठाया और कहा—"अब तू बैठेगा नहीं, यहाँ खड़ा रहेगा। दीवार की तरफ मुँह कर खड़ा हो जा। बैठा तो मेरे हाथ में डंडा है।"

लॉक-अप बन्द करके सिपाही सामने कुर्सी लगाकर बैठ गया और एक बार फिर डंडा लहराते हुए चेतावनी दी—"सामने मुड़कर मत देखना। दीवार को ही देखना है। खड़े रहना है। समझ गया न? बैठना नहीं है।" मुझे लगा, अब नर्क का दूसरा चरण शुरू हुआ है। मेरी आँखों में आँसू आ गए।

मुझे खड़े-खड़े दो-तीन घंटे हो गए। दीवार को कब तक देखता। मैंने सामने मुड़कर देखा तो सिपाही अब वहाँ नहीं बैठा था। तभी सामने मुझे इरशाद अमीन दिखाई दिया। उसके हाथ में कुछ कागज थे। वह अखलाक मोहम्मद के कमरे में गया और कोई दस-पन्द्रह मिनट बाद ही लौट आया। वह मेरे लॉक-अप की ओर बढ़ा, लेकिन वहाँ खड़े सिपाही ने उन्हें रोक लिया। इरशाद का तमतमाया चेहरा दूर से भी दिखाई दे रहा था। उसने सिपाही से झल्लाकर कुछ कहा और चला गया।

शाम को कोई चार-पाँच बजे होंगे जब मेरा खड़ा रहना मुश्किल हो गया। मैं लड़खड़ाकर गिर पड़ा और बेहोश हो गया। मुझे जब होश आया तब सिपाही मेरे चेहरे पर पानी की छींटे डाल रहे थे। मैं जोर से बुक्का फाड़कर रो पड़ा।

शाम को मुझे फिर अखलाक मोहम्मद के पास ले जाया गया। उसने फिर वही सवाल किया—"तेने पाकिस्तान से **क्या-क्या** जानकारियाँ हासिल की हैं, वो बता क्यों नहीं देता?"

मैंने लगभग रोते हुए कहा—"सर, कोई जानकारी हासिल की हो तो बताऊँ। मैं तो मेरी माँ का गाँव देखने गया था। यही मेरा गुनाह है।"

"ले जाओ इसे।" अखलाक मोहम्मद जोर से दहाड़ा और सिपाही मुझे फिर लॉक-अप में लेकर आ गए। थोड़ी देर बाद काले कपड़े कुछ कमांडों जैसे लोग आए और मुझे एक जिप्सी में बैठाकर चल दिए। कोई एक घंटे के सफर के बाद हम एक सुनसान स्थान पर पहुँचे। सामने किसी दुर्ग की दीवारें दिख रही थीं। पहाड़ की थोड़ी सी एक चढ़ाई आई और उसके बाद सामने एक बड़े से ढलान में जाकर गाड़ी रुक गई। सामने कई कोठरियाँ नजर आ रही थीं। मुझे एक अँधेरी कोठरी में ले जाकर बन्द कर दिया गया।

बाद में मुझे जब कोठरी से निकाला गया तो रात काफी गहरा चुकी थी और आसमान में तारे दिखाई दे रहे थे। छोटे-छोटे गलियारों से होते हुए वे मुझे लेकर आगे बढ़े। ये चार लोग थे और चारों ने काले कपड़े पहने हुए थे। सिर पर भी काला कपड़ा बाँधा हुआ था। मुझे ये काले भूत जैसे लग रहे थे और मेरे दिल की धड़कनें तेज हो गई थीं।

ये चारों भूत मुझे एक बड़े हॉल में लेकर आए। मुझे एक कुर्सी पर बैठाकर बाँध दिया गया। फिर मेरे चेहरे पर तेज रोशनी डाली गई। मेरा चेहरा जैसे भट्टी में झुलसने लगा। मुझे लगा, मैं पागल हो जाऊँगा। मैं जोर से दहाड़ा—चाईजी ऽऽऽऽऽ। और रो पड़ा। मैं चिल्लाया "रोशनी बन्द करो। मैं सब कुछ बता दूँगा।"

तेज रोशनी बन्द कर दी गई। एक काला भूत मेरे पास आया—"क्या सब कुछ बता देगा, चल बता।"

मैं जोर से चीखा—"मेरे पास जब कुछ बताने को है ही नहीं तो क्या बताऊँ? मैं हाथ जोड़ता हूँ, मुझे छोड़ दो। मैंने कोई गुनाह नहीं किया।"

उस आदमी ने कुछ इशारा किया। दो भूत आए और मुझे वापस उस अँधेरी कोठरी में लाकर बन्द कर दिया गया। कोठरी में बस इतनी राहत मिली कि दो दिन से जो मैं सो नहीं पाया था तो कोठरी के फर्श पर लेटते ही मुझे बेहोशी सी आने लगी और गहरी नींद आ गई।

सुबह एक आदमी ने कोठरी में आकर मुझे जगाया। बोला—"अब खड़ो हो जा। निबटबा जाएगा कांई?"

"अरे, तू तो मेव है।"

"हम्बे। मेव ही हूँ।"

"खाँ सू आयो?"

"हमारो गाँव अलवर जिला में नौगाँवा के पिये होगो। भग्गीन में हम हींनी आया गया।"

"मेरो गाँव भी अलवर में नौगाँवा पिये ही है—बगड़।"

"अच्छो, हमारो गाँव भी वहीं होगो—नाड़का।"

नाड़का गाँव बगड़ से चार-पाँच किलोमीटर की दूरी पर ही है। वह मुझे एक कमरे में ले गया जहाँ टॉयलेट था। मैं वहाँ नित्यकर्म से निबटा और फिर उसके साथ कोठरी तक आ गया। मैंने उससे पूछा—"तेरो नाम कांई है?"

"मेरो नाम है फातूनी।"

"फातूनी भाई, मोकू या नर्क सू छुड़वाए ने। मैंने कुछ भी नांय करो और बिना बात मोए परेशान कर राखो है।"

"मैं दुपहर कू तोकू कुछ बताऊँगो।"

"अब ये मेरे साथ कांई करेंगा?"

"अभी दिन में तो कुछ नांय करें।"

यह कहकर वो चला गया।

दोपहर को फातूनी ही मेरा खाना लेकर आया। उसने बताया—"आपकी इन दिनां अखबारन में खूब खबर छप री हैं।"

उसने यह भी बताया कि एक भूगोल विज्ञानी की गिरफ्तारी पर भारत सरकार ने कड़ा ऐतराज जताया है। विदेश मंत्रालय के स्तर पर बातचीत चल रही है। आज के अखबारों में इंडिया के प्रधानमंत्री का भी बयान छपा है, जिसमें मुझे रिहा करने की अपील की गई है।

फातूनी ने आगे बताया—"एक अखबार में एक खबर और हीगी। तुम्हारी माताजी बीमार हो गई और वो शफाखाना में भर्ती हैं।"

फातूनी की इस खबर ने मेरे मन में और चिन्ता पैदा कर दी। चाईजी का चेहरा मेरी आँखों के सामने आ गया। मेरी आँखों से आँसू लुढ़क पड़े।

मुझे फातूनी ने दिलासा दिया—"अब रोए मत। अल्लाह सब ठीक करेगो।"

फातूनी उठकर चला गया। मैं अपनी जिन्दगी के भविष्य को लेकर सोचता रहा। मैं सोच रहा था—क्या मुझे पाकिस्तानी जेलों में सड़कर ही जिन्दगी बितानी पड़ेगी? चाईजी की बीमारी की खबर से मैं भीतर तक हिल गया था।

मैं कोठरी के अँधेरे में इन्हीं विचारों में खोया हुआ था कि अचानक एक काला भूत आया। उसके हाथ में मूसल जैसा एक मोटा डंडा था। उसने मुझे बाहर बुलाया। मुझसे बोला—"सर जी, आपने करड़ कबूतर देखा है?"

"नहीं, कैसा होता है यह?"

"आज हम आपको दिखा देंगे। यह कबूतर पीछे गर्दन कर रिवर्स गियर में भी चल लेता है।"

मुझे कहानी कुछ समझ में नहीं आ रही थी। तभी उसने मुझसे कहा—''सरजी, आप दोनों हाथ ऊपर कर लो।'' मैंने दोनों हाथ ऊपर किए तो उसने दोनों हाथों और गर्दन के बीच में मोटा डंडा फँसा दिया। फिर हँसकर बोला—''इसे कहते हैं करड़ कबूतर।'' इसके साथ ही उसने जोर से ठहाका लगाया। मेरी आँखों में आँसू आ गए। मैं सचमुच कबूतर जैसा हो गया था। मेरी गर्दन और बाजू दुखने लगे थे। मैं जोर से चिल्लाया—''चाईजी मुझे इनसे बचा लो।''

शायद मेरी आवाज सुनकर ही फातूनी वहाँ आ गया। फातूनी उस काले भूत को अपने साथ अलग ले गया। उसके साथ कुछ देर बातचीत की। इसके बाद वह आया और उसने मेरे हाथों के बीच से डंडा खींच लिया। मुझे लगा, उसने मुझे कबूतर से फिर आदमी बना दिया। उसने मुझसे कहा—''तुम सच-सच बता क्यों नहीं देते? वीजा खत्म होने के बाद भी तुम क्यों रुके थे?''

''मैं सच बता रहा हूँ। मेरी गाड़ी खराब होने की वजह से मैं समय पर वाघा बॉर्डर नहीं पहुँच पाया। पुलिस ने खुद मेरी खराब गाड़ी को देखा है। मैं यूनिवर्सिटी में पढ़ाता हूँ। मैं क्यों जासूसी करूँगा?'' इसके साथ ही काला भूत चला गया। फातूनी भी उसके साथ चला गया।

रात को फातूनी ही मेरा खाना लेकर आया। उसने बताया—''तुम मेरे हम वतन हो। मेरे हाथ में जितना है, उतना मैं कर रहा हूँ।'' उसने बताया कि एक सिपाही मेरे पास पिंजरे में एक चूहा लेकर आ रहा था, लेकिन उसे भी फातूनी ने रोक दिया।

मैंने पूछा—''वे चूहे से क्या करते?''

''चूहा तुम्हारी पैंट में छोड़ देते और पैंट के दोनों पौंहचे नीचे से बाँध देते।''

''ओह!'' इसकी कल्पना से ही मैं काँप उठा।

फातूनी ने बताया कि 'मूसल' और 'चूहे' वाले सिपाहियों ने ऊपर यह रिपोर्ट दे दी है कि भरपूर यातना देने के बाद भी तुम यही कह रहे हो कि तुमने कुछ नहीं किया। मैंने फातूनी का शुक्रिया अदा किया।

रात को मुझे देर तक नींद नहीं आई। आँख लगी भी तो बीच-बीच में खुल जाती थी। चाईजी की याद अब सताने लगी थी।

रात किसी तरह निकल गई। सुबह मेरी आँख खुली तो लगा जैसे पहली बार ऐसी उजली सुबह देख रहा हूँ। परकोटे से घिरे किले के ढालान में सूरज की धूप पड़ रही थी। सुबह फातूनी एक मग में चाय लेकर आया तो लगा कि आज मैं अँधेरों से बाहर निकल जाऊँगा। फातूनी ने बताया कि जिस तरह की अफसरों में चर्चा चल रही है, उससे लगता है कि आजकल में ही मुझे रिहा कर दिया जाएगा।

फातूनी के जाने के कुछ देर बाद ही एक जीप में चार-पाँच काले कमांडो आए और मुझे उसमें बैठाकर चल दिए। जीप फैजल टाउन थाने में जाकर रुकी। जीप से

उतरते ही मुझे सामने इरशाद अमीन दिखाई दिए। उन्होंने गर्मजोशी से हाथ मिलाया और फिर गले मिले। उन्होंने बताया कि सरकार ने मुझे रिहा करने का फैसला कर लिया है। इरशाद ने कहा—"आज ही आपकी वतन वापसी हो जाएगी।" इसके साथ ही मैं एक बार फिर से इरशाद के गले मिला। मेरी आँखें नम हो आईं। मैंने इरशाद से कहा—"जाने से पहले सलमा से मिलना चाहता था।" उसने मुस्कराकर कहा—"यह बात मुझे मालूम थी। इसलिए मैंने उसे कल ही फोन कर दिया था कि हो सके तो वो आ जाए। उसका आदमी इन दिनों कहीं बाहर गया हुआ है। इसलिए वह आ गई। बाहर गाड़ी में बैठी है।"

"चलो अच्छा हुआ। बहुत-बहुत शुक्रिया इरशाद भाई।"

"आपको पता नहीं, आप हीरो हो चुके हैं।"

"कैसे?"

"पाकिस्तान के अखबारों की सुर्खियों में आप रोज छाए रहे। आपके और सलमा के सम्बन्धों को लेकर भी खूब गॉसिप छापे गए। इंडिया से भी लगातार खबरें आ रही थीं।"

तभी पुलिस अफसर अखलाक मोहम्मद हमारे पास आए। उन्होंने मुझे मेरा मोबाइल लौटा दिया और कहा—"मेरे कमरे में जाकर अपना सामान सँभाल लो।"

मेरे पास केवल एक अटैची थी और एक बैग। सबसे पहले मैंने बैग खोलकर देखा। चाईजी की किताबें और रचनाएँ तुड़ी-मुड़ी हालत में पड़ी थीं। उन्हें मैंने ठीक किया। अटैची खोली तो उसमें रखे कपड़े भी उसी हालत में थे और उनकी तह खराब हो चुकी थी। मैंने पाकिस्तान से खरीदा गया सूट निकालकर बैग में सबसे ऊपर रखा और अटैची बन्द कर दी। सामान लेकर मैं और इरशाद बाहर आए। वहाँ खड़े अखलाक मोहम्मद ने मुझसे हाथ मिलाया और कहा—"आपकी जाँच में कुछ नहीं निकला, लेकिन जाँच करना भी जरूरी था। आपको जो तकलीफ हुई, उसके लिए माफ कर देना।"

मैंने इतना ही कहा—"शुक्रिया जनाब।" इसके साथ ही हम थाने से बाहर निकल आए। बाहर प्रेस फोटोग्राफर खड़े थे और उनके लगातार फ्लैश चमक रहे थे। मैं भागकर बाहर खड़ी टैक्सी में जाकर बैठ गया। इरशाद आगे की सीट पर बैठा और मैं पीछे की सीट पर, जहाँ सलमा पहले से ही बैठी थी। टैक्सी चल पड़ी। इरशाद ने कहा—"आपकी रिहाई में मीडिया के दबाव ने भी बड़ा रोल निभाया है।" मैंने कहा—"मुझे पता है इरशाद भाई, इसमें आपका ही रोल रहा है।" मुझे देखते ही सलमा की आँखों में आँसू आ गए। मैंने अपने हाथों से सलमा के गाल पर आए आँसू पोंछे।

मैंने सलमा से कहा—"थाने में एक अरबाज भी आया था। खाकी रंग के कुर्ते-सलवार में। बड़ी-बड़ी दाढ़ी-मूँछें थीं।"

"हाँ, मैंने ही अरबाज से कहा था कि हमारे गाँव से एक प्रोफेसर पाकिस्तान के उस प्रोग्राम में आए थे, जिसमें मैं गई थी। उन्हें पुलिस पकड़ कर ले गई। उनकी मदद कर दो।"

"अरबाज ने ही सारी गड़बड़ी की।"

"जरूर की होगी।"—सलमा ने कहा।

सलमा ने जब इस बारे में अरबाज से हुई बातचीत का ब्योरा दिया तो पूरा दृश्य जीवन्त होकर कुछ इस तरह सामने आया।

अरबाज ने सलमा से पूछा—"पुलिस ने कहाँ गिरफ्तार किया?"

"रिनाला खुर्द के पास।"

"वहाँ क्यों गया था वह?"

"उसकी माँ कभी रिनाला खुर्द रहती थीं। वो अफसाने, शायरी लिखती थीं। एक पुराने पड़ोसी के पास से उनकी किताबें और शायरी भी मिली।"

"तू उसके साथ क्यों गई थी?"

"वो मेरे वतन का, मेरे गाँव का था। पाकिस्तान के लिए नया था। उसकी मदद करने गई थी। उसे आप बचा लो।"

"तुझे बड़ा दर्द आ रहा है उस पर।"

"हाँ।"

"ठीक है तेरा दर्द दूर करूँगा।"

सलमा ने पूरा किस्सा सुनाया तो इस बात की पुष्टि हो गई कि अरबाज ने ही उसे फँसवाया था।

आगे बैठे इरशाद अमीन ने पूछा—"मधुकरजी, पुलिस ने तुम्हारे साथ कोई ज्यादती तो नहीं की?"

"इरशाद भाई, बहुत कुछ किया, लेकिन छोड़ो अब उस किस्से को। एक खौफनाक सपना था, जो बीत गया।" मैंने इरशाद से फिर अनुरोध किया कि वह सलमा का भारत का वीजा बनवाने में मदद करे। सलमा ने बताया कि जिस रोज पुलिस मिली थी, उसी रोज वापसी में उसे उसका बेटा अरमान मिल गया था, जिसे वह अपने साथ घर ले गई।

इस बीच इरशाद ने मुझे बताया—"अखबारों में यह भी खबर थी कि आपकी अम्मीजान बीमार हो गई हैं और अस्पताल में भर्ती हैं।"

"हाँ, इरशाद भाई—" मैंने कहा—"मुझे वहाँ भी एक सिपाही ने बताया था। पता नहीं अब चाईजी की कैसी हालत होगी।"

रास्ते में मैंने सलमा से पूछा—''सलमा, तुमने कभी चाईजी को सूट पहने देखा है?'' उसने कुछ सोचकर कहा—''याद नहीं पड़ रहा।'' मैंने बैग में ऊपर ही रखा लाहौर से खरीदा गया सूट का पैकेट निकाला और सलमा को थमा दिया। मैंने उसे बताया—''चाईजी कभी सूट पहनती ही नहीं। यह सूट आपके लिए।'' सलमा चौंकी। उसने मना भी किया, लेकिन मैंने उसे सूट थमा दिया। मैंने कहा—''यह मेरी तरफ से।'' उसकी आँखें नम हो आईं। जैसे-जैसे बॉर्डर पास आ रहा था, मेरे दिल की धड़कनें भी बढ़ती जा रही थीं।

सामने सारे दृश्य पीछे की ओर दौड़ते हुए लग रहे थे। जैसे सब हमको अलविदा कह रहे हों। लाहौर की नहर में बच्चे अभी भी छप-छपकर के नहा रहे थे। शहर से बाहर निकलते ही गाँव का आलम नजर आया। सड़क के किनारे कच्ची-पक्की छोटी-छोटी दुकानें नजर आ रही थीं। जैसी छोटे कस्बों में होती हैं। लगा, जैसे पीछे बहुत कुछ छूटा जा रहा है। सब कुछ पीछे छूट रहा था। यादें पीछे छूट रही थीं। पाकिस्तान में बिताए स्याह-उजले दिन पी छे छूट रहे थे। सलमा मेरे पास बैठी थी, लेकिन उसे भी कब तक रहना था।

सलमा ने कहा—''तुम्हारा पाकिस्तान आना मेरे लिए बहुत अहम था। ऐसा लग रहा था जैसे तुमसे मुझे जीने के लिए साँसें मिल रही थीं। मैं और जी तो लूँगी, लेकिन वैसे नहीं जी पाऊँगी, जैसे पिछले कुछ दिनों में तुम्हारे साथ जिन्दगी जी।''

मैंने सलमा को ढाढ़स बँधाया—''अब तुम कुछ दिन बाद इंडिया आ ही जाओगी। अपन फिर ऐसे ही जिएँगे।''

हम वाघा बॉर्डर पहुँच गए। पासपोर्ट, वीजा की चैकिंग चल रही थी। हम एक बड़े से हॉल में बैठे थे। हॉल में बड़ी-बड़ी बेंचें लगी थीं। मैं और सलमा एक तरफ कोने में जाकर बैठ गए। मैंने सलमा से कहा—''मैं एक ऐसी चीज लेकर जा रहा हूँ, जिसे ये सिक्यूरिटी वाले भी चैक नहीं कर पाएँगे।''

''क्या है वह चीज?'' सलमा ने पूछा।

''तुम्हारी यादें।'' मैंने कहा।

अब मेरी आँखों के बरसने की बारी थी। पूरे पाकिस्तान में इन आँसुओं को रोके रहा, लेकिन सरहद पर आते ही जैसे आँसू बह निकलने को बेताब हो उठे। मुझे सलमा ने सँभाला। सलमा ने कहा—''मैं आप से अपनी जिन्दगी को रोशन समझती हूँ। आप ही ऐसा करेंगे तो मेरा क्या होगा? मैं जल्दी आऊँगी, लेकिन अपना ध्यान रखना। आप जैसे कद्दावर मर्द की आँखों में आँसू अच्छे नहीं लगते।''

''सलमा, इन आँसुओं को आखिर कब तक बाँध कर रखता?'' मैं सलमा की गोद में सिर रख कर बेंच पर लम्बा पसर गया। वह मेरे गालों पर ढलक आए आँसुओं को अपने दुपट्टे से पोंछ रही थी।

इसी बीच सलमा ने बताया कि पासपोर्ट चैकिंग का काम पूरा हो गया है। मैं उठ कर बेंच पर बैठ गया।

मैंने रूमाल से अपनी आँखें पोंछी। हॉल से बाहर आकर विदा होने लगे तो मैंने भीगी आँखों से कहा—''खुदा हाफिज इरशाद भाई, खुदा हाफिज सलमा।'' सलमा ने इतना ही कहा—''इंशा अल्लाह, देखते हैं, नसीब में क्या लिखा है?'' मैं वहाँ से चल दिया। मैं पूर्व की ओर। इरशाद और सलमा पश्चिम की ओर। उधर कुलियों की नीली कमीजें दिखाई दे रही थीं, इधर लाल कमीजें इधर से उधर दौड़ रही थीं।

बॉर्डर के इस तरफ हम खड़े थे। उस तरफ इरशाद और सलमा थे। सलमा हाथ हिलाकर अभिवादन कर रही थी। सलमा का हाथ धीरे-धीरे सामने दिख रहे आकाश में विलीन हो गया। मैंने बेसाख्ता हाथ हिलाया और हाथ हिलाता ही रह गया। मुझे अपना वजूद पीछे की ओर उड़ता हुआ महसूस हुआ। इस पार आने के बाद अब उस पार जाने के रास्ते बन्द हो चुके थे। मेरे दिल में एक टीस सी उठी—काश, मैं भी एक परिन्दा होता।

हम अपने वतन वापस आ चुके थे। बॉर्डर पार करते ही मेरा मोबाइल बजा। बड़े भाई का फोन था। उन्होंने बताया कि चाईजी बीमार हैं और अलवर के अस्पताल में भर्ती हैं। वैसे भाई साहब ने कहा कि चिन्ता करने की कोई बात नहीं है, लेकिन उनकी आवाज से मुझे लग रहा था कि मामला कुछ गम्भीर है। चाईजी 80 की उम्र पार कर चुकी थीं, लेकिन तमाम जीवन में मैंने उन्हें कभी अस्पताल में भर्ती होते नहीं देखा। वे पहली बार ही अस्पताल में भर्ती हुई थीं और यही मेरी चिन्ता की वजह थी।

बॉर्डर पार लोगों का भारी हुजूम खड़ा था। मुझे बताया गया कि मेरी मीडिया में इतनी खबरें छपीं कि लोग अब मुझे देखने आए हैं और एक झलक पाने को बेताब हैं। प्रेस फोटोग्राफर और टीवी वाले भी कैमरे लगाए खड़े थे।

अमृतसर के जिला कलेक्टर मुझे लेने आए थे और पुलिस वालों ने भीड़ से बचाव कर मुझे कलेक्टर की कार में बैठाया और मैं उनके साथ अमृतसर आ गया। मैंने उन्हें चाईजी की बीमारी की बात बताई और कहा कि बिना रुके सीधा अलवर जाना चाहता हूँ। उन्होंने मुझे अमृतसर में अपने कार्यालय में ले जाकर चाय-नाश्ता कराया और एक टैक्सी मँगवाकर अलवर रवाना कर दिया। कलेक्ट्री के बाहर टीवी चैनलों की ओबी वैन खड़ी थी।

पूरे रास्ते मैं चाईजी के बारे में सोचता रहा। बीच-बीच में अपनी बहनों को फोन कर चाईजी के हाल जानता रहा। मेरे पहुँचने से पहले ही टीवी चैनलों पर खबर

आ गई थी कि मैं अमृतसर से अलवर के लिए रवाना हो गया हूँ। मेरे भाई ने मुझे फोन कर इस खबर के बारे में बताया। अलवर पहुँचते ही मैं सीधा अस्पताल गया। चाईजी होश में थीं। ड्रिप चढ़ रही थी। मैंने जाते ही चाईजी के पैर छुए और कहा— "चाईजी, पैरीपोना।"

उन्होंने हमेशा की तरह कहा—"जींदा रह पुत्तर। खुश रह। तेरा बड्डा नाम होवे।" बिस्तर पर लेटी चाईजी ने मुझे इशारा करके अपने पास बुलाया। मैं उनके ऊपर झुका तो उन्होंने दोनों हाथों से मेरा सिर पकड़कर मत्था चूमा, और कहा— "आ गया तू?"

मैंने कहा—"हाँ, जी।"

"तेरी खबरें अखबारों में रोज पढ़ रही थी। अच्छा हुआ अब तू आ गया। रिनाला खुर्द अब कैसा है? मिशेल का बाग देखा क्या? ओकाड़ा भी गया था क्या?"

मैंने चाईजी को पाकिस्तान के हाल बताए। काफी देर तक उनसे बातें करता रहा। फिर उन्हें नींद आ गई।

मैंने बाहर आ कर डॉक्टर से बात की। उसने बताया कि चाईजी को 'सेप्टेसेमिया' हो गया है। मैंने पूछा—"यह क्या बीमारी होती है?" उसने बताया—"वृद्धावस्था में यह बीमारी हो जाती है। शरीर के कुछ अंग काम करना बन्द कर देते हैं। हम कोशिश कर रहे हैं कि ये ठीक हो जाएँ।"

रात को अस्पताल में चाईजी के पास भाभीजी रुकती थीं। मैं घर पर आ गया। खाना खाकर बिस्तर पर लेटा तो रात को पता नहीं कब तक पाकिस्तान और चाईजी के बारे में सोचता रहा। सलमा भी याद आती रही। फिलहाल चाईजी की चिन्ता थी। रात को पता नहीं कब आँख लग गई। अगले दिन सुबह अस्पताल गया तो मैं पाकिस्तान से लाए मिशेल के पैकेज से स्क्वैश, फ्रूटी, जैम और अचार की एक-एक शीशी ले गया। 'जाम-ए-हयात' भी साथ रख लिया।

चाईजी पलंग पर बैठी थीं, और भाभीजी उनकी कंघी करके बाल ठीक कर रही थीं। मुझे लगा चाईजी अब ठीक हो जाएँगी। मैंने उन्हें 'जाम-ए-हयात' की बोतल दिखाई और वहाँ पढ़ने के लिए कहा, जहाँ लिखा था—'मेड इन रिनाला खुर्द'। चाईजी के चेहरे पर मुस्कान दौड़ गई। फिर मैंने उन्हें पाइन ऐप्पल जैम, फ्रूट ड्रिंक और अचार की बोतलें भी दिखाईं। वो बोलीं—"अच्छा अब वहाँ यह सब भी बनता है?"

इस बीच राउंड पर डॉक्टर आ गए। मैंने उन्हें जाम-ए-हयात की बोतल दिखाकर पूछा—"इसका शरबत इन्हें पिला सकते हैं क्या?"

डॉक्टर ने पूछा—"क्या है इसमें?"

मैंने बताया—''यह रूह-अफजा जैसा शरबत है। पाकिस्तान का है। चाईजी को पाकिस्तान का नॉस्टेलजिया रहता है। इससे कोई नुकसान न हो तो इन्हें दे दूँ?''

डॉक्टर ने कहा—''ऐसा है तो दे दो। लेकिन थोड़ा देना। आधा गिलास।'' मैंने रूह-अफजा की तरह इसका गिलास में शरबत बनाकर चाईजी को पिलाया। वे बहुत खुश हुईं। मैं चाईजी के पास बैठकर काफी देर तक पाकिस्तान की बातें करता रहा। उन्हें अच्छा लग रहा था। मैंने फिर चाईजी को उनकी कहानी की किताब, उर्दू अखबारों की कतरनें और हाथ की लिखी कविताएँ दिखाई तो उन्होंने चौंककर मुझे देखा। उनकी नजरें जैसे ठहर सी गईं। अचानक उनकी आँखों से आँसू फूट पड़े। उन्होंने पास में रखे टॉवल नैपकिन से अपने आँसू पोंछे। फिर कहानी संग्रह का उन्वान पढ़कर बताया—'मेरी जमीन'। चाईजी ने बताया कि इसमें रज्जाक मियाँ भी एक कहानी में किरदार के रूप में आया है।

''और इन उर्दू अखबारों की कतरनों में क्या है?'' मैंने पूछा।

उन्होंने कहा—''ठीक होकर घर चलूँगी, तब ये सब पढ़कर तुझे सुनाऊँगी।''

मैंने चाईजी की इन सभी चीजों को समेटा और एक थैले में सुरक्षित रख लिया। चाईजी का मन उड़कर जैसे पाकिस्तान पहुँच गया।

चाईजी ने पूछा—''कसूर गया था क्या?'' मैंने उन्हें बताया कि ''हमारे डेलिगेशन की पाकिस्तान यात्रा का जो कार्यक्रम था, उसमें कसूर शामिल नहीं था। इसलिए मेरा कसूर का वीजा नहीं बन पाया था। अगली बार जाऊँगा तो आपको साथ लेकर चलूँगा। तब अपन कसूर भी चलेंगे।''

मैंने चाईजी से पूछा—''पाकिस्तान की मशहूर गायिका नूरजहाँ भी कसूर की थी। आपने कभी उसे देखा क्या?'' इस पर चाईजी ने कहा—''मैंने सुना तो था, लेकिन कसूर मैं ज्यादा दिन नहीं रही। मैंने उसे सुना तो बहुत है, लेकिन कभी उसे देखा नहीं।'' चाईजी से बहुत देर तक मैं बातें करता रहा। बाद में दोपहर को मैं घर आ गया।

घर पर मैंने अचानक एक बक्से के ऊपर रखा आधा बुना स्वेटर देखा, जिसमें ऊन का गुच्छा और सलाइयाँ अभी भी लगी हुई थीं। मैंने भाभीजी से पूछा—''यह क्या है?''

भाभीजी ने कहा—''चाईजी यह तेरा स्वेटर बुन रही थीं।''

मैंने स्वेटर देखा। स्वेटर में डिजाइन से ही उन्होंने सीने पर छोटा-सा 'मधु' अंग्रेजी में ऐसे लिख दिया था, जैसे यह ब्रांडेड स्वेटर का नाम हो। बेहद खूबसूरत बुनावट थी। केसरिया, सफेद और नीले रंग की ऊन से देखने में सादा, लेकिन सुन्दर डिजाइन बन पड़ा था। इन रंगों के बीच मुझे चाईजी का चेहरा झाँकता हुआ दिखाई

दिया। जैसे वह मुझसे कह रही थीं—''मैं तुझे इसमें कम से कम नजर तो आऊँगी।'' मेरे मन पर गहरी उदासी छा गई। यह स्वेटर मैंने अपने सामान में रख लिया।

शाम को मैं अस्पताल जाने की तैयारी कर रहा था, तभी भाई साहब का अस्पताल से फोन आया कि चाईजी कोमा में चली गई हैं। मैं अस्पताल पहुँचा तो डॉक्टर नई दवाइयाँ लिख रहा था।

चाईजी दो दिन कोमा में रहीं। तीसरे दिन उन्हें थोड़ा होश आया। बोल नहीं पाती थीं, लेकिन लोगों को पहचान रही थीं। मैंने भाई साहब से कहा कि ''अब डॉक्टर इजाजत दें तो चाईजी को एम्बुलेंस में जयपुर ले चलते हैं। वहाँ बड़े डॉक्टर हैं, स्पेशलिस्ट हैं, ज्यादा बेहतर ढंग से इलाज हो जाएगा।''

अन्ततः हम चाईजी को जयपुर ले आए। सब भाई-बहन जयपुर में इकट्ठे हो गए। सब चाईजी की सेवा में जुटे रहे।

राधिका दोनों वक्त आ जाती थी। सबका खाना बना जाती थी और घर की सफाई कर जाती थी।

राधिका एक दिन एक साड़ी पहनकर आई तो मैं चौंका। मैंने उससे पूछा—''राधिका, यह साड़ी तू कहाँ से लाई?''

उसने बताया—''यह तो चाईजी जब पिछली बार आई थीं, तब उन्होंने मुझे दी थी।''

मैं समझ गया चाईजी जिस साड़ी को परभाती को देने के लिए कह रही थीं, उसे राधिका को दे गईं। अलवर जाकर परभाती को कुछ और दे दिया होगा।

धीरे-धीरे चाईजी ठीक होने लगी थीं।

एक दिन उन्होंने मुझसे कहा—''मधु, मुझे लगता नहीं, मैं अब ज्यादा दिन जी पाऊँगी। तू अपना खयाल रखना।''

मैंने कहा—''चाईजी आप अब बिलकुल ठीक हो जाएँगी।''

चाईजी बोलीं—''नहीं मधु, अब मुश्किल है। मेरा अन्तिम संस्कार तुम बगड़ गाँव में ही करना, जहाँ तेरे पापाजी का हुआ था।''

मैंने कहा—''चाईजी, आप ऐसी बातें मत करो। डॉक्टर ने कहा है, आप बिलकुल ठीक हो जाओगी।''

जयपुर आए लगभग सात दिन हो गए थे। जयपुर के एक प्रतिष्ठित प्राइवेट अस्पताल में उनका इलाज चल रहा था। संयोग से चाईजी का इलाज डॉ. महेश बंसल कर रहा था जो मेरा सहपाठी रह चुका था और अच्छा दोस्त था। सातवें दिन जब शाम को मैं अस्पताल पहुँचा तो बाहर ही डॉ. बंसल मिल गया। उसने खुशखबरी

दी और कहा—"चाईजी अब हमारी तरफ से बिलकुल ठीक हैं और कल सुबह हम उन्हें छुट्टी दे देंगे।" रात को मैंने घर आकर सबको यह सूचना दी कि सुबह चाईजी को अस्पताल से छुट्टी मिल जाएगी। सब बहुत खुश हुए।

मेरे घर के जो कमरे कई दिन से खामोश और वीरान पड़े थे, उनमें आज पहली बार हँसी और खिलखिलाहटें सुनाई दीं। मेरे पास राधिका आई और बोली—"कल छोले लाकर दे देना। चाईजी को छोले की सब्जी बहुत पसन्द है।" मैंने कहा—"ठीक है।" मैं खुद कई दिन से ढंग से खाना भी नहीं खा पा रहा था। आज कई दिन बाद 'काला कुत्ता' की बोतल लेकर बैठ गया। मेरी बड़ी बहन मेरे पास आई और बोली—"क्या कर रहा है?" मैंने मजाक में कहा—"चाईजी के वापस घर आने की पूर्व सन्ध्या मना रहा हूँ।" वह मेरे पास बैठ गई और रिनाला खुर्द के बारे में पूछती रही। बाद में सबने एक साथ खाना खाया और सो गए। सुबह मुझे जल्दी उठना था।

सुबह तड़के अचानक मेरे फोन की घंटी बजी। मैंने बिस्तर पर लेटे-लेटे ही लाइट जलाकर सामने दीवार पर घड़ी देखी तो सुबह के पाँच बजे थे। यह डॉ. बंसल का फोन था—"मधु आई एम सॉरी, चाईजी इज नो मोर।" मेरे ऊपर वज्रपात सा हुआ। थोड़ी ही देर में अस्पताल से भाभीजी का फोन भी आ गया। मैं अन्दर अपने कमरे में बिस्तर पर बैठे-बैठे ही कुछ देर तक सुबक-सुबक कर रोता रहा। चाईजी की याद दिल में टीस पैदा कर रही थी। यह कैसे हो गया? आँखों के आगे अँधेरा सा छाने लगा था। कुछ देर बाद मैं उठा। घर पर सब सो रहे थे। उन्हें उठाया और दुखद समाचार दिया। इसके साथ ही मैं अस्पताल के लिए निकल गया। लॉबी से निकला तो सामने टेबिल पर रखा हारमोनियम दिखाई दिया, जो खामोश और उदास लग रहा था। मैं ठिठककर वहाँ खड़ा हो गया। लगा चाईजी अभी अस्पताल से आएँगी और हारमोनियम बज उठेगा। मैंने रूमाल से आँसू पोंछे और आगे बढ़ गया।

कितना खुश होता है
एक दरख्त
बादलों को देखकर
इसी तरह रहती हो तुम
मेरे दिल में
जैसे बादल
एक दरख्त में रहता है

—अनवर सेन राय

(पाकिस्तान के युवा शायर)

पेड़ों पर बादल

मैंने सबसे पहले बगड़ गाँव में अपने पुराने दोस्त कैलाश को फोन पर बताया कि चाईजी को हम कल लेकर आएँगे। आज अपनी एक बहन का इन्तजार करना था, जो अपनी बेटी के पास अमेरिका गई हुई थी। बगड़ में हमारा केवल मकान था, लेकिन अब वहाँ कोई रहता नहीं था। मैंने कैलाश से घर की साफ-सफाई के लिए भी कह दिया। हमने कैलाश को ही घर की चाबी दे रखी थी। कैलाश की हमारे गाँव के स्कूल में ही बाबू की नौकरी लग गई थी। स्कूल अब सीनियर सैकंडरी तक हो चुका था।

रात को कैलाश का फोन आया कि आज पूरे गाँव में किसी भी घर में चूल्हा नहीं जला है और सब चाईजी का इन्तजार कर रहे हैं। अगले दिन सुबह हम गाँव पहुँचे तो लगभग पूरा गाँव बाहर सड़क पर ही इन्तजार कर रहा था। सड़क से काफी अन्दर गाँव था, लेकिन यहीं से चाईजी की शव-यात्रा शुरू हो गई। अजीब माहौल था। गाँव की औरतें शव-यात्रा के आगे अपनी लूगड़ी के पल्लू से रास्ते पर पंखा झलते हुए चल रही थीं। पूरा गाँव शव-यात्रा में शामिल हुआ। श्मशान घाट में धीरे-धीरे गाँव की महिलाएँ भी आ गईं। शुरू में गाँव के बड़े-बुजुर्गों ने उन्हें रोकने की कोशिश की और कहा—"अपने यहाँ बैरबानियों का श्मशान में आने का रिवाज

नहीं है।'' महिलाओं के रेले को गाँव के पुरुष एक तरफ रोकते तो वे दूसरी तरफ से निकल जातीं। जब देखा कि औरतें रुकने वाली नहीं है तो लोगों ने फिर उन्हें रोकना भी बन्द कर दिया। औरतें एक समूह में आ कर बैठ गईं और उन्होंने मातम के गीत गाने शुरू कर दिए। गीतों में रुदन के स्वरों से माहौल गमगीन हो गया था।

बड़े भाई ने चिता को मुखाग्नि दी और वह धू-धू करके जल उठी। महिलाओं के उठते मातमी स्वरों के साथ जैसे ताल देते हुए आग की लपटें लहरा रही थीं। मुझे ऐसा ध्यान था और चाईजी ने ही कभी कहा था कि मरने वाले को जो चीजें पसन्द हों, वे उसकी अर्थी में डाल देनी चाहिए ताकि वे उसके साथ चली जाएँ। मिशेल का पूरा पैकेज मैं कार में अपने साथ लाया था। वह पूरा कार्टन मैंने कार से निकाल कर चिता में डाल दिया। मिशेल का कार्टन चिता के हवाले करते ही आग तेजी से भभकी और ऊपर तक लपटें उठीं। मैं जोर से दहाड़ा—''चाईजी ऽऽऽऽ!'' और फूट-फूटकर रो पड़ा। भाई साहब ने मुझे अपने गले लगा लिया। वे भी रो रहे थे। उनके भी आँसू नहीं रुक रहे थे। फत्तू, कैलाश, रामजीवन, मूल्या आदि आ कर पास खड़े हो गए और हमें ढाढ़स बँधाने लगे। मैं काफी देर तक रोता रहा। धीरे-धीरे चिता की लपटें कम हो गई थीं और लकड़ियाँ सुर्ख लाल कोयले में बदलने लगी थीं। बड़े भाई साहब और उनके पास खड़े गाँव के लोगों ने मुझसे पूछा—''इसमें क्या था, जो आपने चिता में डाला?''

मैंने उन्हें बताया कि इसमें पाकिस्तान के मिशेल के बाग के फलों से बने जैम, अचार, स्क्वैश, फ्रूटी वगैरह थे, जिनमें उस जमीन की खुशबू थी, जिसे चाईजी अपने जीवन के अन्तिम दिनों तक भी याद करती रहीं। बार-बार पूछती थीं—रिनाला खुर्द अब कैसा है? रिनाला खुर्द को मैंने उनके साथ चिता में डाल दिया। एक बार तो मेरे मन में यह भी आया था कि चाईजी की लिखी किताब और रचनाएँ भी उनके साथ आग के हवाले कर दूँ, लेकिन मैंने यह सोचकर ऐसा नहीं किया कि उनका हिन्दी अनुवाद छपवाने की कोशिश करूँगा और यह भी उनके लिए श्रद्धांजलि होगी।

चाईजी के चौथे की बैठक तक हमें गाँव में ही रुकना था। इस बीच मैंने सोचा कि चाईजी की यह खबर सलमा को दे दूँ और उसे बता दूँ कि उसका भेजा गया उपहार चाईजी के साथ ऊपर चला गया है, लेकिन जब भी मैंने प्रयास किया, सलमा का मोबाइल नम्बर लगा ही नहीं। जिस दिन चाईजी का निधन हुआ था, उस दिन मैं मोबाइल के कोई मैसेज देख ही नहीं पाया था। मैसेज बॉक्स पूरा भर गया था। मेमोरी फुल हो जाने के कारण अब उसमें मैसेज भी नहीं आ रहे थे। बगड़ आ कर जब मैसेज बॉक्स चैक किया तो सलमा का पुराना मैसेज देखा, जिसमें उसने केवल इतना लिखा था—'मिस यू।' इसके बाद जब भी मैंने फोन लगाया, उसका फोन नहीं मिला। सलमा का मासूम चेहरा मेरी आँखों के सामने आ गया। मेरे दिल ने चाहा कि मैं बगड़

में ही रहकर यहाँ के खेतों, फूलों और मासूम परिन्दों को देखते हुए सारी उम्र गुजार दूँ या फिर उड़ते हुए बादलों की रुई से कूँची बनाकर उससे अपने मकान की दीवारों पर इतनी बार सलमा का नाम लिखूँ कि दीवारें और बादल दोनों खत्म हो जाएँ।

गाँव में चार दिन ठीक-ठाक गुजरे। गाँव में हमारे घर के बाहर ही नीम का एक घना पेड़ था। हम उसके नीचे खाटें बिछाकर बैठ जाते थे। कई रिश्तेदार पेड़ की छाया में ताश खेलकर वक्त गुजार रहे थे।

एक दिन महबी चाचा मुझसे मिलने आया। बोला—''मैंने उड़ती सी सुणी हीगी अक तू पाकिस्तान गयो होगो।''

मैंने कहा—''हम्बे, महबी चाचा तुमने सही सुणी हीगी, मैं गयो होगो।''

''तो तोलू सलमा मिली कांई?''

''हम्बे, मिली हीगी।''

''कांई कहरी हीगी?''

''दुखी हीगी। वापस गाँव आबा की कहरी हीगी।''

''हम्बे भाया, कैसे भी करके वाय हींनी बुला दे। भोत तकलीफ पा रही है वा।''

''मैंने कही तो हीगी अक वीजा बणा'र आजा। देखो सायद आ जाए।''

''कोई खबर मिले तो मोलू बता जो।''

''जरूर बताऊँगो।''

इसके बाद वह चला गया। मैं सलमा के बारे में सोचने लगा। क्या हुआ होगा उसके वीजा का? क्या उसे अपना बेटा मिल गया था? कई सवाल मन में घूम रहे थे।

चौथे की उठाला की बैठक में पूरा गाँव शामिल हुआ। आस-पास के गाँव के लोग भी आए। दूर-दराज गाँव के कई ऐसे लोग भी खबर सुन कर आए जो चाईजी से कभी पाकिस्तान से आई उर्दू की चिट्ठियाँ पढ़ाने आते थे।

बैठक के बाद भीड़ छँटना शुरू हो गई। रिश्तेदार भी लौटने लगे। हम लोग घर-परिवार के लोग ही रह गए थे और रह गई थीं चाईजी की यादें।

हम भी गाँव से निकलने की तैयारी कर रहे थे, तभी मेरे मोबाइल की घंटी बजी और स्क्रीन पर इरशाद अमीन का नाम उभरा। उधर से इरशाद अमीन बोल रहे थे—''एक बुरी खबर है।''

मैंने कहा—''क्या?''

उसने बताया—''दो दिन पहले सलमा ने सुसाइड कर लिया। मैं दो दिन से सोच रहा था कि आपको फोन कैसे करूँ?'' इरशाद की आवाज भी भर्रा रही थी। उसने बताया—''सलमा का इंडिया का वीजा बन गया था। वो उसके शौहर अरबाज ने देख लिया। उसने वीजा फाड़कर फेंक दिया और सलमा के साथ बेरहमी से

मारपीट की। इसके बाद उसने सुसाइड कर लिया। वह एक सुसाइड नोट भी छोड़ कर गई है, जिसमें अगले जन्म में आपसे मिलने की इच्छा जताई है।''

मैंने कहा—''हैं...मैं समझा नहीं।''

इरशाद ने बताया कि यह सब बातें अखबारों में छपी हैं। लगभग सभी अखबारों में यह पहले पेज की खबर है, जिनमें उन्वान भी कुछ इस तरह दिए गए हैं—''मशहूर लोक गायिका ने हिन्दुस्तानी प्रेमी के लिए जान दी।'' 'डॉन' अखबार ने तुम्हारे ड्राइवर समेदीन का इन्टरव्यू भी छापा है। जिसमें उसने सलमा और तुम्हारे बारे में अच्छी बातें बताई हैं।

मेरा सिर घूमने लगा। तभी इरशाद बोला—''खबर केवल इतनी नहीं है। इसमें एक खबर और है। सलमा के ग्यारह साल के बेटे ने रात को अपने सोते हुए बाप की कुल्हाड़ी से गर्दन काट कर उसका कत्ल कर दिया। पुलिस को उसने बयान दिया है कि मैंने अपनी माँ का बदला लिया है।'' मेरे हाथ से फोन छूट कर नीचे गिर गया। मैंने फोन उठाया, लेकिन 'हेलो, हेलो' ही करता रह गया। उधर से कोई आवाज नहीं आई।

सामने ही नीम का पेड़ था। मैंने नीम का पेड़ बाँहों में भरा और मेरी आँखों से आँसू बह निकले। सब लोग अपना सामान कारों में लाद कर मेरी प्रतीक्षा कर रहे थे, लेकिन मैं पेड़ से लिपटकर रो रहा था। सलमा के शब्द मेरे कानों में गूँज रहे थे—'पेड़ से चिपक कर ही रोना। इनसानों के सामने रोने से कोई फायदा नहीं।' आँसुओं के बीच एक नदी ऐसी थी जो बाहर से भीतर आ रही थी और एक नदी ऐसी थी जो भीतर से बाहर निकल कर उफन रही थी।

मैं दोहरे दुख में था। मेरे और सलमा के बीच पाकिस्तान जाने के लिए चाईजी एक पुल की तरह थीं। पुल के नीचे एक नदी बह रही थी। मुझे लगा, सरस्वती और हाकड़ा की तरह इधर नरगिस थी जो उधर जाकर सलमा हो गई थी। सरहदों के नीचे आज एक और नदी दफन हो गई थी। पुल भी टूट गया था। अब पता नहीं सरहद से कब किसी नदी के सोते फूटेंगे?

मैं उस रात सोया तो मेरे सपनों में सलमा मेरे लिए दाल बना रही थी। दाल बनाकर वह एक गाड़ी में बैठकर जाने लगी। मैं चिल्लाने लगा—सलमा! सलमा! मुझे झकझोरकर उस सपने से जगाने वाली चाईजी नहीं थीं। मेरी नींद टूटी! मैं पसीने-पसीने था! आँखों से आँसुओं की धार बह रही थी। अब सलमा कभी नहीं मिलेगी।...

✿✿✿